約翰・狄克森・卡爾 John Dickson Carr（1906-1977）

卡爾是美國賓州聯合鎮人，父親是位律師。從高中時代起卡爾就為當地報紙寫些運動故事，也嘗試創作偵探小說和歷史冒險小說。1920年代末卡爾遠赴法國巴黎求學，他的第一本小說《夜行者》（It Walks by Night）在1929年出版。他曾經表示：「他們把我送去學校，希望將我教育成像我父親一樣的律師，但我只想寫偵探小說。我指的不是那種曠世鉅作之類的無聊東西，我的意思是我就是要寫偵探小說。」

1931年他與一位英國女子結婚定居英國。在英國期間，卡爾除了創作推理小說外也活躍於廣播界。他為BBC編寫的推理廣播劇“Appointment with Fear”是二次大戰期間BBC非常受歡迎的招牌節目。美國軍方因而破例讓他免赴戰場，留在BBC服務盟國人民。1965年卡爾離開英國，移居南卡羅來納州格里維爾，在那裡定居直到1977年過世。

卡爾曾獲得美國推理小說界的最高榮耀——愛倫坡獎以及終身大師獎，並成為英國極具權威卻也極端封閉的「推理俱樂部」成員（只有兩名美國作家得以進入，另一位是派翠西亞・海史密斯Patricia Highsmith）。卡爾擅長設計複雜的密謀，生動營造出超自然的詭異氛圍，讓人有置身其中之感。他書中的人物常在不可思議的情況下消失無蹤，或是在密室身亡，而他總能揭開各種詭計，提出合理的解答。他畢生寫了約80本小說，創造出各種「不可能的犯罪」，為他贏得「密室之王」的美譽。著名的推理小說家兼評論家艾德蒙・克里斯賓（Edmund Crispin）就推崇他：「論手法之精微高妙和氣氛的營造技巧，他確可躋身英語系國家繼愛倫坡之後三、四位最偉大的推理小說作家之列。」

CARR

約翰・狄克森・卡爾作品選

1. Hag's Nook (1933)
2. The Eight of Swords (1934)
3. The Arabian Nights Murder (1936)
4. The Crooked Hinge (1938)
5. The Problem of the Green Capsule (1939)
6. The Case of the Constant Suicides (1941)
7. Death Turns the Tables (1945)
8. He Who Whispers (1946)
9. The Sleeping Sphinx (1947)
10. The House at Satan's Elbow (1965)

CARR 02
卡爾作品集

寶劍八

The Eight of Swords

著 約翰・狄克森・卡爾 John Dickson Carr
譯 黃妉俐

密室之王卡爾作品集 2

寶劍八

The Eight of Swords

作　　者	約翰・狄克森・卡爾 John Dickson Carr
譯　　者	黃姣俐
發 行 人	蘇拾平
封面設計	徐璽
出　　版	臉譜出版
發　　行	城邦文化事業股份有限公司 台北市信義路二段 213 號 11 樓 電話：(02)2396-5698／傳真：(02)2357-0954 郵政劃撥：1896600-4 城邦文化事業股份有限公司 城邦網址：http://www.cite.com.tw
香港發行	城邦（香港）出版集團有限公司 白港北角英皇道310號雲華大廈4／F，504室 電話：25086231／傳真：25789337
新馬發行	城邦（新、馬）出版集團 Cite(M) Sdn. Bhd.(458372 U) 11, Jalan 30D/146, Desa Tasik, Sungai Besi, 57000 Kuala Lumpur, Malaysia 電話：603-9056 3833／傳真：603-9056 2833 email:citek1@cite.com.tw
初版一刷	2003 年 5 月 1 日

ISBN　986-7896-41-6

定價：260元

CARR

導讀

最華麗的謀殺

——密室殺人之王約翰·狄克森·卡爾

唐諾

在推理小說的眾詭計之中，「密室殺人」這一樣應該就是最神奇、最魔術的一種，呃，最哈利波特的一種。

密閉的房間，而且上鎖，窗戶也是閉鎖著的，煙囪（發生密室殺人案件的房間一開始通常配備了煙囪）不容人進出或看煙灰的模樣沒人進出過，偏偏一具屍體就直挺挺擺在房間之中，現場或雜沓或整潔有序，致命的凶器則通常是消失不見的，但也有就是房裡明晃晃擺設著的某沉重鈍器（工藝品、火鉗、書檔云云），還可能就是留在屍身上非常挑釁的一把精緻尖利的縷花小刀，當然，一定沒留在現場的是行凶的那個人——不僅凶手的本尊不在，就連他侵入的痕跡基本上也是隱匿的。他究竟是如何一陣煙而來、再一陣煙飄然而逝呢？

絕對是最迷人的一種殺人的方法——如果殺人的冷血行為也可以用「迷人」二字來說的話。

正因為迷人至此，我們於是可以公然讚歎欣賞而不用有現實人生的道德負擔。基本上，「密室殺人」並非現實犯罪世界的產物，殺人不過頭點地，現實世界中如果有這麼精緻這麼聰明的凶手，通常他不會需要動用到殺人這終極性的高風險解決手段，在走到這最情非得已的一步之前，他應該就有能力想出一堆因應如此困局的方法來才是。在女子網球界流傳著兩句缺德的話：「女子網球球手得笨到只會專心打網球不想其他，卻至少得還有兩分聰明夠她學會雙手反拍。」密室殺人凶手的現實困難則是，凶手要笨到只會用殺人一途來解決問題，卻同時又得絕頂聰明到嚴絲合縫、分毫不失誤的佈置出完美密室，而且還是在有著巨大時間壓力和心理壓力的不利情況下完成的。很明顯，他這兩大不可或缺的特質比女子網球球手要矛盾要撕裂，也因此，他遂遠遠比頂尖女子網球球手罕見，如三角形的第四個邊，如騎白馬到妳家窗下唱小夜曲的王子，如正直誠實的律師。

也就是說，密室殺人不是現實世界的實踐產物，而是源自於一些本來就無需殺人的窮極無聊聰明頭腦，它不是謀殺的工具，而是炫耀的藝術品，我們真的不用杞憂這會教唆殺人被誰移植到現實世界來對付自己的親朋好友，就跟你不用擔心米開朗基羅的大衛像被用來砸死人一樣，儘管這座白大理石雕像的體重絕對有壓扁人的能耐。

然而，密室殺人並不真的是哈利波特，它只是像而已，這裡頭沒有魔法，也不可以有魔法。被害人、凶手和破案偵探儘管不是現實的血肉之軀，但仍屬理性王國的子民，所有的行為及其結果都得受嚴格的理性所管轄，尤其不可以違犯最素樸的物理學基本原理及其現象。恰恰因為得在如此限制之下遂行欺騙，密室殺人的詭計，反而是推理小說中最物理學的，它高度專注於物理學和我們感官背反之地，在這一點點狹窄的縫隙中騰挪，利用我們感官的有限天然缺憾以及由此衍生的常識死角玩花樣，比方說，密室殺人中常見的「消失的凶器」或「自動扣回去的門」，最普遍的運用道具就是冰塊，有氣質點來說，利用的就是物理學毫不稀罕的常溫之下水的三態變化現象，小學生都知道，沒神秘可言。

所以，推理王國中大名鼎鼎的基甸·菲爾博士在一場著名的演講中如此宣稱：「所謂密室，本質上是一種幻象。」——之於什麼而言是幻象？之於我們視覺為主的感官而言是幻象。「眼見為憑」，To See is To Believe，這不分中西大概是人類流行最久、最戒除不掉的偏見，表面上信而有徵的偏見從來就是欺騙的溫床，是害人詭計的培養皿，密室殺人的詭計佈置者只是其中最優雅、最無害人之心的一種，真正可怕的我們得到現實世界的政治圈裡、商場裡去找。

歸化英式推理的美國人

好，大名鼎鼎的基甸・菲爾博士何許人也？老實說，他也是個「幻象」——這是推理世界的一名神探，無父無母，而由了不起的推理小說大師約翰・狄克森・卡爾所憑空創造出來。菲爾博士在推理世界神探的萬神殿中，絕對擁有著一個不見古人亦不見來者的第一名頭銜，那就是沒有任一名神探比他破過更多的密室謀殺案，這於是為他的書寫者卡爾掙得了「密室之王」的封號。

基本上，密室殺人是英式古典推理的典型詭計，但約翰・狄克森・卡爾原來卻是個美國人，生於一九〇六年，活到一九七七年，簡單把他的生年如此攤開來看，對英美推理歷史有基本概念的人就曉得了，卡爾稍晚於S・S・范達因，大致和艾勒里・昆恩同期，也就是說，卡爾書寫的年代正正好就是達許・漢密特和雷蒙・錢德勒聯手進行「美國革命」、讓美國推理轉向悍厲罪惡大街的風起雲湧時日，但冷硬派的這場本土性革命原本是西岸的，從語言、犯罪形式、角色人物到社會背景，以舊金山和洛杉磯為書寫土壤，暫時和有著濃郁深厚歐洲思維傳統和生活形態的東岸新英格蘭地帶氣息並不相投合，更嚴重的是，對東岸高傲的知識階層而言，冷硬派這種滿口髒話、動不動就拔槍相向的野蠻遊戲，只適合落後地帶的粗魯不文之人，哪裡是有教養的聰明飽學之士所當為。所以說太陽遠還是長安遠？東岸知識階層的答案無需猶豫，那當然是只隔小小大西洋一水的英國式古典推理比較近。

卡爾是東岸賓州人，索性還歸化為英國籍。

其實，與其說卡爾歸化為英國人，倒不如直接講他歸化為英式推理王國的忠誠公民還準確些，他是把一生志業賦予了一次實地的朝聖之旅——國族既不是人分類分割的唯一判準，更不見得是人身分自覺的排行首位選項。渾然多面的整體世界，有各種觀看的位置，有各種理解和逼近的方式，每一種位置和方式都讓世界呈現了不同的分割分類樣態，由此繪製成不同的世界地圖。卡爾擁有的那張地圖，根據的是他熱愛的推理小說書寫傳統。

得其所哉成為英國推理小說家的卡爾，若我們再把他一九〇六—一九七七的生年重新放入較源遠流長的英式古典推理時間表中，那我們知道他趕上了以長篇為主的第二黃金期高峰，並第一線參與了古典推理由極盛轉入衰弱的歲月，在如此起伏跌宕的英倫空氣之中，卡爾聰明且深情款款的給自己找到了兩個看似背反的有趣書寫位置，宛如兩根大樑般的撐起了他獨特無倫的推理大師地位。

就純粹的推理小說書寫而言，卡爾像蜜蜂或貓熊一類的單食性動物——在詭計千奇百怪如繁花盛開的古典推理書寫中，卡爾頑強的幾乎只取一瓢而飲，那就是「密室殺人」。卡爾一生寫成了七、八十部推理小說，幾乎每一部都包藏了一個以上的密室殺人詭計，如此專情，讓他以一個如此後來者的不利身位，成功占領了密室殺人這業已開發達半世紀的詭計，讓他成為密室殺人的同義辭。

然而，這位寫小說時埋首於密室不抬頭的小說家，卻同時是推理世界中博聞強記、對推理大河傳統如數家珍的史家人物。臉譜出版公司伴隨《福爾摩斯全集》一併推出的《柯南·道爾的一生》這部傳記，正是卡爾對這位前代推理巨人的致敬之作。此書也為卡爾贏得故土美國的愛倫坡大獎。

專情密室、任性傳統，卡爾這宛如兩道平行線的交會點，我個人以為，大概就是上述基甸·菲爾博士的演講，出自於他的名著《三口棺材》書中。這場旅館午餐桌上的虛擬即席演講，菲爾博士以「封閉密室」為題，從推理史、從歷代名家之作、從書寫技藝、從詭計分類、甚至從蓄意或偶然、他殺或自殺等等每一種可能的角度攻打這座牢牢閉鎖的密室，遂成為絕唱——好消息是這份講辭是推理史上的密室論述經典文獻，壞消息是它也宣告了密室論述的到此結束。

對台灣只讀中文譯作的推理迷而言，讀這份講辭還可以有另一種樂趣，從菲爾博士未言明的諸多詭計原型中，我們還可以湊合著回答：這是〈花斑帶〉、這是〈鵲橋奇案〉、這是《羅傑亞洛伊謀殺案》、這是《美索不達米亞謀殺案》、這是《格林家殺人事件》云云。原來我們陸陸續續的、零零碎碎的也讀了不少代表性的密室殺人推理小說了。

有恃無恐的小說

密室，一開始是真的實體，是如假包換的一間上鎖的房間，但很快的，它就成為一種概念，成為不必真有硬實高牆四面圍擁的封閉性空間概念——一旦密室成為概念，很多有觸類旁通能力的人也就會了，這就像思維被鑿開了個缺口一般，人的想像力涼風般不可遏止的吹了進來，於是密室不必一定再有磚牆石壁、再有火爐煙囪、再有立入禁止的銅鎖鐵柵，它一樣可以舒適的展開在開敞的天光雲影之下。

這裡，我們多心的提醒一下，密室的封閉性，不真的是「不能」侵入，而是「沒有」被侵入，至少在命案發生的前後這段時間看起來沒被侵入——這我們以前談過，理論上，沒有一道鎖可能不被打開，沒有一個房間是絕對的封閉，主人進得去，盜賊於是乎也一定進得來，老子莊子這麼說，一套開鎖工具、滿身神奇技藝的紐約善良之賊羅登拔也這麼講。

推理史上的密室，經此一概念化之後瞬間華麗了開來，想遂行如此神奇謀殺的凶手賊子幸福無比的發現，原來上鎖的房間遍地皆是，俯拾可得，不必三年五載苦苦候著那人獨自一個進到房間鎖好門窗——它可能是一處無人跡、不留下腳印的美麗海灘，可能是山裡頭被忽然好一場大雪包圍的暖暖木屋，它可能是個小孤島，可能是沙漠，可能是一道橋樑，可能是夾岸兩片水泥牆的黝黯巷道，可能是唯一聯外吊橋毀壞（天候或人為）的某一山莊別墅，它更可能就是我們每天都會利用到的某種交通工具，公共汽車、火車、渡輪、捷運、飛機，以及有人一樣概稱為車廂的上下樓層電梯等等。

哪裡有人獨居獨處，哪裡就可能執行密室殺人，難怪中國的聖人要諄諄警告人君子慎獨，西方的上帝耶和華也在《聖經．創世紀》裡慨歎：「那人獨居不好。」

其實，經此概念化所帶來的想像延伸，只是密室殺人之所以華麗的必要開展而已，我個人以為，真正讓密室殺人成為推理世界最華麗的謀殺方式，是它的有恃無恐，因為它根本性的先解決了最終合理性的問題，那就是我們開始就說過的，密室殺人是推理謀殺詭計中最物理學的，這像根釘子般把它牢牢捶進了最信而有徵且可驗證的堅實大地裡頭，讓它在表象的另一端可以放心的飛翔，無懼星空黝黑神秘，不怕迷路回不來。

在人類思維眾多領域的正經人士正常人士中（意思是瘋子和騙子不在考慮範疇內），我以為物理學者是最敢胡思亂想、而且最敢把近乎胡言亂語的各種想像臆測鄭重公諸於世的一種人，尤其是二十世紀初相對論和量子力學問世之後，物理學的主流論述便一大腳跨過了玄學和神學，充斥著一堆無實體、無秩序、無從驗證、矛盾並陳、任誰試圖在心中拼湊點模糊圖像都不可能的重要學說和解釋，物質如此，能量如此，粒子也如此，空間和時間那更無垠無涯如此。如今，物理學的著作幾乎已成了地球表面最難看懂的書，可堪比擬的大概只有台灣教改出來的建構數學和鄉土語言課本。

這就是物理學家的有恃無恐，不像神學家或歐陸的唯心哲學家，他們深知自己本來就是畫鬼神之人，聆聽他們講話的人本來就充滿誠心，所以神學論述特別強調科學的發見和驗證，唯心哲學家則神經質於語言的邏輯，總是把論述弄得像座封閉而且秩序森嚴的語言迷宮，完整到令你直覺的反倒不敢相信，因為我們習慣相處的世界並不長這樣子。

卡爾便是最了解密室殺人「物理驗證／神祕想像」二元背反特質的人，無怪乎他能以一個後來者、外來者的不利身分，成功竊取密室王國的國王寶座——卡爾的推理小說，表象上黏貼了最多神秘古老的符號，借用了各個民族的神話傳說，喜歡用這類的死亡咒詛來嚇唬讀小說的人，這我們光從他為自己的小說命名就可以看出來。他也是如此的有恃無恐。

抵達演化右牆

推理女王艾嘉莎．克麗絲蒂曾透過她書中神探之口一針見血的指出：「之所以要把殺人弄得這麼複雜，可見答案一定非常非常簡單。」這話說密室殺人尤其準確。

簡單的答案，給了密室殺人最華麗的表現，但也構成了密室殺人的發展邊界，事情往往都是這樣子。

密室殺人借用基本物理現象和人的感官錯覺來遂行欺騙，但它不真的是物理學論述，不能亦步亦趨跟著物理學往深奧的解答之路走去。密室殺人和物理學最根本的差別在於，密室殺人的閱讀者是一般性的尋常之人，不像物理論述可以只在少數幾個人之間對話，二十世紀物理學所流傳的一些過甚其辭的神話，像說「真正懂量子力學的，全世界不出十個人。」、「聽懂愛因斯坦相對論的，普世不足半打。」云云，密室殺人小說若把生存基礎放在這麼稀少的奇特族群上頭，那老實說也用不著費勁去殺了，很快的便全部餓死絕種了。

因此，完美密室的構成，其真正的勝負關鍵不在於「說得通」，而在於「聽得懂」。它非回歸到一般性的經驗和常識世界不可，它只能使用一般性的、不礙眼的輔助道具，它得有簡單的答案。

後來密室殺人走向所謂「機關派」的絕路，並理所當然讓「機關派」成為失敗密室的同義辭，便在於機關派從根本處違背了「簡單」、「聽得懂」的密室殺人最高守則——我們也許可以同意，借助一堆細繩、掛鉤、卡榫、滑輪、奇怪打結法、定時自動裝置、新通訊器材甚至罕見的記憶合金等等，的確可以九牛二虎製造成密室，但我們這些挑剔的推理小說閱讀者可沒說我們願意接受這九牛二虎的解答。

國內的推理傳教士詹宏志曾俏皮的說：「沒寫過密室，算什麼本格推理作家呢？」這是實話；但更悲情的實話是，好的密室殺人詭計，大致已被卡爾吃乾抹淨了，不在他老兄死後，而在他尚在世的時日。詹宏志引用名推理史家朱利安·西蒙斯的看法，指出卡爾最好的小說多集中在一九三五到一九四五的黃金十年之中，意思是說，連王者的卡爾都已經捉襟見肘不夠用了。

有志於推理書寫的人會不會很沮喪呢？甚或懊惱吾生也晚的為什麼誕生在如此夕暉晚照的時光呢？就像李維—史陀在《憂鬱的熱帶》書中的感慨，若早個十年，我就能趕上某某部族未滅絕的時候；若再早個五年，就連某某部族我也來得及進行調查；再之前三年，更連某某部族也都還在……

逝者如斯，不舍晝夜。我們生而為人，沒能趕上的事多了，愛情，革命，一幢建物，一隻珍禽異獸，一座已被踐踏的八千公尺高峰，一次巨額的樂透獎金，一個傳說中的先代親人。

不僅僅是華麗的密室殺人而已。這怎麼辦好？不能怎麼辦，但也許我們就心平氣和當個愉快的讀者、當個樂在其中的欣賞者鑑賞者，聽著名古生物學者古爾德的忠告，所有的演化都有「右牆」，皆有最終不可踰越的極限，就像棒球場上你不能講安祖・瓊斯的精采接殺超越了半世紀前的威利・梅斯，就像音樂世界裡你不能講披頭四合唱團超越了巴哈莫札特。當個好的欣賞者，享受每個在演化右牆邊緣驚心動魄的演出，總比當個失魂落魄、只想視前代巨人為寇讎卻無計可施的野心挑戰者強。

好，協議達成，現在就讓我們來讀徘徊在密室殺人演化右牆的約翰・狄克森・卡爾。

CARR

論「封閉密室」

約翰·狄克森·卡爾

我認為在偵探小說裡最有趣的故事莫過於封閉密室，這全然是我個人的偏好。我喜歡凶手嗜血成性、邪惡古怪，而且殺紅了眼還不罷手。我喜歡情節生動鮮明、充滿想像力，因為在現實生活中我找不到如此叫人目眩神迷的故事。有些見不得任何流血事件的人會堅持依他們自己的嗜好來界定規則，他們會用「大不可能」這字眼作為譴責的標記。因此不清楚狀況的人就被他們唬住了，以為「大不可能」等同於「拙劣」。拿這字眼來咒罵偵探小說可說是最不恰當的事。

一旦上鎖房間的秘密解開後，為什麼我們還會半信半疑？這絕非是疑心病太重在作祟，而單純只是我們會莫名所以地大失所望。由於呈現出來的效果太過神奇，我們不知不覺也期待它形成的過程充滿驚異。於是當我們知道那根本不是魔法時，我們就大罵其無聊透頂，說這整個故事不可信、不大可能，或是太荒謬了。

這種心態實在不公平。再者，對於故事中凶手的部分，我們最不該譴責的是他怪異的行徑。整件事該檢驗的重點是，這殺人詭計真能執行嗎？假如可以，那它以後會不會真的執行便不需列入討論。某人從某個上鎖的房間逃出來，是嗎？既然他可以為了娛樂我們而違反自然的法則，那他當然有權利行為暴戾乖張！各位，當你們要出言批評時，請記住我說過的話。你們儘可根據個人品味，提出「結局乏味無趣」等等的感想，然而如果要然責備故事情節大不可能、胡扯一通時，就得三思而後行了。

現在我先來區分幾個不同類型，再粗略描述密室殺人的各種方法。在門窗皆關閉的前提下，要討論逃脫的方法之前，所謂有秘密走廊通往密室這類的低級伎倆，讀者是無法接受的，因此凡是自重的作者甚至不需聲明絕無秘密通道之事。至於一些犯規的小動作也不必討論了，像是壁板間的縫隙，寬到可伸進一隻手掌；或是天花板上的栓孔居然被刀子戳過，塞子也神不知鬼不覺地填入栓孔，而上層的閣樓地板上還灑了塵土，佈置成似乎無人走過的樣子。這動作雖小，卻同樣是犯規行為。無論秘密洞穴是小到如裁縫用的頂針，或大到如穀倉門，基本準則絕不改變，通通都是犯規。

有一種密室殺人，案發現場的房間真的是完全緊閉，既然如此，凶手沒從房間逃出來的原因，是因為凶手根本不在房裡。理由是：

一、這不是謀殺，只是一連串陰錯陽差的巧合，導致一場看似謀殺的意外。先是，房間尚未上鎖之前裡面可能發生了搶劫、攻擊打鬥，有人掛彩受傷，家具也遭到破壞，情況足以讓人聯想到行凶時的掙扎拼鬥。後來，受害人因意外身亡，或是昏迷於上鎖的房間內，但所有事件卻被當作發生於同一時間。在這種例子中，致命原因通常是腦部破裂。一般的推測是棍棒造成的，實際上卻是家具的某個部位，也許是桌角或是椅子突出的邊緣，不過最常見的物件，其實是鐵製的壁爐罩。總之，自從福爾摩斯的冒險故事《駝者》問世以來，這個殘忍的爐罩著實殺害了不少人，而且在某種程度上，這些死亡事件都貌似謀殺。此類型的情節中，包括解開凶手之謎在內，解答部分最令人滿意的作品，要屬卡斯頓・勒胡的《黃色房間的秘密》，堪稱是史上最佳的偵探故事。

二、這是謀殺，但受害人是被迫殺他自己，或是誤打誤撞走入死亡陷阱。那可能是一間鬧鬼的房間所致，也可能被誘引，較常見的則是從房間外頭輸入瓦斯。不管是瓦斯或毒氣，都會讓受害人發狂、猛撞房間四壁，使得現場像是發生過困獸之鬥，而死因還是加諸於自己身上的刀傷。另一種從中延伸的變體範例，是受害人將樹枝形燈架的尖釘穿進自己的腦袋，或是用金屬絲網把自己吊起來，甚至用雙手把自己勒死。

三、這是謀殺，方法是透過房間內已裝置好的隱藏機關，它藏在家具上頭某個看似無害的地方。這個陷阱的設計可能是某個死去多年的傢伙一手完成，它可以自動作業，或是由現任使用者來重新設定。譬如說，話筒裡面藏著手槍機械裝置，一旦受害人拿起話筒，子彈就會發射貫穿他的腦袋；還有一種手槍，扳機上面繫著一條絲線，一旦水結冰凝固時，原先的水就會膨脹，如此隨即拉動絲線。我們再舉鬧鐘（這是很受歡迎的凶器）為例，當你為這種鬧鐘上緊發條時子彈便會射出來；或者，我們有另一種精巧的大型掛鐘，上端安放了可怕的鏗鏘鈴聲裝置，一旦吵鬧聲響起，你想要靠近去關掉它時，一觸碰便會擲出一把利刃，當場劃破你的下腹；此外，有一種重物可從天花板擺盪下來，只要你坐上高背椅，這個重物的威力包準敲得你的腦袋瓜唏吧爛；另有一種床，能釋放致命的瓦斯；還有會神秘消失的毒針……當我們研究了這些五花八門的機關陷阱之後，才真正的進入了「不可能犯罪」的領域，而上鎖的房間可就算是小兒科了。這種情況可能會永續發展，甚至還會出現電死人的機關……

四、這是自殺，但刻意佈置成像是謀殺。某人用冰柱刺死自己，然後冰柱便融化了！由於上鎖房間裡找不到凶器，因而假定是謀殺；或者，某人射殺他自己，所用之槍縛繫於橡皮帶尾端——當他放手時，槍械被拉入煙囪而消失不見。此伎倆在非密室的情況下，可改成槍枝繫著連接重物的絲線，射擊後槍枝被迅速拉過橋樑欄杆，隨即墜入水中；同樣的方式，手槍也可以猛然拂過窗户，然後掉入雪堆裡。

五、這是謀殺，但謎團是因錯覺和喬裝術所引起。譬如房門有人監視的情形下，受害人被謀殺橫屍於室內，但大家以為他還活著。凶手裝扮成受害人，或是從背後被誤認為受害人，匆忙地走到門口現身。接著，他一轉身卸下所有偽裝，搖身一變換回原本的面貌，並且立刻走出房間。由於他離去時曾走過別人身邊，因而造成了錯覺。無論如何，他的不在場證明已成立，因為後來屍體被發現時，警方推定的案發時間是發生在冒牌受害人進房之後。

六、這是謀殺，凶手雖是在房間外面下手的，不過看起來卻像是在房間裡犯下的。我把這種犯罪歸類，通稱為「長距離犯罪」或「冰柱犯罪」，反正不管它們怎麼變化，都是基本雛形的延伸。冰柱彷如子彈一般從房間外面發射進來，然後它融化地無影無蹤。我相信，美國女推理作家安娜．凱薩琳．葛林在其偵探小說《僅有簡寫字母》中率先使用此詭計。某些詭計能發展成各支流派，她居功厥偉……冰柱的實地運用，得拜義大利佛羅倫斯市望族麥第奇之賜，在一篇令人讚賞的〈佛朗明石〉故事裡引用了一首關於戰爭的諷刺詩，內容提及西元第一世紀的羅馬衰亡錄，冰柱在其間提供了亡國的原因。藉由十字弓的助力，冰柱被發射、投擲、拋出；在漢米頓．柯里克（《四十張臉孔》書中的迷人角色）的冒險故事裡，也有異曲同工的元素：可溶解的投射彈、鹽塊子彈，甚至還有凍結血液所製成的子彈。

冰柱犯罪理論證明了我的觀點：屋內的凶案可以是屋外的某人幹的。這裡還有一些其他可能，受害人被刺，凶器可能是內藏薄刃的手杖，它可以穿過夏季別墅周遭盤繞的編織物，一擊得手就收回；或者，受害人可能被刀刃所刺，由於刀身過於細薄，因此他毫無知覺自己受傷，然後當他走入另一個房間時才猝然倒地斃命；抑或是，受害人被引誘探頭出窗，從下面無法爬到這扇窗戶，但是從上方呢，冰塊卻能夠下墜，並狠狠重擊他的頭。腦袋被砸得開花，但凶器卻找不到，因為它老早就融化了。

我們還可以列舉出利用毒蛇或是昆蟲來殺人的手法。蛇不但能隱匿於衣櫃和保險箱，也可以靈巧地藏躲在花盆、書堆、枝形吊燈架以及手杖中。我記得一個非常誇張的個案——把琥珀製的菸斗柄，刻成古怪的蠍子形狀，受害人正要把它放入嘴裡，雕刻物居然活過來，變成一隻活生生的蠍子。不過若說到上鎖房間命案中最驚人的長距離謀殺手法，各位，我向你們推薦一篇偵探小說史上最精采的短篇故事，就是梅爾維爾·大衛森·卜特斯的《都多爾夫殺人事件》——這位從長距離之外行兇的刺客即是利用太陽。太陽光穿過上鎖房間的窗戶，照射在都多爾夫擺於桌上的酒瓶，由於瓶內裝的是未加工的白酒，因而形成了凸透鏡效果，而掛在牆上的槍經由光線一射，正好點燃了雷管。因此躺在床上的可憎傢伙，胸膛自然被轟得血肉模糊。除此之外，還有幾篇非常出色、同樣齊名的第一流傑作，如湯瑪斯·柏克的《歐特摩之手》、卻斯特頓的《走廊上的男人》、傑克·傅特瑞爾的《十三號囚房的難題》。

七、這是謀殺，但其詭計的運作方法，剛好和第五項標題背道而馳。換句話說，受害人被推定的死亡時間比真正案發時間早了許多。受害人昏睡（服了麻醉藥，但沒有受傷）在上鎖房間裡。所以用力撞門也叫不醒他。這時凶手開始裝出驚恐的模樣，先強行打開門，接著一馬當先衝進去，刺殺或切斷被害人的喉嚨，同時讓其他在場的人覺得自己看到了其實沒看到的東西。發明這種詭計的以色列·詹格威應可獲得無上的榮耀，因為後人仍舊在沿用他的創意，只是形式各有不同。這種詭計（通常是刺殺）曾用在船上、陳年老屋、溫室、閣樓，甚至是露天户外。在這些地方，受害人先是失足絆倒，然後昏迷不醒，最後才是刺客俯身靠近他……

煙囪在偵探小說中是不受到青睞的逃脫途徑，當然秘密通道除外。我來舉一些重要的例子，例如中空的煙囪後頭有個秘密房間；壁爐的背面可以像帷幔一樣展開；或是壁爐可以旋轉打開；甚至在砌爐石塊下藏著一間密室。此外，許多帶有強烈毒性的玩意兒都能穿過煙囪管掉下來。不過凶手爬上煙囪而逃亡的案例倒是少見，一來是幾乎不可能辦得到；二來是這種舉動比起在門窗上面動手腳，還更加卑鄙無恥。

在門和窗這兩種首要類型中，門顯然是較受歡迎的。以下是一些經過變造，以使門像是能從內反鎖的詐術範例：

一、將插於鎖孔裡的鑰匙動些手腳。這種傳統方法相當受到歡迎，但是到了今天，由於其各種變化的手段都廣為人知，所以很少人真去使用。可以拿一支鉗子夾住鑰匙柄，並且轉動它。我們就用過這種方法打開葛里莫書房的門；還有一種非常實用的小技巧，只需一根兩吋長的細薄金屬條，某一端繫上極長的結實細繩。在離開房間前先將金屬條插入鑰匙頭的小洞，一端朝上，另一端朝下，如此便可行使槓杆作用。細繩垂落於地，然後從門底下拉至房間外頭。接著從門外關起房門，只消拉動細繩，在槓桿原理的作用下，鑰匙轉動而將房門上鎖，這時再抖動細繩使金屬條鬆脱，等它落地後你就可以從門底下把它拉出來。於相同的原理下，可以有各種不同的應用，但細繩絕對是不可或缺。

二、不破壞鎖和門栓的情形下，輕鬆移開房門的鉸鏈。這種手法乾淨俐落，大部分男學生都熟悉箇中技巧，尤其是想偷上鎖櫥櫃裡的東西時便可派上用場，不過前提是鉸鏈得裝置在門外才行。

三、在門栓上動手腳。細繩再度出場：這一回用到的技巧是衣夾和補綴用針，衣夾附著於房門內設計成槓桿裝置，藉此在門外關上門栓，這時再從鎖孔拉出細繩即可。我得向推理作家范達因筆下的神探菲洛・凡斯舉帽致敬，他為我們做了最佳示範；還有一些手段比較簡單但效率不高的方式，但一條細繩是少不了的。你可以在長細繩的一端打個不牢固的結——只要猛然一拉，繩結就會鬆脱——並且扣成一個環套。此環套纏繞於門栓的握柄，細繩部分則向下垂落，且穿過門底下。此刻房門已被關上，這時往左右兩邊任一方拉動細繩，即可門上門栓。接著再使勁抽動細繩，繩結便從握柄上鬆脱，然後就可以拉出細繩。美國推理作家艾勒里・昆恩也曾示範了另一種手法，他利用死人玩了這一招。但是他的謎團解説過於單調枯燥，聽起來又太離奇古怪，因此對精明的讀者來說，此詭計的安排著實不公平。

四、在可滑落的栓鎖上動手腳。通常的作法是，於栓鎖的下方墊著某樣東西，然後從門外關上房門，再抽掉墊在裡頭的支撐物，讓栓鎖滑落且上鎖。說到這個支撐物，隨時能派上用場的冰塊顯然是最佳工具，用冰塊撐起栓鎖，等它融化之後栓鎖便會掉下來。另外在某個案例中，光憑關門的力道夠大便足以讓門內的栓鎖自己滑落。

五、營造出一種錯覺，簡單卻有效。凶手殺了人之後，從門外將房門上鎖，並把鑰匙帶在身上。然而大家還以為鑰匙仍插於房內的鎖孔裡。凶手就是第一個裝出驚慌失措並且發現屍體的人，他打破房門上層的玻璃鑲板，把鑰匙藏於自己手中，然後「發現」鑰匙插在鎖孔上，再藉此打開房門。若需要打破普通木門上的壁板時，這種伎倆也行得通。

至於上了鎖的窗户，有好些種有趣的範例，譬如早期的假釘頭，到近代用來唬人的鋼製窗套，都能在窗户上面動手腳；你還可以打破窗户，小心地扣住窗子的鎖鉤，然後離去的時候只需換上一塊新的窗玻璃，再以油灰填塞接合即可。由於新的窗玻璃和舊有的非常相似，使得窗户像是從內部反鎖。

——整理自約翰・狄克森・卡爾作品《三口棺材》

寶劍八

The Eight of Swords

CARR

CHAPTER 1

主教詭異的行徑

海德雷總探長那天早上神采奕奕踏進辦公室，因為酷熱的八月熱浪終於在昨晚結束了。兩星期以來，眼前的天空和街道淨是一片沈悶的銅色微光，現在總算落下滂沱大雨。他在東寇伊頓的家中撰寫回憶錄，這件吃力不討好的事讓他絞盡腦汁，還得不時為文中誇大其詞的部分汗顏不已。這場雨讓他活了過來，他的價值觀也隨之復甦。他頓然醒悟到新頒佈的警政改革制度對他來說已經不再是個困擾。打算一個月內退休。在某種象徵意義上，他卸下了官職——不過只是在象徵的意義上，他並不是那種說走就走的人；此外，海德雷太太還有自己的社交活動——一個多月以後，這篇手稿就會交到史坦第緒與柏克出版社的手上。

這場雨冷醒他，他將工作一一處理完畢後已經十一點鐘，正好是上床時間。他心想明天的天氣應該會回暖，但又不至於太暖。他抵達蘇格蘭場時，至少是懷著英國人開敞的胸襟，讓不太嚴重的案子有翻身的機會。

他看到桌上的文件時，大感意外。他馬上怒不可遏打電話給副局長。「海德雷，我知道這件事不該歸蘇格蘭場管，」副局長說，「我只希望你能給我一點意見。我不知道該拿它如何是好，史坦第緒拼命在催我……」

總探長說，「但是長官，我總要搞清楚這是怎麼回事。我桌上的報告只提到一名主教和『搗蛋鬼』，姑且不論這是什麼——」

電話另一端哼哼哈哈猶豫了半天。

「我自己也還沒弄清楚是怎麼回事，」副局長承認，「這件事的主角是曼坡漢主教，一個有頭有臉的人物，我了解。主教此時正在史坦第緒上校位於格魯司特郡的莊園裡做客，我從他們口中得知，他是個工作狂，平日致力於反犯罪活動或諸如此類的……」

「所以，長官？」

「所以，史坦第緒對他起了疑心。他說，他逮到主教從欄杆扶手上溜下樓。」

「從欄杆扶手上溜下樓？」

一陣隱隱的竊笑聲傳來，對方若有所思地說，「我應該親眼瞧瞧這場精彩演出。史坦第緒堅稱主教──有點瘋瘋癲癲的，他這麼形容──就是在搗蛋鬼鬧得天翻地覆之後──」

「麻煩您把事情原委一五一十告訴我，長官？」海德雷說，拭去額頭上的汗，不懷好意地盯著電話，「一名神職人員在格魯司特郡發起神經，甚至從欄杆扶手上滑下樓似乎跟我們扯不上關係。」

「我會請主教親自告訴你，他今天早上會來看你……總而言之，我只知道這麼多。在『莊園』裡──就是史坦第緒位於鄉下的豪宅裡──有個房間，應該就是他們聲稱鬧鬼的房間，有搗蛋鬼常在其間出入。『搗蛋鬼』在德文的意思是，吵鬧不休的幽靈，我在百科全書裡查到的。這一類的鬼愛摔瓷器、愛跳椅子舞、還有……你還在聽嗎？」

「我的天哪！」海德雷說，「是的，長官。」

「搗蛋鬼已經好多年沒有任何動靜了。這次事件發生在附近教區牧師普林姆萊在莊園用餐那天晚上——」

「另外一位神職人員？是的，長官。請繼續。」

「——他錯過了末班公車。史坦第緒的司機那天又正好休假，於是他們留牧師在莊園過夜。他們壓根就忘了搗蛋鬼的事，牧師不小心被安頓在那間鬧鬼的房間裡。到了凌晨一點鐘左右，搗蛋鬼開始騷動，敲遍牆上所有的畫，讓撲克牌走路，接下來的事我就不清楚了。最後，當牧師開始禱告驅鬼，桌上的一瓶墨水忽然飄起來砸在他眼睛上。

「牧師放聲大叫，驚醒了莊園所有的人。史坦第緒帶著一把上膛的槍衝上前，其他人跟在後面。墨水是紅色的，乍看之下，他們還以為發生了命案。接著，他們循著叫聲來源，朝窗外一看，看見他正穿身睡袍站在屋頂鉛皮平台上——」

「看到誰？」

「穿著睡袍的主教，」副局長解釋，「當晚有月光，所以他們看得到他。」

「是的，長官。」海德雷順勢應聲，「他在那上面做什麼呢？」

「做什麼，他說他看到小偷穿過天竺葵花床。」

海德雷坐回椅子裡，目不轉睛盯著電話。喬治‧貝爾契思特從來就不是大都會警局副局長的最佳人選。儘管他是名能幹的官員，辦事乾淨俐落，但他敘述事情的時候總愛拖泥帶水。海德雷清清嗓子，等候他把話說完。

「你是不是在跟我開玩笑，長官？」他問。

「咦？老天，當然不是——你聽我說。我要提醒你，曼坡漢主教聲稱自己竭盡畢生精力研究犯罪和罪犯，不過我倒是從未在偵辦任何案件時見過他。我相信他寫過這麼一本書。無論如何，他發誓看到那名男子穿過天竺葵花床。他說那個人朝著山下接待所的方向走去，有個叫做狄賓的老傢伙住在那裡……」

「什麼人？」

「就是那名小偷。我從來沒有聽過這個人，主教一口咬定，說此人是個鼎鼎大名的罪犯。他——主教——被噪音吵醒，他說那可能是從鬧鬼的房間傳出來的聲音。他走到窗戶邊，看到草坪上有一名男子，轉過頭。主教說，在月光下他看得很清楚，於是主教從窗戶爬到屋頂上——」

「為什麼？」

「我哪知道，」貝爾契思特惱羞成怒說，「反正他就是這麼做，小偷還是溜了。然而，主教堅信那個危險的傢伙一定還埋伏在莊園裡，圖謀不軌。他似乎是個很難搞的傢伙，海德雷。他催史坦第緒打電話給我，要求我們有所行動。另一方面，史坦第緒又覺得主教言過其實。結果當天，主教竟然襲擊一名僕人——」

「什麼？」海德雷不可思議地大叫。

「這是事實。史坦第緒親眼看到的，他的管家和兒子也都在場。」貝爾契思特聽起來像在添油加醋。他是那種閒來沒事，可以在電話裡跟你扯個沒完的人。海德雷可不是。他喜歡跟人面對面地談，講電話時間拖太長會令他如坐針氈。但是副局長並不打算放過他。

「事情經過是這樣的。」他興致勃勃說下去：這位老學究狄賓——就是住在接待所那個人——似乎有個女兒還是姪女之類的住在法國。史坦第緒有個兒子。通常這種結果必然就是：小兩口已經論及婚嫁。小史坦第緒剛從巴黎飛回來，決定要和這個女孩結婚。所以，他在圖書室裡向他的父親宣佈這個天大喜訊，希望得到祝福和支持。他腦中開始浮現莊嚴神聖的主教在聖壇前為這場盛大婚禮做見證的畫面，以及新娘頭冠上的香橙花等等，這時，他們聽到從大廳傳來歇斯底里的尖叫聲。

「他們匆匆趕到現場，發現頭戴高頂黑色禮帽、腳繫綁腿的主教，正把一名女僕拖到桌子旁邊——」

海德雷嗤鼻表示抗議。他是個顧家的好男人，此外，他覺得有人在線上監聽。

「哦，後面還有更糟的，」貝爾契思特安撫他，「事情實在是太詭異了。他好像是從後面死揪住這名女孩的頭髮，一副非把它扯下來不可的樣子，這根本不是一個主教該有的行為。這就是史坦第緒告訴我的，他口氣十分激動。我猜主教一定是誤以為那名可憐的女孩戴了假髮。不管怎麼樣，是他要史坦第緒打電話給我，要我們派人去跟他談談。」

「他會到這裡來嗎，長官？」

「沒錯，海德雷，可不可以幫我一個忙，跟他見個面？顧及一下他的面子。我不得不答應史坦第緒，幫助一名神職人員絕對會有善報的。還有，史坦第緒也是要幫你出回憶錄的出版社合夥人，你應該知道吧？」

海德雷敲著話筒邊想，「哦，」他說，「不，我不知道有這麼回事，我只跟柏克打過照面，可是——」

「好傢伙，」貝爾契思特讚賞說道，「你答應去見他了，祝你好運。」

他掛了電話。海德雷耐住性子交疊起雙手，神情憂鬱。他嘴裡喃喃念著「搗蛋鬼！」輾轉反思著苦難的日子即將要降臨在大都會警察局，重案刑事組總探長被派去聽發瘋的主教喋喋不休講述他從欄杆扶手滑下樓、攻擊女僕、牧師被墨水瓶砸到的經過。

此時，他的幽默感再度戰勝了自己，灰色鬍髭下揚起一抹笑意，他吹著口哨挑撿早晨送到的郵件。他感性想著，三十五年執法生涯裡，在這幾面棕色水泥漆的禿牆和能眺望到河堤的小房間不知見識過多少邪惡及無聊的事。每天早上，他悠哉平靜地在東寇伊頓家中刮鬍子、吻他的妻子、目光匆忙瀏覽當天早報（無論是來自德國或天氣的訊息，似乎都在暗示著某些災難即將發生）。火車將他載至維多利亞，他再度肩負起職責，調查謀殺案或協尋失蹤小狗。他腦中正忙碌著整理這些報告。還有——

「請進。」他說，回應響起的敲門聲。

一名警員為難地咳了兩聲。

「長官，有位先生在這裡。」他說，一副不確定的樣子。「有位先生在這裡。」他把名片擱在海德雷桌上。

「喔，」探長正讀著一份報告，「他來有什麼事？」

「我想你最好見見他，長官。」

海德雷瞄了名片一眼，上面寫著：

席格繆德・范・霍司烏格　醫生

維也納

「我想您最好見見他，」他堅持，「他一進來就大聲嚷嚷，對他所見到的每個人做精神分析。皮特巡官把自己關在檔案室裡，發誓要等別人把那位先生帶走之後才肯出來。」

「你聽好，」海德雷生氣了，不停吱吱轉著他的旋轉椅，「今天早上是不是有人準備來耍我？你剛剛說什麼，大聲嚷嚷？你為什麼不自己把他轟出去？」

「長官，事情是這樣的，」他說，「嗯——我想我們都認識這個人，所以……」

這名警員的個子已經相當魁梧，卻被旁邊一名彪形大漢擠開，那傢伙的肚子起碼有他五倍大。門前出現一名身穿黑色斗篷、頭上帽子閃閃發亮的龐大身軀。而探長對他第一眼印象就是他的鬍子。他整個頰骨都長滿鬍子，海德雷見過最濃密的鬍子。濃密的眉毛幾乎蓋住了大半個前額，黑色寬邊眼鏡後面藏雙炯炯有神的小眼睛。他笑容滿面，摘下帽子深深一鞠躬。

「早安！」他聲如洪鐘，笑容可掬。「請問我有榮幸能跟探長先生說說話嗎？」

他步伐豪邁跨進辦公室，逕自找張椅子優雅坐下，手杖靠在一旁。

「不好意思，我自己找位子坐了。」他宣稱。

他四平八穩地端坐著，面帶笑容，雙手交疊，問海德雷，「你在想什麼？」

海德雷深呼吸，「菲爾——」他說，「基甸・菲爾……我的老天！」海德雷敲敲桌子，「你故意打扮成這個怪模怪樣進我辦公室？我還以為你人在美國呢。有人看到你進來了嗎？」

「呃？我的老朋友——！」對方覺得受傷地抗議說，「你確定沒有搞錯人吧？我是席格繆德・范・霍司烏格醫生。」

「別裝了。」海德雷很肯定是他。

「哦，好吧，」對方說，降低音調，恢復原來的聲音，「你早就識破我的偽裝了，是嗎？紐約那些小夥子都誇讚我喬裝的工夫是一流的。我跟別人打賭一定騙過你。既然被你拆穿了，我們不先握個手問好嗎，海德雷？在美國待三個月之後，我現在回來了。」

「盥洗室在走廊盡頭，」探長冷冷地說，「去把這堆鬍子處理掉，否則我會把你關起來。你到底在打什麼算盤，想趁我在辦公室的最後一個月裡逮機會捉弄我嗎？」

「沒這個意思。」菲爾博士咕噥說。

幾分鐘之後他再度出現，看起來更蒼老，下巴兩側土匪樣的鬍子，一頭濃密花白的頭髮。為了洗掉酒精膠水搓得他滿臉通紅。他低聲竊笑，手撐在手杖上，鏡片後面的眼睛直對海德雷笑。帽子也換成了平日戴的鏟形帽。

「儘管如此，」他注意到，「我還是很得意自己騙過了你的手下。當然，這得下一番工夫，才不會露出破綻。我可是拿到威廉・平克頓喬裝學校的文憑。上他們所謂的函授課程。嘿嘿，你只要花個五塊錢，他們就會把你的第一課寄給你，諸如此類的。嘿嘿。」

「你真是個無藥可救的老傢伙，」海德雷說，口氣溫和多了，「不管怎麼樣，我還是很高興你回來了。美國的生活過得愉快嗎？」

菲爾博士嘆一口氣感慨美好時光流逝，仰望天花板一角，用手杖金屬頭沈重敲著地板。

「我變成了一個棒球迷，」菲爾神往地喃喃自語，「我說啊，海德雷，有段話譯成拉丁文該怎麼說：『他棍推番茄擊出一隻左外野漂白劑的長打。』我飄洋過海想盡辦法問出個所以然。『棍推番茄』我還能了解，但維吉爾怎麼會說左外野跟漂白劑有什麼關係，這讓我想破了頭。」（譯註：bleacher 在此是指棒球場外野的露天座位。這句話的意思是，『他朝左外野的觀眾席擊出一隻長打』。）

「你在說什麼玩意兒？」

菲爾博士說，「這是紐約布魯克林的術語。我出版社的朋友帶我去棒球場，感謝上帝，我們本來是要出席一個文藝茶會。你絕對想像不到，」博士興奮地說，「我們在那裡躲掉多少文藝茶會，換言之就是，我有多少藝文界的人要躲。嘿嘿，我給你瞧瞧我的剪貼簿。」

他從椅子旁邊的公事包裡拿出一巨冊剪報資料，得意洋洋把它攤在總探長桌上。

「我來跟你解說一下這些標題。」他繼續說，「這些報紙都稱我為『紀德』——」

「紀德？」海德雷一臉茫然。

「簡潔、時髦，正好配合標題，」菲爾博士解釋，以引述者的口氣說，「看看這些。」

他隨意翻閱那本剪貼簿，海德雷瞄了報導文字幾眼，「紀德擔任長堤選美大賽評審」，旁邊的照片上是菲爾博士，穿著風衣，鏟形帽下笑容可掬的臉像顆磨光的蘋果，鶴立雞群在幾乎衣不蔽體的年輕美女之間。「紀德為布朗克斯消防局啟用典禮剪綵，擔任榮譽消防局局長！」另一則標題。剪報旁邊配上照片，一張是菲爾戴上「局長」字樣的帽子，高舉斧頭一副要砍人腦袋的樣子。另一張照片的他抱著消防局銀色金屬竿從二樓滑至一樓，令人印象深刻的畫面。大寫字體頗為無聊印著，「菲爾劈材，還是助陣？」

海德雷非常訝異。

「這表示你真的做了這些事？」他問。

「當然囉，我不是跟你說嗎，我在紐約有段快樂時光。」菲爾洋洋得意提醒他，「這裡還有我在北美野山羊保育協會會議上演講的相關報導。我想我講得精彩絕倫，雖然我對當時的情景印象有點模糊了。我同時還擔任各界的榮譽人士，可我總是搞不清楚真正的頭銜是什麼，因為盛會多在晚上，主席總是語焉不詳，發音含糊。怎麼了，你不以為然？」

「我才不做這種事，只為了——」海德雷反應激烈，他在腦中搜尋著一個恰當的字眼，「幾千英鎊！把你的剪貼簿收起來，我沒興趣看……你最近有什麼事要忙？」

菲爾博士緊皺眉頭。

「我也不知道。我太太去探訪她的姻親還沒有回來，今早船進港時我才接到電報。我現在閒得不知道該如何是好。我在南安普敦遇到一個昔日的老友——史坦第緒上校。他現在是史坦第緒與柏克出版社的老闆之一，不過他的興趣可能只在金錢方面，柏克負責處理一切銷售事宜。咦，你剛剛說什麼？」

「沒什麼。」海德雷回答，眼神閃爍了一下。

博士大聲擤鼻子，「我不知道他發生什麼事，海德雷。他似乎來港口接他一位朋友的兒子，非常年輕的小伙子，順便告訴你，是曼坡漢主教的兒子。在他被關之前我跟他還滿熟的。」

「他被關進牢裡？」海德雷站起來，「有趣，有趣！發生了什麼事？難不成他也瘋了？」

菲爾博士鼓漲的背心裡冒出幾聲竊笑。他用手杖敲著海德雷的桌緣。

「嘖，海德雷。你在說什麼啊，發什麼瘋？這事跟女人有關係，嗯，還不都是那些內衣。」

「你是說，他強姦女人？」

「海德雷，待我慢慢道來，你別打岔。老天，當然不是這樣，絕對不是！他從她艙房偷出她的內衣。接著，和其他幾個膽大妄為的小伙子把那些內衣升上桅杆代替皇室旗幟。沒有人發現這件事。直到第二天早晨另一艘船經過，用無線電恭賀船長。然後就被發現了，吵了好半天。這名年輕人赤手空拳對付他們。在他們逮住他以前，他已經摺倒一名官員和兩名幹事——」

「夠了，」探長說，「這些事情跟史坦第緒究竟有什麼關係？」

「什麼關係，他腦子裡準在打什麼主意。他邀請我到他格魯司特郡過週末，說有些事想告訴我。然而，最奇怪的是他對待小杜諾范——就是主教的兒子——的態度。他憂心地跟他握手，以同情的眼光看著他，對他表示憐憫，還叫他不要因此失去信心……順便跟你說一聲，他們兩個現在都在樓下史坦第緒的車子裡等我，怎麼啦？你到底是怎麼回事？」

海德雷傾身向前。

「你聽好！」他說……

CARR

CHAPTER 2

一槍射穿腦門

從白廳趕赴蘇格蘭場途中的德貝街上，坐車前座的修葛・安室威爾・杜諾范偷偷吞了一顆阿斯匹靈。他沒有用水吞所以噎到，他硬將藥嚥下去，喉頭充滿苦味。他用帽子遮住眼睛，全身發抖，憂心忡忡死瞪著擋風玻璃。

他不僅是外表看起來萎靡不振，雖然他看起來已經相當狼狽了。他在紐約的歡送派對變成沒完沒了、變相的飲酒作樂，直到水棲號即將抵達南安普敦前兩天他們把他關進禁閉室為止，才告一段落。他現在覺得舒服一點。眼前的食物沒有變綠，胃不再像折疊望遠鏡糾結成團，手也恢復了原來的穩定，他也不再因為先前的錯誤而自責。最糟的事卻是，在他睽別倫敦一年後，返鄉的愉悅完全抹煞。

他仔細想想，他所剩下的一切，就是一點無往不利的幽默感。

杜諾范是個廣得人緣脾氣隨和的年輕人，膚色微黑，曾是都柏林大學最優秀的中量級拳擊手。他想試著對車上的儀表板喊兩聲「哈哈」，卻只能無奈一笑，因為他突然想到他待會兒就要見到他的父親了。

在某些方面，沒錯，老人家通常都是老古板，即使他現在貴為主教。他是個思想過時的人，相信年輕人開玩笑不能超出一定尺度。只不過，這位老先生無意說中了兒子的癖好，令他兒子懸念至此就不禁膽顫心驚。

他僅在一種情況下才獲准去國一年：攻讀犯罪學。某一天，他突發奇想，「爹地，」他直截了當對他父親說，「我想當私家偵探。」老傢伙威嚴肅穆的臉上露出一抹欣慰笑容。他兒子悶悶不樂回想起當時情況。他曾數度到訪美國，看過幾張令他印象深刻的照片，他父親的容貌竟然酷似晚年的威廉・傑尼斯・拜揚。認識他們兩個的人都私底下表示他們本人比照片來得更像。都是肌肉結實的方臉和厚唇，一樣寬闊的額頭，一頭捲曲的長髮，高挺的鼻梁，濃密的眉毛和犀利的黑眼珠，一樣的肩膀和堅毅的步伐。他們連說話的聲音都像。英國教會裡曼坡漢主教動人的聲音是眾所周知的，拜揚式的聲音則如管風琴般洪亮氣魄。此外，兩人的外表都一樣器宇軒昂。

他兒子不由自主又吞下一顆阿斯匹靈。

若要說到主教的弱點，就是他的嗜好。當老修葛・杜諾范決定從事神職工作，這個世界就失去了這位了不起的犯罪學家。他蒐集無以數計的資料，對幾百年來每一樁慘絕人寰命案的細節如數家珍。他熟知一切最先進的犯案手法和打擊罪犯的策略。他調查過巴黎、柏林、馬德里、羅馬、布魯塞爾、維也納、列寧格勒等地的警察局，把那些警官搞得瀕臨瘋狂，最後，他在全美各地巡迴演說，也許是因為他在美國受到熱情款待，讓他同意兒子赴哥倫比亞大學修犯罪學……

「天哪！」小修葛喃喃自語，直瞪著儀表板。他懷著理想抱負註冊入學，帶了不少無法消化的德文書，離開了他西一百一十六街的公寓和住上城的金髮小美女。

他意識到自己情緒不斷低落。他父親必會為了那些無恥下流的勾當嚴厲斥責他。不過，接二連三發生的事都讓他不解。他父親上午竟沒有出現在水棲號停泊的碼頭，反倒是史坦第緒上校代為迎接，他隱約覺得他們過去在哪裡見過……

他偷瞄身邊的上校，一路上上校顯得焦躁，他猜上校一定在為某事煩心。上校一向是個氣度恢弘之人，心寬體胖面色紅潤，短髮剪得乾淨俐落，言行舉止都威風凜凜。但他今天的舉止非比尋常。他坐立難安，眼神頻頻飄動。他不時用拳頭敲打車子方向盤。火氣似乎即將爆發，有幾次他突然捶擊喇叭鈕、聲音大作，把杜諾范嚇一大跳。

他們還從南安普敦接了一個性情開朗的老怪人菲爾，這簡直像是一場噩夢，杜諾范發現自己被直接帶到蘇格蘭場。這其中一定有詐。他開始疑神疑鬼。他老爸精力旺盛一如以往，將在法庭審問之後把他送走。事情愈演變愈糟，因為沒有人對他提過半點他父親的狀況，或他正在忙些什麼……

「該死！」史坦第緒上校情緒激動，「該死，該死，實在是太該死了！」

「呃？」杜諾范說，「請問您在說什麼？」

上校清清喉嚨，他鼻子的問題似乎解決了。

「年輕小夥子，」他粗聲說，「我有件事要告訴你，這是我該做的事。你明白嗎？」

「是的，先生。」

「這件事牽涉到你父親，我得把事情的來龍去脈一五一十告訴你，並且警告你。」

「喔，我的天哪！」杜諾范似乎沒聽見，無精打采靠回座椅上。

「事情是這樣的。可憐的老傢伙大概是工作過度，我請他到我家來做客放鬆心情。我們辦了一場溫馨的小派對：我兒子——我想你應該沒見過他——我妻子和女兒；喔，那天還有我的合夥人柏克，我們的作家朋友摩根和住在接待所的狄賓。他的女兒和小兒——就即將要……這個不重要。你聽我說，這一切都是從最早的那晚上開始的，第一晚。」上校壓低聲音，「事情就發生了。」

「發生了什麼事？」杜諾范問，害怕聽到的是噩耗。

「我們請了朗薇許小姐來晚餐，你知道，那些爭取婦女參政的女孩子一激動起來，幾乎會打破所有的窗戶，對吧？她急切想見到主教，並跟他討論社會改革之事。」上校用鼻子粗聲呼吸，拍拍杜諾范的手臂。「我們當時都站在走廊上，不，正確地說應該是樓梯間，和剛到不久的朗薇許小姐噓寒問暖。到場的人士行止都高尚得宜，我還記得當時我妻子說，『曼坡漢主教真的很高興能見到妳，朗薇許小姐。』這位老小姐說，『噯，噯！』我女兒說，『這是千真萬確的，朗薇許小姐。他要是知道妳已經到了，我敢說他一定會趕快下樓來。』這時，突然間——咻！」上校瞪大眼睛，口吹哨音，手臂劃著滑落的弧形，彷如一顆六吋的砲彈墜落。「他從樓梯扶手上滑下來——咻——整個人順著扶梯飛下來——彷彿從天而降。」

杜諾范一頭霧水，不確定是不是自己聽錯了。

「你說的是誰？」他問。

「你父親啊，這個可憐的老傢伙。就像從天而降，我的老天！」

上校瞪著雙眼，然後咯咯大笑。

「老小姐也嚇得花容失色，勃然大怒。你還不得不服她。你父親呯的一聲落在她腳上。老小姐趕緊戴上眼鏡，說他這種輕狂的行為讓她失去了對他的景仰。我那時就已經起了疑心。」

他探頭探腦環視周遭一圈，確定附近沒有別人，上校用告誡的口吻說，「我把老傢伙帶到一邊，悄聲對他說，『老友，沒錯，這裡是叫做自由廳，可是你到底——是怎麼了！』我婉轉問他是不是哪裡不舒服，需不需要請大夫過來？天哪，他竟深深一鞠躬，發誓說這只是場意外。說他本來斜靠在扶梯上想觀察某人，卻不小心失去平衡，為了怕自己受傷，只好攀著扶梯滑下來。我繼續問，他當時在注意誰呢？他說他在注意希兒黛，我們家的女僕。」

「那也犯不著自己找罪受！」杜諾范說，手壓住頭，又開始覺得頭痛欲裂。「我老爸怎麼說呢？」

「可憐的老傢伙無時無刻不在防賊，」上校嘀咕說道，「事實上，他認為希兒黛是一名叫做皮卡狄兒・珍妮的女人戴假髮喬裝的。接下來，他又在草坪上看到一名小偷。當天還有人半夜起來拿墨水瓶砸教區牧師的眼睛。可憐的傢伙。在這種狀況下，他若是錯把牧師當成開膛手傑克也不足為奇。」

「這件事讓我有點難以消化，」杜諾范覺得自己快病倒了，「上校，您的意思是指我父親變得神志不清了？」

史坦第緒深深吐口氣。

「我真的不願意這麼說，」他喃喃地說，「但在有更好的解釋前我只能這麼想。由於我是郡裡的警察總長，使這件事情變更糟。我不肯聽信他解釋，他要我替他跟蘇格蘭場的老弟們約時間見個面，然後——呃！」

他忽然住口，望著修葛肩後。杜諾范循上校的視線看過去，終於要面對讓他提心弔膽了許久的事：一個高大臃腫的身影從白廳走來，嚴厲專注跨開步子，像是想踏準人行道上每塊磚塊。頭上戴著如前基督教鬥士的高帽子。此時，他剛毅的臉部線條，銳利雙眼左右盼顧，曼坡漢主教似乎在自言自語。他兒子注意到這點，也發覺主教看起來比平常蒼白。即使他現在還滿腹疑慮不明究理，杜諾范還是感到心裡一陣刺痛，畢竟，這個老人只是個頑固傢伙。外人提醒他小心別工作過度，這只是好心的期許，等到有一天，萬一這個人失去了他旺盛的精力，他可能真會瀕臨精神崩潰的險境。

「你看到了嗎？」上校說，用嘶啞的嗓音低聲說。「他在自言自語。某些外科醫生告訴我，這是早期症狀。可憐哪，可憐，他已經精神失常了，可憐的傢伙。讓他開心吧，記得，多還就他一點。」

史坦第緒怕引起注意，只敢悄悄說。事實上，就算他在街上大吹大嚷，主教也未必聽得見。他看到他兒子，停下腳步。凝重的臉上浮現拜揚式著名的微笑，散放出真誠的魅力。然而，這抹笑容也帶著嚴肅的氣息，他匆忙要跟杜諾范握手。

「好兒子！」他說。這等宏偉的聲音，就是早年的他讓人們信服、甚至催眠了整條德貝街上流社會的利器。就連史坦第緒聽見也一樣感動。「我真高興看到你回來，我應該親自到港口去接你的，但剛好有點重要的事。你看起來還不錯嘛，孩子。真的好極了。」

這種驚人的開場白讓杜諾范更加忐忑，顯示出他父親心不在焉。

「哈囉，爹地。」他把帽子拉得更下面。

「你所學的很快就要派上用場了，」主教繼續說，「你必須在一些意義重大的事件上提供協助，因為許多人無法理解我的計畫。」他面色凝重看著上校，嘴唇緊繃，「他們很難完全了解。早安，史坦第緒。」

「喔，啊——早啊。」上校緊張回應。

主教盯著他，眼裡閃過一抹好奇的光。

「史坦第緒，我很遺憾必須這麼說我的老友，但你真是個大笨蛋。我的良知讓我不得不實話實說。這麼做或許欠缺風度，但我非一吐為快不可。然而……」他緩緩揮動手臂，口氣激動起來。「狂風暴雨都不能動搖我的意志，不能阻撓我繼續走我的道路。善人在披上正義公理的盔甲之後，比所有的邪惡勢力來得更龐大。」

他兒子抑止發笑的衝動。他父親還在用老掉牙的口吻說教，可能連木乃伊聽了都會被他嚇跑。他不多說；全藉催眠的聲音和說話氣勢協調運作，加上令人難以抗拒的眼神和以柔克剛的說服力。

「我也常警惕自己，」上校同意，「但是你聽我說，老友——你為什麼昨晚不告而別離開莊園，也沒有交代一聲你的去處？我們出動了大票人馬找你，我妻子都快抓狂了。」

「我為了要證明我的清白，先生，」主教面無表情，「我很高興告訴你，我能證明我所言不假。在赴蘇格蘭場以前，我還有一些資料要蒐集。得趕回家一趟找我的檔案……」

他交握著雙臂。

「我都準備好了，史坦第緒。我要向你丟炸彈了。」

「哦，我的天哪！」上校說，「放輕鬆點，我的老朋友，別這樣。我們從念書時就認識了——」

「那你就大發慈悲，不要再誤解我了，」主教打斷他的話，臉上一抹邪惡的表情。「你從來就不是一個聰明絕頂的人，但起碼你還懂這一點。要是我告訴你——」

「不好意思，先生，」有聲音打斷他。一名身形魁梧的警察對史坦第緒說話，小杜諾范這天已經沒有心情再跟警察周旋了。「抱歉，」執法人員說，「請問您是史坦第緒上校嗎？」

「嗯，」上校毫不猶豫，「嗯，我是。什麼事？」

「可否勞駕您到總探長辦公室一趟？總探長知道您人在下面。」

「總探長？他有啥貴幹？」

「這我不能說，先生。」

主教瞇起眼睛，「我敢大膽預測，」他說，「有事情發生了。走吧，我們統統一起去。沒有關係的，警官先生。我已經跟海德雷總探長約好了。」

小杜諾范一臉擺明了不願意去的樣子，但在他父親威嚴的注視下不得不就範。警官帶他們到德貝街，穿過拱門下停了幾輛深藍色警車的中庭，走進迴音蕩蕩外觀如校舍般的制式磚造建築。

二樓海德雷簡樸的辦公室裡撒滿了早晨太陽的光塵，河岸堤道交通的嘈雜從開敞的窗外飄進室內。在井然有序的辦公桌後面，杜諾范看見一名短小精壯的男子，低調打扮，有雙機警冷靜的眼睛，髭子修剪得整整齊齊，髮色銀白。他雙手自然交疊，然而，在他看到他們之後，嘴角不悅地癟下來。電話聽筒才剛剛掛上，他的手肘杵在桌上。菲爾博士坐在不遠的椅子上緊繃著臉，手杖猛敲地毯。

主教清了清嗓門。

「您是海德雷先生嗎？」他問，「請容我自我介紹，我是——」

「史坦第緒上校？」海德雷對著不耐煩的紳士說，「這通電話是要留言給您的，信息已經寫下來了，但也許您最好親自去問巡官比較妥當……」

「什麼？巡官？」上校問，「哪位巡官？」

「您郡裡的巡官，您的下屬。您跟賽提莫思‧狄賓先生很熟吧？」

「老狄賓？喔，是啊。他怎麼了？他住在我私人的招待所裡。他——」

「他被殺了。」海德雷說，「今天早晨，他們發現他被一槍射穿腦門。電話在這裡。」

CARR

CHAPTER 3

寶劍八

好一段時間，上校只是乾瞪著他。他粗呢格子休閒服在簡陋昏暗的辦公室裡顯得格外刺眼。

「怎麼會這樣？」他還無法接受事實，「狄賓？老天哪，一定不是狄賓。狄賓不可能被殺。我敢跟你賭五塊錢，他絕對沒想到自己會被殺。我說——」

海德雷拉把椅子讓他坐下。

他粗魯踢開椅子，拿起話筒，似乎決心要把這個從頭開始就荒誕不經的事解決掉。

「哈囉，哈囉，哈囉……嗨？莫區？你怎麼樣？我要問你，這到底是怎麼回事？……不過，你怎麼知道的？」

停頓了一下。

「那麼，也許他清理槍枝時走火了。」史坦第緒忽然想到一件事而打斷對方的話，「我知道有個傢伙曾經擦槍走火。就是住在五十九街的那個傢伙，把自己的腳給炸了……

「不，該死。我知道了。要是那裡沒有槍的話，他怎麼可能會……好，好。一切都交給你了，莫區。我今天下午就趕回去。怎麼一波未平一波又起，真他媽的！好的，好的，拜拜。」

他掛上電話，愁眉苦臉盯著它。「我說我真該死！我忘了問他——」

「我已經知道事情的經過了，」海德雷接腔，「你若想清楚案情，就請先坐下。這幾位先生是……」

史坦第緒一一介紹在場人士。曼坡漢主教面色凝重，自顧自坐在海德雷旁邊的位子上，洋洋自得看著史坦第緒。他其實十分關心這件事，還是忍不住開了口。

他說，「對於任何一位逝者，我都衷心表示遺憾，但我必須指出我從很早以前就開始警告大家了。我並沒有要怪罪任何人的意思，也沒有要減輕任何人的內疚。然而——」

史坦第緒掏出手帕擦前額的汗，怒不可抑地說，「該死，我怎麼會知道那個可憐的人會落到這種下場？一定是有人弄錯了。你跟那個傢伙不熟。為什麼，因為他是我出版社的股東！」

杜諾范注意到海德雷神色不悅掃視在場所有人，卻仍必恭必敬對待主教。

「閣下，我由衷感激您，」他插話，「感謝您及時協助，並馬上採取行動，我們聽到狄賓被殺，乞求您為我們指引未來的道路——」

「可是他竟然從欄杆扶手上滑下來，簡直就是神經出問題了！」史坦第緒以不滿的口吻抗議。「咻一下，彷彿從天而降那樣順著欄杆滑下來，最不該的是，居然還跌在朗薇許小姐面前！」

主教愣了一下。他抬高姿態盯住史坦第緒，就像看著一名端著奉獻盤的執事在聖壇階梯上滑了一跤，整盤銅板如一陣大雨般落在前三排信眾身上。

「先生，」他冷冷地說，「我向你解釋過原因了，聰明人應該都聽得懂。當時我不巧失去平衡，為了避免最後摔得很慘，我不得不趕緊趴在欄杆扶手上，順著它滑下來。事情經過就是如此。」

上校對主教誹謗他的聰明才智不以為然。

「那麼，你後來為什麼要朝教區牧師扔墨水瓶？」他激動地問，「我是沒當過主教，但我這輩子從來沒有打過牧師的眼睛！我認為這是精神異常的警示。」

主教青筋浮起，坐直身子，呼吸沉重，張望著這群人。目光停留在用手捂住嘴避免發出怪聲的菲爾博士身上。

「你有說要話嗎，先生？」他威嚴質問。

「不，閣下，我沒有。」菲爾博士大聲否認，趕緊放下他的手，但他全身發抖，眼裡一抹淚意。

「我很高興你這麼說，但是你是不是有什麼想法？」

「喔，是的。」博士只得實話實說，「您為什麼要用墨水瓶砸教區牧師呢？」

「各位！」海德雷猛拍桌子，制止他繼續說下去。他極力壓抑住自己的情緒，藉著收攏面前的文件恢復鎮定。他繼續說，「我根據從莫區巡官那裡得到的資訊，整理案情。至於你，上校，可以為我們補充說明……我想知道的是，你跟狄賓先生的交情如何？」

「相交甚篤，老狄賓——」史坦第緒懷著戒心回答，「跟我幾個在印度的好友很熟。五六年前的某天他來拜訪我，聽說我有一間接待所久無人住，他很喜歡那棟房子，想租下，一住就住到……那個傢伙性情乖僻的，凡事挑剔得不得了。無論是涉獵的書籍或其他的知識，廣博到超乎我的想像。他鍾愛美食——高級料理，」上校咯咯笑道，「但是，你得好好了解一下這個人。」

「你這麼說是什麼意思？」

史坦第緒解除戒心說，「為什麼這麼說。我打個比方，這傢伙常常醉得不省人事。只消喝半瓶勃艮地葡萄酒——多麼講究的酒——碰，就掛了。有一天，我臨時起意去拜訪他，見到沒帶夾鼻眼鏡的老傢伙在書房裡，腳高翹在桌上，一瓶威士忌灌掉了四分之三——他不勝酒力，醉了。哈，這是我見過最怪的事。我叫他，『喂，狄賓。』他回應我，『嘿嘿嘿。』開始唱歌，大吵大鬧，搞得天翻地覆，接著……」上校憂心忡忡，「我說這些並不是故意要醜化他的形象。我心想，他一定常在不為人知的情況下酗酒。他大概每兩月就會無節制狂飲大鬧一次。有什麼關係呢？我不得不說，這麼做能讓他好過一點，我的意思是，他也是凡人。為什麼這麼說，因為我在婚前也是這樣。」史坦第緒咳了一聲。「如果不會被人發現，這並沒有什麼大不了的？他肯定是不希望被人看見。面子問題。不小心被我闖入之後，他要貼身男僕每天晚上坐在書房門外的走廊上，天哪！每天晚上呢，他還沒做好公諸於世的心裡準備。」

海德雷緊皺著眉頭。

「你想他究竟為了什麼事煩心，上校？」

「他有什麼事好煩的呢？真是一派胡言。他還會想什麼事？他是個鰥夫，享盡了榮華富貴……」

「請繼續說，你還知道他什麼事?」

史坦第緒坐立不安起來。「沒別的了。你難道看不出來，他不怎麼得人緣?他遇到了我的合夥人柏克，在我們出版社投資了一大筆錢，說他一直就想走出版這一行，他這麼做了。他想出的都是沒有人願意碰的冷門書。你知道，就是那種某人的學術論文，耗了六七年完成的。裝訂起來有六吋厚，文字行間的註記你看都看不懂，作者還每天跟你書信往返討論內容。傷腦筋。」

「他有家人親戚嗎?」

史坦第緒通紅的臉露出一絲滿意的神情，旋即又不安起來，「我說，這種事一開始就扯不完……我又不得不說他的壞話了。是的，他有一個女兒，真是個好女孩，氣質優雅，是那種你上街時看到會讓你緊急煞車的女孩。」上校說，「好女孩，就算她遠住在法國，還是無時無刻不惦掛著狄賓，真是何苦來哉。狄賓把她送到修道院去，直到她成年，也許是她真的很喜歡法國吧，誰知道。我跟狄賓說，『好，好，她已經到了適婚年齡。』這個女孩跟小犬——」他斟酌著用詞，「兩情相悅。」

海德雷的目光移向在場的人，落在準備要開口說話的主教。海德雷趕緊接腔，「所以，你並不知道他有沒有樹敵?我的意思是，兇手可能不是你這個圈子裡的人，你不認得他?」

「老天，我當然不認得！」

海德雷繼續說，「我問過他死亡現場的狀況。根據莫區巡官從狄賓僕人和廚子那裡得到的證詞，以下是案發經過——」

他弄得紙張窸窣作響，「他的僕人，雷蒙・施托爾說他大約七點左右回到接待所，應該是喝過下午茶——」

「他跟我們一起，」上校喃喃說，「兒女的消息讓我們非常開心，我指的是，他女兒和小犬的婚事。他之前就收到她的信，為此跟我聊了一整夜。所以他昨天過來喝杯茶，順便跟眾人宣布這個喜訊。」

「他精神很好嗎？」

「再好不過了，他紅光滿面呢。」

海德雷瞇著眼，「他跟你們喝下午茶時，發生了什麼事——導致他情緒低落。」

史坦第緒拿出一根雪茄，他點燃著，似乎有煩心的事困擾他。他扭轉脖子，不懷好意地看著主教。

「嘿……看著我！」他慵懶的眼睛突然瞪大，「他離開時的心情像是跌落屎坑裡。就是在你把他帶至一旁竊竊私語之後才這樣。呃？」

主教的手交疊在一把雨傘上，下巴堅毅，擺出一副詭異的表情，像是要施展壓抑已久的報復行動。

「的確如此，我的朋友，」他回答，「等探長把案發的經過交代完畢之後，我會把話說清楚的……你繼續，先生。」

「僕人的證詞是說，」海德雷遲疑一下，繼續說，「狄賓回到接待所以後顯得悶悶不樂。他要他們將晚餐送到書房裡。他一反慣例，沒有梳洗打扮就用餐。

「他的晚餐時間是八點半，當時的他似乎比平日來得焦躁不安。他告訴僕人還有工作要做，將整晚待在家中不見客。昨天晚上，你記得嗎，熱浪期結束，午夜時暴風雨來襲。」

「當然記得，那場暴風雨多嚇人！」上校咕噥說，「亨利・摩根就很倒楣遇上了，走了三哩路到——」

海德雷逐漸失去耐性。「你要是不介意的話，」他說，「我們最好先把這些事交代清楚……總而言之，暴風雨來襲，吹斷了電線或諸如此類的原因，屋裡的電全停了。僕人當時正在一樓關緊所有窗子，摸索著找出幾根蠟燭。就在他要帶著蠟燭上樓時，有人敲門。

「他開門時，蠟燭被風吹滅了，但是他趕快又點起來，他看見這個訪客是他以前沒有見過的……」

「你有這個人的長相資料嗎，海德雷先生？」主教直催促他說。

「並不多。這個人中等身材，年紀很輕，深色頭髮和鬍子，穿著花俏，說話有美國口音。」

主教拉直頸部領口的摺痕，展現出一股冷冷的得意。他點點頭，「請繼續，海德雷先生。」

「狄賓先生交代過他不見客，僕人準備關上門，而那人硬是一腳踏進門裡。他說——」海德雷看他的筆記，「那個人說，『他會見我的。你去問他看看。』莫區巡官對這段對話的內容沒有交代得很清楚，那人似乎指的是用某種通話筒。」

「我知道那玩意兒，」上校說，「你對著話筒吹聲口哨，然後開始說話。狄賓只使用在兩個房間，書房和臥房。他裝了一個傳聲筒連結到書房。話筒的另一端就在大門旁。」

「很好……來者態度堅決，施托爾只好跟樓上的狄賓先生通話。狄賓先生終於說，『好吧，讓他上來。』儘管這名男子根本沒有通報姓名。狄賓要僕人留在附近，以便他有不時之需。施托爾還有其他的事要忙，他得去看看燈出了什麼問題。狄賓叫他不用去管那些燈，他書房裡的蠟燭很多，光線也夠充足。

「無論如何，施托爾叫醒廚子，廚子叫艾胥利．喬治，派他冒著大雨拿手電筒到外面去——在強烈的抗議下——找找看是哪裡的電纜斷了。他這段期間去關樓上的窗戶，聽見狄賓和他的訪客在書房裡談話的聲音。他聽不清楚他們談話的內容，但他們的對話似乎還滿友善的。廚子回來後，發誓說電纜都沒有斷。他們開始檢查總開關，才發現是電線短路之類的問題，換新的保險絲後燈就亮了……」

菲爾博士坐直身子，心不在焉填著煙斗，並轉動大頭看著探長，以一抹好奇的眼光斜睨著他，不以為然地說。「我說啊，海德雷，這實在太有意思了。這是你講過的案情細節裡，最有意思的一次。請繼續，繼續。」

海德雷不以為杵，一臉狐疑瞄著菲爾博士，接著說，「時間大約在午夜，施托爾準備就寢。他敲敲書房的門告訴狄賓燈已經修好了，問他可否退下休息。狄賓說，『好，好。』口氣有點不耐煩。於是他回房。當時暴風雨仍在肆虐，讓他輾轉難眠……他事後回想，應該是在凌晨十二點一刻左右聽到一聲槍響；他看了一下時間，但他以為是雷聲大作，就沒有多加理會。莫區巡官說根據警方法醫的報告，死亡時間應該在十二點一刻。

「隔天早上，施托爾下樓，透過門楣窗看到書房裡燈還亮著。他敲了幾次門，無人回應，門從屋裡反鎖。所以他拿了一把椅子，爬上去，從門楣窗窺視屋裡的動靜。

「狄賓趴在書桌上，後腦中槍，射穿的大洞淌著血。施托爾鎮定推開門楣窗，慢慢爬進書房裡。狄賓已經死了幾個鐘頭，現場沒有找到任何武器。」

小杜諾范發現自己因宿醉引起的頭痛已經不藥而癒。這段殘酷、從容、駭人聽聞的敘述喚醒了他的理智和想像力。從欄杆扶手上滑下來的荒誕之說目前只算得上是昨晚的睡前小酌。他第一次擁有人類狩獵的本能，領略到這種事的魅力所在。屋內鴉雀無聲。他不安回神過來，發現主教以一種父親以你為傲的眼神瞧著他。

「海德雷先生，」主教開口說，「這件事實在是太有意思了，我想讓小犬見識一下，」他朝他兒子揮揮手，「海德雷先生，小犬跟我一樣都是學犯罪學的，我應該現在就可以考驗他究竟學得如何。」他態度一轉，思忖著說，「我有幾點疑問，比方說——」

「慢著！」上校出聲抗議，擦去額前的汗水，「我說……」

「——比方說，」主教不假辭色繼續說下去，「你說書房的門是從裡面反鎖，這表示兇手是從窗戶逃出去的嗎？」

「不。他是從另一道門出去的。樓上陽台延伸到屋子另一側，那裡的門開了。那扇門半開——據施托爾表示，它通常都是鎖上的。」海德雷沒有絲毫諷刺的意味看著他，心平氣和，「現在，可否請您解釋整個事件裡，關於您的那部分？」

主教點點頭，禮貌地向史坦第緒微笑。

「樂意之至。很幸運的，海德雷先生，我可以告訴你昨晚拜訪狄賓先生的那位人士是誰。事實上，我可以給你看他的照片。」

上校不可置信地瞪大眼睛，主教從衣服內袋裡拿出一張紙，紙上用小寫字體作了幾行註記，裡面夾著兩張照片，他將照片交給海德雷。現在他可以證明所言不假，主教的幽默感似乎重申了這一點。

「他叫做路易・史賓利。海德雷先生，要是你想不起來的話，下面幾行註記可能會喚起你的記憶。」

「史賓利——」海德雷反覆念著這個名字，他瞇起眼睛。「史賓利——我想起來了！勒索。這個傢伙是梅菲幫的人，去年想盡辦法要混進英國。」

主教糾正他說，「他也是唯一混進英國的人。這個人哪，海德雷，聰明到用本名就可以大搖大擺混進英國，容我為大家解釋一下。」

小杜諾范想到，他曾在英國教堂裡聽主教用這種奇怪的方式宣道。最奇怪的是，這個老傢伙不費吹灰之力就打發了這個場面。他連平時說話的語氣也像在講道壇上佈道一樣。他兒子從來沒有習慣過。

「警察博物館就在中央大街上，和你們這棟黑色博物館很相似，他們展出的方式是將各種形式的犯罪分門別類，海德雷先生。該處的館長允許我帶走一些有趣的資料。這名叫做史賓利的男子以專門勒索別人維生，單人作案，他作案有些奇癖，所以引起警方注意，盯他盯很久了。

「他是個年輕的義裔美國人，三十歲左右，父母都是有頭有臉的人物，而且受過良好教育。就我所知，他文質彬彬，因此無論出現任何場合都不會引人質疑，僅除了一項一般人難以想像的弱點，他總是無法控制自己去穿時髦服飾，打扮前衛大膽，還慣於披掛各式戒指與珠寶。從照片上可以看得出來。他二十三歲時被抓，關進紐約新星監獄十年。」

主教停頓下來，嚴厲的眼神掃視眾人。

「他於三個月前逃獄，沒有人知道他是如何成功逃脫的。根據我的推測，他意識到單打獨鬥風險太高，便勾搭上了勢力龐大的梅菲幫，從此沒人動得了他。然後——」

菲爾嗤之以鼻。

「聽我說，」他抗議，「奉上帝和酒神之名，我希望這個小案子到最後不會演變成幫派糾紛。我最不樂於見到的，就是這種傳統的命案模式淪為單調無趣的繁文縟節。我只是對這些顯著的問題感興趣……」

主教不以為然搖搖頭。

「你不用擔心，親愛的菲爾博士，請相信我，史賓利回來是重使他單槍匹馬的勒索伎倆。梅菲幫早就分崩離析，沒有人知道原因何在，這也讓那館長感到迷惑。他們的勢力已經不知從何時起就開始沒落。幫派裡的老大都爭相逃離美國；有的到義大利，有的來英國，還有一些到德國去。他們都遭到拒絕入境。但是，為了趕上這個風潮，史賓利也選擇出走……」

「我們很快就會知道了。」海德雷對著電話簡短講了幾句，卡答掛斷。他注視著主教，語氣唐突，「你一定很清楚，你說的純粹是個人臆測。我敢說你從來沒有跟史賓利打過照面？」

主教鎮定地說，「我見過他兩次，一次是在中央大街警察指認嫌犯的列隊中，當時找不出任何不利於他的證據，這就是我為何知道他前科累累的緣故。另一次是在昨晚。他從離莊園不遠的酒館走出來，我隔了一段距離才看到他，在月光下，在——氣氛有點詭異的莊園裡。」主教咳了兩聲。「是他的穿著提醒了我，我覺得他的面孔有點眼熟。而且昨晚我看到他的距離跟現在離你是一樣近。」

「老天！」上校說，以全新的眼光注視著他，「這就是你為什麼一大早就落跑的原因嗎？」

「我不相信這位警察總長會把我的話聽進去，」主教口氣冷淡，「各位，我發現了其中一件事，問題出在——」

海德雷悶悶不樂坐在桌邊敲著膝蓋關節，盯著遲遲不響的電話。

「問題在於，」他說，「我們必須非常謹慎看待這件事，我認為是有人搞錯了。美國黑幫份子射殺隱居在格魯司特郡的老仕紳……鬼才相信，真是搞不清楚。所以還是——」

「我不認為如此，」主教不疾不徐地說，「就是路易·史賓利殺了狄賓。我還沒有時間去證實我的推論。我或許應該先請教一下，海德雷探長，您接下來準備怎麼辦呢？」

海德雷直言，「這是史坦第緒上校的案子，他是他郡裡的警察總長。如果他需要蘇格蘭場的協助，他可以提出要求。要是他寧願自己來偵辦這個案子，我沒有意見。你意下如何，上校？」

「就個人而言，」他一邊留意主教，一邊以慎重的口吻說，「我非常榮幸在這個案子裡盡我棉薄之力提供警方任何協助。」他大氣不喘一口氣說完，嚴肅的面孔鼓起來，一抹被催眠的眼神閃現。

「有了！」史坦第緒突發奇想地大叫。他衝口直言，繼續說，「天哪，有了！是我們自己有人，就是菲爾。老朋友，你答應我到莊園裡做客幾天，不是嗎？你不會讓一個該死的外國人到來，趁黎明幹掉我的朋友，是吧？」他轉向主教。「這位先生是菲爾博士，你知道嗎。他就是逮到克利斯和羅根瑞的人，也是善於偽裝成別人的大師。怎麼樣？」

菲爾博士終於把煙斗點著了，繃著臉，嘴裡不知犯什麼嘀咕，一手執手杖戳著地板。

他滿腹牢騷，「長久以來，我非常抗拒參與這種平淡乏味的案子。這件案子不但缺乏特色，也沒有不尋常之處。它的戲劇性在哪裡？它的——」

海德雷一本正經看著他，隱隱稱快。

「沒錯，沒錯，我知道，你有你的原則。」他表示贊同，「一般來說，那些光怪離奇的案子得等個十二年才會碰上一樁，在倫敦塔上射箭或深陷牢獄的囚犯從陽台越獄。平淡無奇的案子又怎麼樣呢？簡單的案子最久不超過一個星期就能破案，何必擔心會平白浪費心力呢。我不認為你回家會找到更多的樂趣……恕我直言，先生，這僅是一樁小小的私人恩怨。」

他猶豫片刻，繼續說。

「很不幸的，我還要告訴你們其他的事。莫區巡官提到一件小事可一點都不平凡，也許那不代表什麼，也許那只是狄賓的東西，反正不尋常就是了。」

「整個案子裡有許多地方不尋常，」菲爾說，「你是不是要我非說出口不可，嗯？」

海德雷搓揉著他僵硬的臉頰。「狄賓先生的手裡，」他繼續說，盯著他的筆記，「握著一張紙牌……對，這就是我要說的：一張紙牌。形狀大小跟一般我們玩的紙牌一樣，但據說是張特別設計，上面以水彩繪著精美的圖案。圖案看起來像是八朵鳶尾劍狀葉草，又似星號，水的符號從中間穿過。就是這樣。現在，你可以開始建構整個故事。」他將筆記丟在桌上。

菲爾博士握著煙斗的手懸在半空，徐徐噴出一口濃煙，煙從他的鬍子前冉冉騰起，他的目光一動也不動地盯著筆記。

「八隻寶劍——」他說，「八隻寶劍：兩隻在水面，三隻在上，三隻在下……天哪！喔，我的酒神！喔，老天！聽我說，海德雷，不會吧。」

他目不轉睛盯著總探長。

「哦，是嗎，」總探長不耐煩的，「你又有理由了。我猜你八成想到神祕組織？黑手黨之類的，對吧？復仇的印記？哼！」

「不，」博士慢條斯理說，「跟神祕組織一點也沒有關係，我倒寧願這事有這麼單純。它比較像是中世紀邪惡的象徵，更富想像力……是的，沒錯。我走一趟格魯司特郡。那裡一定是個奇特的地方。我會不遺餘力找出知道寶劍八的兇手。」

他站起身，像流氓耍酷似將斗篷一甩，披在肩上，推開窗戶，眺望堤岸的車流，他毛白膨鬆的頭髮亂翹，鼻樑上的眼鏡斜歪一邊。

CARR

CHAPTER 4

尋找那枚鈕扣鉤

修葛在當天傍晚首次造訪「莊園」。他先與主教、菲爾博士及史坦第緒上校在夫利特街古魯餐廳共進午餐，並聽他們商討計畫。主教的態度友善。他知道這名身穿斗蓬戴鐘形帽、在海德雷辦公室裡不時幽默對眾人擠眉弄眼的彪形大漢，是位著名學者。涂邵德夫人舉辦的宴會上，他溫和的眼神竟一眼就能識破在場半打以上聰明狡詐的兇手。主教不肯落於人後。他開始借題發揮，將對話轉移到犯罪學者身上。而博士對當代犯罪和最新科學辦案程序一問三不知及興趣缺缺的態度，令主教感到訝異。

幸好，他沒有拖他兒子下水加入這場舌戰。而後者悶悶不樂地意識到，他已經錯失了扳回面子的良機。假如他在船上就結識菲爾博士，大可向這個老怪物解釋他的難處，老怪物也許會伸出援手。他只聽見菲爾博士一直嘟嚷個沒完，不時咯咯竊笑，他高聲宣稱沒有什麼能比這場遊戲更讓他覺得愉快了。若真是這樣的話，還不算太遲。修葛・杜諾范心裡稍事寬慰。他現在無疑是獲准進入聖殿，在眾多虛情假意的優秀人士面前，看著最高階神職人員如何在真實的俗世裡變把戲。他一直都想參與這樣的盛會。主教卻只在他赴美前對他耳提面命一番，要他管好自己，從事一些無傷大雅的娛樂活動。現在，他理論上熟知什麼叫做彈道、縮影照片、化學分析、毒物學和種種用來偵辦案情的那些枯燥乏味的學科。從教科書上瞄的那幾眼內容叫他有氣，覺得自己上了大當。那些內容根本是個幌子，非但沒有暗示他逮到兇手可以獲得豐厚的報酬，還語焉不詳地要他解出四點二加二分之一加X大於十一點二除以Y這種難題，這簡直比化學還令人傷腦筋。

他愁眉苦臉地傾聽主教向菲爾博士發表高見，一邊啜口古魯餐廳風味絕佳的啤酒。所有迷人的聲音都是假的，全都是化學作用在作祟。他記得他還是個孩子的時候，對店裡全套化學玩具瘋狂著迷。等到家人買了一組當聖誕節禮物送給他，他欣喜若狂地馬上看如何製作炸藥的說明書。他相信那是人類的劣根性。你用一些細緻的黑色粉末作成一種混合物，看似邪惡，卻令你成就感十足。結果還是出了岔子。他把火藥放在他父親最喜愛的安樂椅下面，接上紙芯，點火，等待。結果只冒出如煙火般閃閃發亮的火花，把主教的腳踝給燒了；儘管他逃跑的速度顯示出他鍛鍊有素的體能。不管怎麼樣，他得承認，最後家人還是准他製造氯氣的下場不算太糟。藉著自由使用化學原料，他設法讓老傢伙嚇得足足呆愣了五分鐘。然而，最後的結局是，他終於徹底死心，就像他修犯罪學一樣，無疾而終。他反倒從自己最欣賞的小說家作品中，對偵探工作產生莫大興趣，那就是最傑出暨暢銷偵探小說家亨利・摩根先生。

他緊皺著眉頭。這提醒他一件事。如果他記得沒錯，摩根的小說就是由「史坦第緒暨柏克出版社」出版。他一定要問問上校摩根究竟是何許人也。他最喜歡的是吹捧此書的廣告宣傳，總是稱他為「筆名：亨利・摩根」，並用神祕的筆調介紹，「隱匿自己享譽國際及警界之間的身分，將其睿智機敏及警方偵案過程轉化為偵探故事的書寫。」杜諾范被這段文字深深吸引。他曾想像著此人穿著一身晚禮服，留撮小鬍子，目光凌厲，總是為了最近有人計畫盜取自動手槍感到沮喪。

他沒有開口問史坦第緒上校。不僅因為餐桌上的上校似乎心煩意亂幾近抓狂，他也不想引起他父親的注意。曼坡漢主教正忙著應付菲爾博士。

過午不久，他們搭乘史坦第緒的車離開倫敦，主教一路不停在解釋（坦率承認）他是如何被不幸的事件所誤導，讓他誤以為僕人希兒黛・朵費是惡名昭彰的扒手皮卡狄兒・珍妮，把案情導向了曖昧不明的狀況。那天晚上他看見花床上的人就是路易・史賓利，而他當晚的行為讓史坦第緒上校產生誤解，基於有人故意裝神弄鬼捉弄喬治・普林萊姆牧師。

老實說，這起惡作劇引起了修葛・杜諾范的興趣和激賞。他迫不及待想見到這個人，無論他是誰，竟想到藉『搗蛋鬼』之名朝牧師丟墨水瓶。顯然史坦第緒上校並不滿意這個論調，他對主教的說詞心存疑慮。

他們在鄉間度過一個美好下午，四點鐘左右打道回倫敦附近一個稱為「橋八」的村莊。即使已經是下午，天氣仍非常炎熱。馬路到處都是坑洞，蘋果樹傾倒在路邊，灌木叢裡飛出的蜜蜂在擋風玻璃前盤旋不去，讓史坦第緒差點沒抓狂。一路向西行駛，杜諾范看到布里斯托郊區的紅色屋頂上白煙冉冉，一片茅草屋頂和牛鈴聲響的鄉間景致。這裡有起伏的牧草地，泛著泡沫的毛莨屬植物，佔領草地的牛隻像群無視他人存在的天體族。這裡隨處可見奇岩和令人意想不到的溪流，黑色的灌木群聚山腰。一如往常，每當修葛深入鄉間探險，就會覺得精神抖擻。他深吸一口氣，摘下帽子讓陽光直射病懨已久的頭髮，感覺通體舒暢。

他懷著憐惜的心態回顧紐約生活。那些人真傻！只能把自己關在如火爐般悶熱的公寓裡，任二十台頻道收音機節目在耳邊嗡嗡作響，每一樓層派對搖曳的燈光看得人頭昏目眩，克里斯多夫街上孩子的尖叫聲，廢紙隨著躁熱的風沙漫天飛舞，第六大道和L街交口三不五時傳來交通事故刺耳的金屬撞擊聲。可悲，真的太可悲了。他可以想像到，他的朋友在人氣熱絡的酒吧裡步履蹣跚地進出。在吃角子老虎機裡猛投五分鎳幣，拉下把手，一列檸檬就足以慰藉他們的苦悶。今晚，在雪瑞登廣場附近，可憐友人正以科學家討人厭的審慎目測半加侖酒精半加侖水的玻璃瓶裡究竟有幾滴琴酒，旁人則迫不及待整杯豪飲下肚。這些可憐的傢伙。他們忘了晚餐，和別人女友上床，眼睛被揍黑一圈。實在可悲極了！

而他……主教滔滔不絕的提到了義大利神學家多瑪斯•阿奎那，車子仍在行駛中，他兒子關切地看著他，而他……

那些日子已成為過去。他如鶇鳥般挺起身子（無論在什麼時候，這種鳥總是挺著身軀，隨時準備從你窗外飛走），他從此可以在早餐後隨性散很久的步。他能辨識出墓碑上刻的碑文，駐足在倒塌的塔樓前沈思，就像那些寫一手好文章，以及那些從來不會衝動上酒吧喝個不醉不歸的傢伙們一樣。

他曾從莊稼漢那裡聽到一個挺有意思的人生觀——這些人總愛對作家說一些鄉下傳說。「好，」他聽到一個老人說，「好，又是米迦勒節，可憐的莎麗•菲佛雷在溪裡溺水自盡已二十年。當晚的月光……」說得太好了。（譯註：Michaelmas，九月二十九日總領天使米迦勒的節日，也是古時農人四季的付款日。）

當有人再講述這個故事時，他已經可以就著燃燒煙灰的微光，以悲傷的眼神凝望河水，想像紐約那些痛飲著酒水的人渣的惡行，他們出現，勾引不幸的鄉下女孩，逼得她們投河自盡。他正對自己高尚的道德情操沾沾自喜時，忽然被路邊的吆喝聲喚醒。

「停車！」一聲大喝，「停車！」

他被驚醒，戴上帽子遮住被太陽直射的眼睛，車速緩緩降下。他們行經一片房舍，洗白的石頭建築酒館掛著一個名為「公牛」的大招牌，左轉過去則是綿延不絕的矮丘。途中右側有間方塔形小教堂，風華依舊，花團錦簇，大門不遠處墓碑林立。快抵達山頂時，有段四分之一哩長的直路。杜諾范看到他左側有數頃綠地沿路被低矮石牆圍住。綠地中間矗立著一幢巨大的矮石屋，東邊的窗子正迎著金色天空。

出聲吆喝的人走近他們。路的另一頭，在山頂之後，有棟畫裡常描繪的小木屋。木屋正面被人身高的圍籬圈住，鐵鑄柵門上一面字體娟秀素雅的門牌寫著：「宿醉之家」。柵門裡有位拿著煙斗懶洋洋地靠在門邊的人在呼喊。

「停車！」他又喊，「停車！」

杜諾范注意到他父親心猶未甘地閉上嘴，上校反倒鬆一口氣嘀咕了兩句，將車停在柵門前面。態度親切的一名精瘦年輕人，比杜諾范大不了幾歲，長臉、方下巴、詼諧的眼睛、仿玳瑁鏡框眼鏡掛在高鼻子上。他穿一件色彩鮮豔的運動外套、土灰色長褲、領口釦子敞開的卡其襯衫，一手搖著已經熄滅的煙斗，另一手執只盛滿雞尾酒的酒杯。

上校停下車，「請不要一直叫我『停車』，真是的！」他不滿地說，「我們沒時間逗留，還有急事要辦。你叫我做什麼呢？」

「請進來坐坐，」對方熱誠邀請他們，「來喝一杯。我知道現在喝酒嫌早了點，但請賞臉喝一杯吧，此外，現在有新聞報導。」他轉頭叫道，「瑪德蓮娜！」

杯子裡裝盛琥珀色汁液的景象，讓杜諾范的感官接受嚴酷的考驗。他看見圍籬後的草坪上撐開一把蓋過桌面的大型海灘傘，上面掛的裝飾逼得他不得不又想起紐約。他以為他眼睛在欺矇自己，雞尾酒調酒瓶表面還泛著銀光和溼氣。令人懷念的情境向他襲來。他知道以冰入酒在英國鄉下還算是絕無僅有的喝法。在年輕人的招呼下，一名女孩從太陽傘傘緣露出頭來，對眾人微笑。

從折疊躺椅裡站起身，她快步走向柵門。她的眼睛是深色的，如日本女孩般一頭黑色頭髮，麥芽色肌膚彈性十足。她健美身材和時髦可從寬鬆短褲和印花絲質短衣略窺一二。她走到柵門邊，很高興看到他們，她揚起眉毛，對他們說，「哈囉！」露出久別重逢般的喜悅。

史坦第緒上校看到她的寬鬆短褲，不禁咳兩聲，瞥了主教一眼，匆忙接著說，「你們都不認識吧？這位是菲爾博士——我們的老朋友，你常聽我提起他，不是嗎？他也是蘇格蘭場的人。這位是杜諾范先生，主教的公子……我想介紹你們認識，」他引以為榮地說，「亨利・摩根，作家。還有這位是，摩根太太。」

杜諾范愣住了，他父親也從不曾見他如現在這麼安靜過。

「不好意思，」他說，「你，就是摩根先生？」

摩根面無表情地搔搔耳朵，「嗯，」他有點不好意思，「我就是。瑪德蓮娜贏了一塊錢。是這樣的，我們剛剛打賭，如果你對我這麼說，我就得付她一先令。要是，換種情況，你直盯著她，心裡想，『哦，這是亨利・摩根的黃臉婆』，我就贏了。不管怎麼樣……」

「萬歲！」瑪德蓮娜歡喜地咯咯笑，「我贏了，付錢！」她望著菲爾博士直率地說，「我喜歡你。」接著，她又笑盈盈看著杜諾范，同樣率真地說，「我也喜歡你。」

坐車後的菲爾博士微微一笑，揚起他的手杖回禮。「謝謝妳，親愛的。我也非常高興能認識二位，你們——」

「等等！」杜諾范無禮打斷他的話，「你就是創造了外交官偵探約翰・瑟德的人？」

「嗯。」

儘管他父親眼神露出慍色，他仍忍不住問了下一個問題。他指著對方手上的酒杯，詢問道，「那杯是馬丁尼？」

摩根眼神熱切亮了起來。

「正是！」外交官偵探約翰・瑟德的作者承認。「來一杯吧？」

「修葛！」主教足以平息任何反動的聲音忽然打岔，「我們不願佔用你的時間，摩根先生。我們這群人還有更重要的事情待處理。」他頓了一下，眉毛湊擠在一堆。「我希望你們能夠諒解，我的朋友，如果還有什麼該說的話，就是我鄭重告訴你，對我而言，你這種態度十分不禮貌。開車，史坦第緒！」

「我很抱歉，先生，」摩根說，透過鏡片溫順看著他，「我真心誠意對你說聲——對不起。這倒不是為了我無禮攔阻你們趕去勘查屍體。我想要告訴你的是——」

「別理他，主教，」瑪德蓮娜溫言暖語，「你不要理他。你喜歡從欄杆扶手上溜下來是你的事，沒有人會攔著你。你下回再要這麼做時，我會為你準備好一個大軟墊！」她別有含意盯著他看，「你其實不需要，對吧？」

「親愛的，甜心，」摩根心平氣和地說，「別鬧了。我所要說的是——」

瑪德蓮娜咯咯笑道，「他下次再也不會這麼做了，不是嗎？」她猛力搖著柵門說，「還有，我才不像你這麼惡劣，你說要放就放金魚缸，別放軟墊。我說，這對主教太不敬了吧，是嗎？」

「我說，」她丈夫不滿地說，「前面這番話都與正題無關。不管怎麼樣，她只是出於自然的，對全英國人尊崇的主教從欄杆滑下來這種不當行止過於震驚，這些是題外話，而且也不足以稱之為缺乏教養的行為。」他看著史坦第緒，臉色一沈，推了推滑下鼻樑的眼鏡，不安地說，「聽我說，先生。我們不要——主教是說得對，我們不該把這件事看得太嚴重。我承認，若不是為了顧及貝蒂的感受，我根本不想再提起這件事。我知道，這事攸關生死。各位先生，畢竟——老狄賓是死於非命，不是嗎？」

史坦第緒猛捶方向盤，猶豫不決地說，「那正是我要說的！」他抗議道。

「好，」摩根語氣平直，「我知道這件案子不關我的事。我所要說的是，我正要找你，要告訴你莫區巡官回家吃飯了，他要我轉告你他馬上回來……他同意讓我跟他在接待所附近搜索，我們找到了幾點可疑的跡象……」

「我可以請教你一個問題嗎，小子？」主教挑釁說道，「你憑什麼這麼做？」

「先生，依我看來，您不也是個局外人嗎？我們在那裡沒搜到任何線索。但是我們找到那把槍。我應該說是『一把』槍，雖然乍看之下它無疑就是殺人兇器。屍體還未解剖，但法醫已經證實子彈口徑為點三八。這把槍是史密斯威森點三八左輪手槍……你們等一下就會看到，」摩根說，以外交官偵探約翰・瑟德一貫屌兒郎當的口氣說，「放在狄賓書桌右手邊的抽屜裡。」

「什麼？」史坦第緒質疑道，「狄賓的書桌？是誰把槍放在裡面？」

「那是狄賓的槍，」摩根說，「我們發現他把它放在抽屜裡。」他意識到手上還端著雞尾酒，一口飲乾。他小心將玻璃杯穩穩擱在柵門邊緣，手深捅進紅白相間運動上衣口袋裡，繼續賣弄約翰・瑟德的莫測高深。不過，他的演技差勁透了。這是杜諾范第一次看出摩根的潛力。他可以想像得到摩根會一手端著雞尾酒杯大步跨過草坪上，推推鼻樑上的眼鏡，對他笑容可掬的妻子大抒己見。

摩根說，「那把槍絕對是他自己的，先生，槍柄小銀牌上刻著他的名字，持槍執照也在同一個抽屜裡，號碼對過無誤。此外，最近發射過兩發子彈。」

菲爾博士突然彎下身，黑色斗篷和鏟形帽在炙熱的綠野間顯得相當突兀。

「兩槍？」他重複前者的話，「到目前為止，我們所聽到的只有一槍。另一枚子彈在哪裡？」

「這就是重點所在，先生，我們找不到。我和莫區巡官可以發誓，那枚子彈一定不在屋裡，而且——」

「我覺得我們現在在浪費時間，」主教打斷他的話，「莫區巡官會提供我們所有的資訊，我們是不是該走了，史坦第緒？」

杜諾范心想，接二連三的事故讓他父親焦躁、缺乏耐性。一被提及從欄杆扶手上滑下來，主教就會惱羞成怒；更何況是瑪德蓮娜・摩根提出放置軟墊的鬼點子。菲爾博士不悅地直嘟囔，盯著主教，史坦第緒在主教冷酷眼神的壓力下，順從地壓抑住即將出口的話。

「好了好了，」摩根語氣親切，「抽空休息一下吧，」他跟杜諾范提議，「小坐片刻，嚐嚐我們特調的馬丁尼……」車子準備倒退時，他斜倚在柵門上。他看著主教，儼然一副老約翰・瑟德的口氣隔著馬路高聲喊，「我不知道你最後的推論是什麼，閣下，」老約翰・瑟德說，「但我可以給你一個提示，找找哪枚鈕扣鉤。」

行駛的車子側滑到路的一旁。史坦第緒瞪大著眼。

「什麼？」他問，「他到底在說什麼？什麼鈕扣鉤？該死的鈕扣鉤跟這件事有個屁關係？」

「別理他，」主教說，「還不就是那個年輕人在口出狂言。頭腦清楚的人怎麼會聽信一個對犯罪學一無所知的小夥子講的廢話，這比——」

「不，你搞錯了，」少校委婉地表示不贊同，他也是約翰・瑟德傳奇故事的忠實讀者。「《上議院長謀殺案》，初版十一刷，總共印了七萬九千冊。《誰殺了英國首相》，初版十六刷，印量——我不記得了，反正很多。是柏克告訴我的。還有，」史坦第緒補充了一個最有利的論點，「我太太喜歡他。」

菲爾博士若有所思從左側的屋子望過去，似乎在壓抑著不讓自己笑出來。他偷偷瞥了主教一眼，語意含糊地說，「我不得不說，你現在的運勢真的很糟。你不時出錯的那些小事嚴重影響到你的名聲，閣下。我看你該小心點，千萬小心。萬一下次你又失誤，只會更不幸。」

「我不懂你在說什麼。」

「上校和我不得不採取防範措施，限制你的干預，不讓你參與這個案子，否則這一切就會上報。你聽我說，閣下……」菲爾博士眼睛睜大，紅著臉、口氣溫婉，「我得警告你腳步千萬要和緩，注意聽別人發言，聽聽他們說了些什麼，把不如意的小事先擱在一邊，好嗎？」

菲爾博士顯然腦子裡有想法，車子轉進莊園的守衛室入口時，他仍不斷在尋索。大門深鎖，守衛室體型壯碩的警員在門外那群人面前擺出一副威風凜凜的姿態。史坦第緒招呼他打開柵門。

「各位，」史坦第緒開口，「我會把車子開到屋前，吩咐他們準備接待各位，幫各位取下行李。你們可以先到接待所就地勘查，我隨後就到。主教知道接待所怎麼走。」

主教熱心地同意帶路。他厲聲質問警員是否有哪些東西被人動過，又表示滿意地環視四周。主教穿越草皮的時候，如獵犬般嗅了嗅鼻子。他兒子心想，他們一行三人，行止看起來一定很詭異。離他們不遠處的緩坡盡頭，簡樸屋舍低矮的山形牆在昏黃天色裡成了一面黑色側影。除了馬路兩旁的榆樹之外，佔地八千英畝的觀賞林木都在莊園後方。莊園為翻修過的都鐸式建築，高挑落地窗，攀滿長春藤植物，三合院式，開敞的一面通往馬路。這簡直是幢造型呆板、缺乏人性的建築，杜諾范心想，維修這棟房子一定耗資不菲。看來史坦第緒絕非只是領半薪的退役軍人。

接待所位於庭園南緣一片灌木林的空地上，景象蕭條，頗有不祥之兆，它坐落在稍嫌低窪的沼澤地帶，屋後茂密的冬青樹使房子看起來比實際上小得多。建築本身的設計相當樸素，似乎是某位本土建築師肆意將各類建築風格七拼八湊一番，讓此處變得令人不敢領教，就像是在超大劇院裡放置一座巨大的管風琴般華而不實。石屋上雕著渦卷形花紋、檐板及浮雕。每扇窗——包括那些地窖——用法式凸欄杆圍起。繞了房屋一圈的上下層陽台也都以別緻的鐵鑄欄杆護住。

杜諾范能夠看見樓上的陽台，那道面向庭院西側兇手逃逸的門。那扇門仍半開著，旁邊的樓梯通往樓下的陽台。這棟房子差勁的品味使得它看起來陰氣逼人。儘管有陽光的照射，小灌木林裡仍陰氣沈沈，瀰漫著前夜雨後的濕氣。

主教領他們走一條磚道，磚道來到房屋前分成兩條小徑環繞整棟房子。他突然停下腳步。在房子西翼小徑盡頭，他們看到一個男人膝蓋跪地，盯著地面。

主教脫口而出，「啊哈！」他邁步走上前。跪在地上的男人猛然抬頭。

「那是我的鞋！」他大聲疾呼，「你們看，怎麼會這樣。那是我的鞋啊！」

CARR

CHAPTER 5

是誰的腳印

「午安，莫利，」主教鎮定地說，「各位，我為大家介紹莫利・史坦第緒，上校的兒子……你的鞋怎麼了？」

莫利・史坦第緒站起來，拍去長褲膝蓋上的泥土。他是個嚴肅、身材矮壯的人，年約三十五歲，有些地方顯然比他的父親聰明。你看得出他所成長的環境是如何塑造出他的性格。他有張憂鬱、算不上英俊的臉，新蓄的鬍髭讓人聯想到嚴肅的希特勒先生。他此時儘管是穿著寬鬆的運動夾克，暗沈的色澤和黑色領帶似乎是在為他未婚妻的父親盡應盡的悼念之意。你幾乎可以認定他的形象是：一絲不苟的戰術指揮官，並對他的嚴肅心存疑慮；可能他也想獲得解放，偶有想開點玩笑的衝動。

「我好像大叫了什麼。」遲疑了一會兒，他說。杜諾范分不清楚他眼神透露的訊息是發怒還是幽默。他觀察其他人的反應。「你們難道沒有過這種經驗嗎？有人出乎意料外地嚇了你一跳，你腦裡就會忽然迸出一些奇想？」

他臉上若有似無的笑容消失。

「主教大人，莫區告訴我，你和我父親已經知道整件事情的經過。實在是太不幸了。我已經趕在貝蒂看到報紙報導前，發封電報給她。我本來已經安排好所有的後事。不過，莫區說你可能已經打電話通知蘇格蘭場，在你們抵達前我們不能碰屍體。」他看著杜諾范和菲爾博士，「這幾位先生是從蘇格蘭場來的嗎？我希望他們能盡速檢驗完畢，讓殯儀業的人接手。」

主教點點頭。他很清楚莫利・史坦第緒務實的個性。他向他引介，「這位是菲爾博士，是我的——呃——我的好友蘇格蘭場總探長請來協助我們的人。有他在，我們的調查工作應該會進展相當順利……」

他僵直地朝博士點頭示意，博士瞇著眼親切瞧著莫利。「另外這位，是你常聽我提起的小犬，修葛。博士，一切就交給你了。我們現在是不是該進入屋內看看？你會發現史坦第緒是個講述事情的好手。」

「的確，」菲爾博士說，他用大拇指比比屋內。「那名僕人——現在在屋裡嗎？」

史坦第緒隱約以一種「這還用問的」眼神責難他。他顯然預期杜諾范如他父親所說，是個年輕有為的警官。對於由菲爾博士來主導偵察，有點不服氣。

「是的，」他回答。「你想要進去嗎？廚子艾胥利拒絕留下。他說房子裡鬧鬼。施托爾則表示，有需要的話他會繼續待著。」

「不急，」菲爾博士語氣輕鬆。他指著通往側門入口的台階。「坐下，史坦第緒。讓你自己自在一點。抽不抽煙？」

「當然，」主教附議，「萬一我們進入屋內——」

「別胡扯。」菲爾博士說。他行動困難彎身坐在對面的華麗長椅上。莫利・史坦第緒面色凝重坐在台階上，拿出他的煙斗。菲爾博士很長一陣子都默不作聲，用他的手杖戳著磚牆，坐下的動作讓他氣喘如牛，「你認為是誰殺了狄賓博士，史坦第緒先生？」

聽到這句不按牌理出牌的開場白，主教交叉雙臂，一副放棄的模樣。

菲爾博士試探性的問法有點詭異，他大辣辣坐著，面無表情，鳥群在他身後的樹林裡吵個不停。莫利・史坦第緒瞇起眼睛看他。

「為什麼？」他說，「我覺得答案已經夠明確了，不是嗎？不就是那個來找他的傢伙──操著美國口音的人？」他皺了皺眉。

「就是史賓利這傢伙。」主教洋洋得意地附議。

「看在老天的份上，」菲爾博士說，目光一轉，「你能不能閉嘴？現在這裡是我在負責。」

莫利・史坦第緒嚇了一跳，臉上的表情既困惑又震驚。他激動地回答，「你知道他是誰，是嗎？那麼，你告訴我吧。杜諾范主教說得對，要是在他第一次提醒我們這傢伙時，我們把他的話聽進去了，命案就不會發生。至於我父親認為──」他猶豫一下，「算了，我們本來是可以預防這件事發生的。」

「我感到納悶的是，」菲爾博士說，「你今天發現了什麼？我想，史賓利並沒有遭追緝。」

「我所了解的不是這樣。不過，我從中午以後就沒見到莫區了。」

「現在，史坦第緒先生，假如史賓利真的殺了你未來的岳父，為什麼你認為是他下的手？像狄賓這樣一個認真做學問、對人無害的老先生怎麼會跟一個前科累累的美國勒索犯扯上關係？」

史坦第緒想點他的煙斗，他不語，猛劃火柴。他沈重的臉色益發冷淡。「我得說，先生——該怎麼稱呼您——喔，對了——菲爾博士，你為什麼要問我？我對這件事一無所知——我父親可能比較清楚，你為什麼要問我？」

「你和狄賓小姐最近有沒有談論到他，打比方說？」

「喔！」史坦第緒說，他目不轉睛盯著博士。「這個問題有點涉及隱私，你知道的。不過，這也沒什麼不可說的。貝蒂——也就是狄賓小姐——對她父親幾乎一無所知。她對她母親也沒有印象了。她七八歲大的時候，被送進泰瑞司特修道院。長大後，被送到一家管教相當嚴格的法國寄宿學院。她在十八歲的時候，她——恨透這一切，她有自己的想法，她無法忍受這種生活；所以她突然爆發，然後遠遠逃離……」史坦第緒不苟言笑的臉上頭一次露出靦腆的神色，他露齒一笑。「逃得遠遠的，啊！很勇敢，不是嗎？」他問，輕刷著那撮希特勒式的鬍子，在腿上拍了一記。「然後，這個老傢伙——狄賓先生，准許她在巴黎雇一名陪同者（一個好心的阿姨）同住。這段時間裡，她隔很長一段時間才見他父親一面。不過，她會寫信到他倫敦的地址。大約在五年前，她滿二十歲那年，他有天突然出現，告訴她他已經退休了。最有趣的部分在於，儘管他心裡總是惦掛著她，擔心她又忙著闖什麼禍，卻從不開口要求她跟他同住。」史坦第緒就此打住，「你們不需要重複這些瑣事，對吧？話又說回來，我不得不承認我對這些事比我父親清楚得多，可是……」

「提示，」主教不禁脫口接話，「非常有用的提示，博士。我想起一八七六年在里加發生過一樁類似的案子；另一樁則是一八九五年君士坦丁堡的案子；還有第三樁——嗯——一九〇九年發生在聖路易。」

「你真的是萬事通啊，不是嗎？」菲爾博士不得不表示佩服。他打量著史坦第緒。「這個狄賓是什麼來頭？」

「喔，我想，他是個倫敦的大人物吧。」

「嗯。這就有意思了。」菲爾博士喃喃自語，垮長了臉。「每當有人想拍別人馬屁的時候，總愛說『他是個倫敦來的大人物』。那為什麼狄賓住在這裡的時候素行不良？」

史坦第緒提高戒心，不知所措的樣子和他父親同出一轍。

「素行不良？」他重複菲爾的話，「這話是什麼意思？」

遲疑一下。菲爾博士搖搖頭示意他別再裝傻，並以一種長者的慈愛看著史坦第緒。沈默半晌，他繼續注視他，龐大腦袋歪倒一邊。

「呃，」史坦第緒打破沈默，清了清嗓子，「我是指，是什麼讓你認為他素行不良？」

他蠻橫的語氣顯得薄弱。博士點點頭。

「起碼有一個人認為他素行不良。你父親也沒有反駁這一點。此外，你自己還不是稱呼他為老傢伙嗎？」

「我要說的是，」莫利趕緊辯駁，「我要說的是這個。一個人地位非常崇高時，其他人無可厚非會用一種苛刻的標準來評斷他。眾人會這麼做唯一理由是，他竟對我妹妹這種年紀的女孩感興趣，而他已經是六十開外的老人家了。也許是他這種風流的念頭讓我們覺得齷齪。」莫利辯稱，「這或許是因為他過於假正經、固執、挑剔，沒法跟別人建立良好的關係。不僅如此，他似乎還有點──該怎麼說呢，下流。」

發表感言之後，史坦第緒仍舊緊咬著煙斗，滿懷敵意看著菲爾博士。

「所以，他不過是個想吃嫩草的老色鬼？」博士故作輕鬆，「我不覺得他做了什麼傷天害理的事，不是吧？」

史坦第緒緊癟的嘴鬆懈了下來。「謝謝你，」他卸下心防，「我是怕你會借題發揮。傷天害理？感謝老天，當然沒有；他常常惹得大家不愉快……他尤其愛拿亨利・摩根來當墊背的。這一點很有趣，你不可能找到心胸比亨利更寬闊的人了。我認為，狄賓那種愛賣弄學識的說話方式讓他自己也很苦惱。今天早晨，我們得知這個不幸的消息時，亨利、瑪德蓮娜、我妹妹派翠西亞和我正在打雙打。網球場離這裡不遠，我們先看到施托爾從山丘那頭急奔而來，抓著鐵絲網，口齒含糊說什麼狄賓先生死在他書房裡。亨利只淡淡說聲，『太不幸了！』說完繼續發他的球。」

菲爾博士半天沒作聲。陽光已經斜照在那片小灌木林上。面目可憎的接待所在光線的照射下閃閃發亮。

「我們立即就趕回來，」他惱怒地說，「我認為我們現在最好上樓去勘查這棟詭異建築裡的屍體……不過，你們剛來的時候，難道沒有注意到我說『那是我的鞋』嗎？你們看——」他用手杖指著階梯旁磚道邊緣的泥地上。

不知是有意還是無意的，莫利・史坦第緒抬起他的大腳在台階旁黏土地那撮雜草上擺盪。他把腳移開，挺起健壯結實的身子，沈下臉。

「這有枚腳印，」他說，「我大可以告訴你們，那是我的一隻鞋踩出的腳印。」

從頭到尾不動聲色的主教，大步向前，彎身仔細端詳。腳印十分靠近磚道，腳趾部位朝向階梯，似乎是有人的左腳踩偏了，踏在磚道之外。壓痕的輪廓清晰，但淺了點。草叢被一隻大尺寸方頭鞋鞋印踐踏，已經暈糊的鞋印仍清楚辨識出鞋跟的八角星紋路。鞋印內側和邊緣的痕跡輕淺模糊。

「你們都看到發生了什麼事。」史坦第緒激動解釋，「昨晚下了一場該死的大雨，腳印可能被沖掉了。唯有被遮棚擋住的階梯上還留下腳印……我要說的是，別看我。那不是我弄的。你們看這裡。」

他旋過身體，小心翼翼將一腳貼近壓痕的輪廓上。

「我拜託你，莫利。」主教說，「別碰壞那腳印。如果你踏在它邊上……我研究過腳印，各位。修葛！過來這裡，來協助我檢查這玩意兒。我們真的太走運了。醫生，泥巴是最適合拓印印記的物質。漢斯・葛羅博士指出，沙和雪卻是印記最大的天敵。我打比方說吧，腳踩在沙裡向前走，無論何時何地，在自然狀態下，足印會拖成二分之一吋到兩吋長，而它的寬幅——請你靠邊站，莫利。」他帶著緊張的微笑環顧四周。「等莫區巡官回來以後，我們就請他看看這個有趣的線索。」

「哦，是莫區巡官先發現的，」史坦第緒說，停止把腳放在腳印上的舉動。「是他發現這些腳印的。他和亨利・摩根找些熟石膏來打模。我知道他們發現了這鞋印，但我直到下午才有空來看看。」

「喔，」主教說。他不再多言，猛搓自己的嘴。「真的啊！我敢說那個叫摩根的小伙子還做了很多事。不幸啊，實在太不幸了！」

莫利盯著他瞧。

「你說得沒錯，真的太不幸了！」史坦第緒同意他的說法，聲音卻因突來的緊張和憂心而大了起來。「你們看。正好吻合。我是這裡唯一鞋子尺寸跟腳印一樣大的人。不僅是這樣，我還能很確定指出是我哪雙鞋……我可以發誓，我昨晚並沒有來過這裡，但是你們可以看到，這些鞋印是新的。我懷疑莫區在想……？」

菲爾博士穩重的聲音讓史坦第緒停下。博士朦朧不清的近視眼對著鞋印眨了眨眼。

「你怎麼認出那是你的鞋子？」他問。

「我根據腳後跟的紋路。那雙鞋早被我扔掉了……因此，」史坦第緒一邊解釋，將帽子往後扯。「你一定認得我的母親。她是全天下最好的母親，不過，她常常會突發奇想。她太容易聽信權威的建議。她要是從收音機裡聽見某種新食物很好，絕對會讓我們吃到想吐為止。如果她聽說有某種新藥上市，她會積極說服家中每一個人服用，把我們全當傻瓜。」莫利說，「不久前，她在雜誌上讀到一篇義正言詞的報導，〈為什麼要屈服於補鞋匠的剝削？〉報導證實，你若用合理的價錢買到橡膠鞋底，鞋底磨損時就可自行釘補，省下一筆家計。她對這篇文章印象相當深刻，派人到鎮上大量蒐購橡膠鞋底；天曉得她買了多少。我從來不知道世界上有這麼多的橡膠鞋底。家裡四處塞滿了橡膠鞋底。整間屋裡都是。若不先洗個橡膠鞋底澡，你根本連浴室藥櫃都開不了。然而，更糟的是，你得自己去釘你的鞋——最殘忍的部分就是，家中所有人都得學會這門實用的技藝。因為——」

「你繼續說下去，莫利，」主教說，「我待會兒再為大家解釋——」

莫利繼續說，準備將怨氣一吐為快，「你得非常俐落一次就將釘子釘入鞋裡，不然你根本無法走路；不小心釘鬆了，你下樓時鞋跟還會脫落。我從來沒有聽過我父親講過重話。我們最後還是忍無可忍了。我叫肯尼斯拿走我那雙破鞋，把它扔掉……事情就是這樣。」他報告完畢，指著那些鞋印。「因此，我知道那是我的鞋；因為那雙鞋的鞋跟比原來的鞋子大。我確定是有人拿了它。但是，究竟是為什麼呢？」

主教掐著自己的下唇，「博士，這件事越來越嚴重了。看來似乎是莊園裡有人想蓄意嫁禍莫利……」

「我懷疑！」菲爾博士喃喃說道。

「……這顯然是最容易理解的，」主教親切地說，「莫利並沒有穿那雙鞋。麻煩你站在那裡，莫利，把你的腳放在那枚鞋印旁邊的泥地上。踩下去——就是那裡。你們看出有何差異之處嗎？」

猶豫半晌。莫利開始觀察他自己踩的鞋印。

莫利吹了聲口哨，「我明白了。你是指我踩的鞋印比較深嗎？」

「沒錯。你的體重比那個人重多了，你的鞋印約有半吋深。你要跟我來嗎，博士？」

菲爾博士心不在焉。他拖著鈍重的步伐走開，若有所思，鏟形帽垂在前額，人反倒掉過頭去，神情木然，斜眼觀察著接待所。他說，「我唯恐，你忽略了這些腳印背後的含意……你最後看到你的鞋是在什麼時候，史坦第緒先生？」

「看到——？喔，幾個月前。我把它們交給肯尼斯。」

「肯尼斯，不管他是誰，他怎麼處置這雙鞋？」

「他是家裡地位最高的男僕，負責處理我母親放置廢棄物的儲藏室。他……我說！」莫利的手指緊緊交纏，「他負責處理那些廢棄物，十件中有一件會被他留在儲藏室裡。這是我母親的意思。不要的東西都送給窮人。不管我們的房子裡有什麼我們想淘汰的東西，會先被打發到儲藏室裡。每年有一兩次，我母親心血來潮，就會挑幾件派人送去給窮人。冷靜考慮六個月，她還是覺得可以從這些丟棄的東西裡找回幾件有用的，到頭來窮人並未因此而受惠。」

「隨便什麼人都可以進入這間儲藏室嗎？」

「是的。儲藏室基本上是個房間。」莫利瞥了主教一眼，眼皮低垂，「順便一提，這扇門隔壁房間，就是搗蛋鬼試圖攻擊教區牧師的地方。」

主教看著菲爾博士，菲爾博士也回望主教。修葛・杜諾范對於有人用這種蠢行達到邪惡的目地感到忐忑不安。

「我們進屋裡瞧瞧。」菲爾博士突然說道，馬上轉身。

他們繞到房子正門。隨著日暮西垂，沼澤溼氣益發濃重。大群蚊子在門廊陰暗處盤旋。樓下所有的暗紅色窗簾緊閉。菲爾博士用手杖扯著門鈴，目光打量成排的窗戶。

「這個案子大有內情，」他說，「遠甚於鞋子、搗蛋鬼，甚至謀殺。最讓人不解的謎是老狄賓這個人。看看這個俗不可耐的玩意兒！」他敲敲房子的石牆。「這哪是一個對衣著打扮、學識涵養及言行舉止百般挑剔的人的住所？他是個會雇用專門廚師為他精心烹調道地美食的美食家。怎麼可能容忍住在這種房子裡！他是個對酒的品味要求嚴苛的人，每隔一段時間就會瞞著別人私下痛飲，並告知門外的僕人不准任何人來打攪他。除此之外，他埋首研究之餘，還會對年齡已經可以當他孫女的那些女孩想入非非。這一點太奇怪了。這種瘋癲的癖好讓人難以忍受，不過這是這個禁慾好色之徒最大的缺點。雅典的執政官們！——海德雷本以為這是件平凡無奇的案子。八枝寶劍才是唯一……嗯！」

大門上的嵌板以紅黑相間玻璃方格嵌成，屋內人開燈，映出詭異的光線。應門的是名瘦長男子，憂鬱的鼻子高高挺著，一臉冷眼旁觀無動於衷的態度。

「您好，先生？」他用鼻音說話。

「我們是警局派來的人，」菲爾博士說，「請帶我們上樓——你是施托爾，對吧？」

「是的，先生，聽從您的吩咐。」他說，「你們若是要看屍體的話，請走這邊。」

此刻他們正在接近命案現場。修葛·杜諾范覺得噁心，不願近距離看到狄賓的屍體。他也對施托爾帶他們通過的長廊反感。沒有窗戶，空氣中充斥著家具磨光的味道，處處透著詭祕的氣氛，色澤暗沈的家具似乎沒有一件看起來是磨好光的。挑高天花板上長形枝狀吊燈上插兩只亮度微弱的電燈泡。地板和樓梯上鋪的墊子應該一度是黃色，幾扇門上垂著可怕的黑色門帘。通話筒設備出現在一扇門的牆壁上；菲爾博士上樓時注意到它。

書房在房子西翼首間。施托爾忍住了開門前先敲門請示的習慣動作。

那是間天花板挑高的大房間。他們進門的正對面是一道牆。杜諾范看到通往陽台的門，如樓下大門一樣，以紅黑相間玻璃方格嵌成。兩側是窗戶，黑絲絨窗簾已經拉開，窗外是鑄鐵凸欄杆。右邊正面牆上有三扇窗，外形和前者相同。屋內所有的窗戶都大開。

招待所周圍的樹叢過於濃密，透進書房裡的陽光呈綠色，但大致看得出屋內主要陳設。

修葛·杜諾范永遠也忘不了他目睹暴力致死的第一眼。他當時面對陽台的門，左邊有一座低矮的白色大理石壁爐。被殺的賽提莫思·狄賓博士趴在離壁爐三、四呎的書桌上，他面背來客，背對壁爐。他歪在安樂皮椅上，雙腿彎曲抵住椅腿，右臂軟弱無力垂下，肩膀挨在桌緣，左臂横擱在記事本上。死去的賽提莫思・狄賓博士身穿著舊式高領家居便服；換上睡褲，腳穿黑襪漆皮鞋。頭髮梳得光整潔淨、稀薄、斑白。頭頂白髮上禿了一小塊，被射進頭顱的子彈燒得灼黑。

現場景況讓人毛骨悚然，屋外的鳥鳴更增添了恐怖氣氛，還有隻知更鳥佇在陽台欄杆頂端冷冷張望。

修葛・杜諾范想試著轉移注意力，他注意到平素威嚴的父親顯露出人性的一面，與之前咄咄逼人的態度判若兩人。修葛越想恢復清醒的判斷力，就抖得越厲害。他們早晚會叫他發表意見。面對這種冷酷無情的場面，他不明白為什麼所有的人都能保持冷靜和理性。他環顧書房。窗子間的牆壁立著書架，所有的書都整整齊齊陳列在架上。屋內的東西整理得井然有序。還有張小桌，桌邊挨張直靠背椅。晚餐托盤上蓋塊白布，旁邊銀盆裡的玫瑰尚未凋謝。

杜諾范目光往回移，繞過桌子，看見一張面對桌子的皮椅，似乎曾經有人坐在這裡和狄賓聊天。桌上的煙灰缸裡，沒有煙灰或煙蒂。一只金屬檔案櫃靠在桌邊，闔上的打字機擺在另一張小桌几上，旁邊一只立式煙灰缸。除了角落一隅的壁燈外，書桌上方吊著一只樣式簡單的燈罩和強力電泡，這些就是屋內唯有的照明。一大疊乾淨的記事本上壓著鐵絲簍，裡面有幾捆藍色打字紙打的打字稿，一盒鋼筆和彩色鉛筆、墨水瓶、一盒用迴紋針夾住的郵票，一張用鑲銀邊相框框起的女孩照片。以狄賓和來客的椅子成兩點、直線延伸出去的桌緣燭台上有隻點了一半的蠟燭。

對了……當時停電。修葛看到另一枝蠟燭在壁爐台上。壁爐台一側是道帘門，另一邊則是倚著兩面牆斜放的書櫃。他的目光不由自主轉回死者頭顱上的彈孔；看著這樁乾淨俐落的兇殺案，看到死者左手指尖手繪的紙牌若隱若現閃著微光。

菲爾先生首先發難。他腳步鈍重踱進房門，手杖沈重落在地毯的聲音打破了寂靜。他氣喘吁吁彎身探查屍體，眼鏡上的黑色長鏈刷過燭台。接下來，他又彎身向前，緩緩巡視四周。似乎有什麼東西讓他覺得困擾。他踱到窗邊，盯著腳下地板，手摸每片窗簾的觸感，還是不得其解。

「為什麼，」他突然說，「為什麼窗戶全開著？」

CHAPTER 6

來意不善的訪客

施托爾身子前傾耐心守候在一旁，聽了這句開場白，皺起眉頭。他說，「抱歉，請問您說什麼，先生？」

「你今天早晨發現屍體的時候，窗子全是開著嗎？」

「是的，先生。」施托爾看了眾人一眼後回答。

博士摘下他的鏟形帽。其他的人都忽然恍悟過來，跟著他做。博士這個舉止只是想拿他那條俗麗的印花大手帕拭乾汗水涔涔的前額，而非對死者表示敬意。這個動作就像解除了某種魔咒，眾人這才魚貫進入房裡。

「是的，此處的水已經淹了半吋深，窗簾也全打溼……都是因為昨天那場暴風雨：風雨是從什麼時候開始的？」

「大約十一點左右，先生。」

菲爾博士似乎在自言自語。「狄賓那時為什麼不關上窗戶？為什麼要任五扇窗子敞開，讓風雨肆虐？這太反常了，太不合邏輯，太……你怎麼說？」

施托爾回想的眼神逐漸銳利起來，他雙頰輕輕鼓漲起來，有一段時間，他似乎沈浸在自己的回顧中渾然不覺。

「你說話啊，」菲爾博士沈不住氣，「十一點左右開始風雨交加。狄賓一個人在房裡。沒過多久，他的訪客到來——訪客上了樓，主人親自接待——暴風雨來襲的這段時間裡，五扇窗戶一直開著。到底是哪裡出了問題……你現在在想什麼？」

「我在想艾胥利說的話，先生。」男僕望著狄賓，一臉茫然。「我忘記了，艾胥利也不記得了，當其他的警察來跟我們說話。艾胥利——你知道，他是我們的廚子……」

「怎麼樣？」

施托爾保持鎮定，不疾不徐地說，「暴風雨來襲之後，那個美國人上樓見狄賓先生，這你都知道了，先生。我要艾胥利出去看看外面的電線到底出了什麼問題。當時屋裡停電了，你也知道——」

「這些我們統統知道。」

「是的，先生。艾胥利出去後，在大雨中，看到狄賓先生和美國人在這裡聊天、打開所有的窗戶。他說他們似乎還搖扯窗簾。」

菲爾博士瞇眼看著他。「打開所有的窗戶？搖窗簾？——這事是不是有點非同小可？」

男僕再度思考這個世界上再簡單不過的問題，絲毫不引以為怪。他面無表情地說，「先生，狄賓先生是個相當情緒化的人。」

博士說，「哦！」曼坡漢主教此時已經恢復鎮定，以莊重沈穩的口吻發言。

「我們現在要開始徹底調查，」他提議。「喔，我可以請問——莫區巡官已經採過指紋了嗎？我們在搜查的過程中是不是不可以擾亂現場的任何東西？」

「不，先生。這裡沒有指紋。」施托爾說。他望著屍體，就像是個熟知偵查工作的好手，然後盯著窗外。

「首先，」主教說，「徹底搜查現場一遍……」他挨近桌子，他兒子緊跟著他，繞到桌邊，端詳死者的臉。死者無疑是瞬間死亡。狄賓的臉上洋溢著滿意的表情，貼在記事簿上的臉朝著窗戶僵硬微笑。這張乾枯的長臉原本是能承載生活中的各種表情。雙眼半睜，前額突出，嘴唇緊皺；無框夾鼻眼鏡仍架在高挺的鼻樑上。

主教從死者手指下拉出那張紙牌。那是張會反光的白色卡紙，任何一家文具行都買得到這樣的紙張自行裁切。八枝用墨水繪製、劍身用水彩描上灰影的小寶劍，沿著一道邊緣點綴著星號的藍線排列，這道藍線的象徵意義顯然是水。主教不假思索對他兒子說，「菲爾博士可能已經知道這張牌的含意……」

菲爾博士沒有回應，逕自拉開桌几晚餐上覆蓋的白布。主教不耐煩地用手指撥弄那張紙牌，在書桌旁徘徊，凝望，打開右手邊的抽屜。從抽屜裡拿出一把珍珠柄史密斯威森點三八口徑的左輪手槍。他嗅嗅槍管，彷如這輩子第一次接觸槍械般小心翼翼打開彈匣。接著又把槍放回原處，碰一聲關上抽屜。修葛從來沒看過他這種悵然若失的神情。

「兩發，」他說，「另一枚子彈找不到……」

「不，先生。」男僕得意地說，「巡官和摩根先生在搜查現場的時候准許我在場，先生。他們猜測，子彈可能是飛到窗外去了，他們搜索過房間所有地方看看能不能找出子彈的方向。不過，摩根先生——摩根先生指出，子彈射出窗外卻沒有觸及任何一根欄杆的狀況實在太罕見了，因為欄杆間的距離不超過半吋。這種情況很怪，先生。」施托爾誇張地說，撅起鼻翼試著將這個字說得更準確，「很奇怪。抱歉。」

「他真是個足智多謀的年輕人，」主教語氣冰冷，「但是我們要的是事實。我們要開始蒐證。」他心情沈重，光線照在他尖翹下顎上。他拍了拍背在身後的手，用催眠的眼神直注視著男僕。「你跟著狄賓先生多久了？」

「五年了，先生。從他住在這裡開始。」

「他是怎麼雇用你的？」

「透過倫敦一家仲介公司，先生，我不是本地人。」施托爾態度慎重。

「你對他的過去了解多少——他雇用你之前的生活？」

「一無所知。我今天早晨已經跟警察說過了。」

他耐性將案情的來龍去脈重述一次。狄賓先生是個脾氣暴躁的人，難以取悅，常為一些雞毛蒜皮小事跳腳，要是他的廚子那天的廚藝不合他挑剔的味覺，他便會大發雷霆。他甚愛引述布里亞・薩瓦蘭的話。（譯註：Brillat-Savarin，1755-1826，為法國美食家及律師。撰有《美饌生理學》La physiologie du gout，1825，即一本關於烹調藝術之美的摘要式著作。）他無疑是個學識淵博之士，卻不是個紳士。施托爾以他拙劣的推論做出下列聲明：（一）狄賓先生喝醉的時候，喜歡直呼僕人的名字，提起他的種種成就，（二）他會說美國腔，（三）他毫無節制，常常——據施托爾的說法是——揮霍他的財產。有一次（幾杯威士忌下肚之後）他曾說，他之所以雇用施托爾的唯一理由是，這名男僕看起來十分正派；他用艾胥利·喬治的唯一理由是，這個涵養豐富的人對世上美酒和佳餚的品味甚高。

「他當初就是這麼說的，」施托爾斷言，盡量不使他憂鬱的臉看起來滑稽。他用鼻音哼道，「『這世界上到處都是愚蠢的人，查理，』他對我說——我並不叫查理——『唯有對煎蛋捲難以忘情的人，或告訴你哪裡喝得到上等葡萄酒的人，才稱得上是人上之人。』然後，他凝望眼前的半杯酒，抓起威士忌酒瓶彷彿要砸了它。」

男僕眼睛在自己的高鼻子上打轉，「但我得說句公道話，他說他無論如何都要留住艾胥利，就為了他做的湯。他做的湯實在美味極了。」施托爾不得不同意，「狄賓先生還喜歡——」

「我的好先生，」主教失去耐性，「我對狄賓先生的飲食品味一點興趣也沒有。」

「我倒挺感興趣的，」菲爾博士突然說，他示意要男僕繼續說下去。「他是不是很愛喝螯蝦湯，我隨便猜的？」

「沒錯，先生。」施托爾冷靜答覆。「那是他的最愛。艾胥利經常在晚上做這道湯。」

菲爾博士再度掀起昨晚晚餐托盤上的布，朝著裡面點點頭。「有意思的是，」他說，「餐盤中的螯蝦湯幾乎一口都沒有碰過。非但如此，他似乎對那盤鳳梨沙拉特別感興趣。所有的餐點都吃完了，唯獨那道湯……沒有關係，請繼續說下去。」

曼坡漢主教對此毫無興趣，急於給他的兒子機會教育。

「有一件事是很明顯的，」他宣稱，「我們現在聽到的每一個重點都是證據。我不希望誹謗各位印象中的死者形象，但是這個叫做狄賓的人似乎不是他本人。他晚年生活——他令人無法理解的晚年生活——他的行為舉止、自相矛盾之處，在在顯示出這名男子是在假冒……」

「你說得對，」菲爾博士語氣堅決，「有太多證據顯示這種跡象。但是，是誰享用了他的晚餐？」

「大啖他的晚餐！」主教大喊，第一次發洩出他的積怨，「你知道內情，施托爾。我想你也知道，莫利……」

他上下打量站在門口、兩手插在口袋裡的小史坦第緒。莫利揚起他的眼睛，語氣平靜，「抱歉，先生。我真的不知道。」

「我一點也不覺得奇怪，」主教繼續說，「狄賓先生搞不好有犯罪前科。他過去可能是個罪犯，住在這裡假冒成有頭有臉的人物。他認識路易・史賓利。路易・史賓利一路追蹤他到這裡來，藉機勒索他……狄賓過去的『職業』是什麼？有沒有人略有耳聞？」

「抱歉，先生，」男僕說，「他曾經偷偷告訴我，他持有史坦第緒暨柏克出版社大半股份。但是，當我今天早上告訴巡官的時候，他卻試圖擺脫這層利害關係。你們知道嗎，這些事都是他在世的時候告訴我的。」

「我指的是，他五年前從事什麼行業，他從來沒有跟你提過，我敢說沒有……」

主教重新找回自信。一隻手在他厚重的黑色外套翻領裡掏上掏下。「現在，我們來重建昨晚所發生的事，盡我們所知的。在暴風雨來襲後沒多久，大約十一點左右，這名陌生男子——我是指那個美國人，我們現在知道他名叫史賓利——按門鈴，請求見狄賓先生一面。到此為止都沒錯吧，施托爾？謝謝……現在我得要求你指認他。我這裡有兩張照片，」他從口袋裡掏出照片交給男僕，「這位就是來拜訪狄賓先生的人，是嗎？」

施托爾謹慎端詳快照。他將照片交還。

「不是，先生。」他感到抱歉地說。

預知有人就要發火了，修葛目不轉睛盯著男人的臉。現場靜悄悄一片，大家只聽得見菲爾博士站在死者椅背後方，無意識用手杖戳壁爐。菲爾博士像隻紅臉海象般從椅背後浮出來，笑容滿面擠弄他的八字鬍，又再度沈下去。主教瞪視著，一頭霧水。

「但是，這……」他說，費力嚥了嚥口水。他一副想說服對方的樣子。「來來來，就是現在！這實在可笑。實在是太可笑了，你知道。這就是那個人。你再看看。」

「不，先生，這不是同一個人。」施托爾很遺憾地表示，「我只匆匆瞥見這人一眼，我知道，在燭光下我有可能看不清楚。甚至我再見到他時，可能根本指認不出他來……但是——請恕我直言——這的確不是同一個人。他們長得完全不同，除了鬍子之外。這個人的臉既寬又平、眉毛濃密。一點都不像我見到的那個人。不但如此，我見到的人有對招風耳，相當引人注目呢，先生。」

助。

主教看著菲爾博士。博士正在撥弄著壁爐裡一大團黑色灰燼，一隻眼迎視主教的求

「是的，」他說，「恐怕是這樣。」

有人從杜諾范旁邊擠過去。莫利‧史坦第緒踱到書桌邊。

他沈重地說，「他當時要不是就這樣趴著，就是在跟史賓利談什麼事。兇手一定是史賓利。主教說得對，沒有其他的人——」

「嘖嘖！」菲爾博士暴躁地說，「你們能不能給我安靜一會兒，我再問一個問題，就可以告訴你們一些線索。我要說的是，施托爾，這個問題非常重要，你千萬不能有任何閃失。」

他指著通往陽台的那扇門，「是關於這扇門。這扇門通常都打開，還是鎖上？」

「這扇門……為什麼這麼問，它一向鎖著的。我敢肯定。從來就沒人用過這扇門。」

菲爾點點頭。「還有這個鎖，」他若有所思，「不是彈簧鎖。你們看到了，是舊式的鎖。鑰匙在哪裡？」

對方遲疑了一下才反應過來。「先生，我想應該是掛在餐具室的鉤子上，和其他房間用不上的鑰匙掛在一起。」

「你現在先去拿那副鑰匙。我敢跟你打賭，鑰匙已經不在那裡了。但無論如何，你還是去看一下。」

他神色肅穆看著男僕，直到對方離開房間。

他接著說，「我們等一下再確認昨晚夜訪狄賓那名男子的身分。我們先假設有人到這裡來的目的是殺了狄賓，而並非勒索他，從這一點開始推論。可否請各位到這裡來？」

他走近窗戶前的壁燈，眾人不明所以地跟著他。

「這個房間裡的電器設備都是舊式的，」他說，「你們可以看到沿牆邊護壁板的插座？這個插頭——」他從燈上拉出一條電線，「這個被拔掉的插頭，原來是插在插座裡的。現代的新插頭只有兩個叉，能剛好插進插座裡，又不至於讓碰到的人觸電或因被電到而嚇一大跳；你們看到了嗎？」

「沒錯，」主教說，「但是這有什麼關係？」

「我發現那枚鈕扣鉤。」

「你說什麼？」

施托爾匆忙趕回房間，菲爾博士抬手示意大家保持沈默。「鑰匙已經不在那裡了，先生。」他回報。

「嗯，如我所料。現在，我再問你一兩個問題，你就可以離開了。昨晚風雨在十一點來襲以前，你都沒有和狄賓先生說話，他也沒有再跟你交談。你準備下樓關窗，等你到樓下以後，燈就滅了。你還記不記得，你翻出蠟燭重新回樓下，花了多少時間？」

「先生，大約五分鐘左右。」

「很好。接著你又上樓，想問問看你的主人需不需要蠟燭。這時有人來敲門，你看到一名操著美國口音的神祕男子。他沒有報上姓名，僅指著通話筒，要你問狄賓先生能不能讓他上樓。你照做了，訪客如願上樓去。我說的這些都沒有錯吧？這是我們聽來的。」

「是的，沒錯，先生。」

「可以了。現在請你下樓去吧。」菲爾博士展開他的斗篷，坐進燈座旁的安樂椅上。他看出他的聽眾眼中的疑惑，於是說，「我要確定這一點，各位。我今天早晨聽到時，十分震驚，這件事聽起來相當可疑。看看這裡。你們站在狄賓的位置看一看。

「你們想像自己某天晚上坐在這裡，看書或做別的事，忽然間——沒有絲毫預警——屋內所有的燈都滅了。這時你會怎麼做？」

「怎麼做？」主教重複他的話，緊皺眉頭。「為什麼這麼問，我想我應該會先出房門，一探究竟——」

「正是如此！」菲爾博士大喝，手杖重重往地上一蹬。「這才是自然反應。你甚至於火冒三丈；遇到這種突發事件時，一般人都會這樣。你會走到門外，挨著欄杆大吼，這裡到底發生什麼事了。像狄賓這種常常因瑣事而發怒的人，絕對會這麼做。這就是問題的癥結。他沒有。他甚至沒有對樓下大喊，問問看是出了什麼狀況。

「非但如此，奇怪的是，他不僅沒有追問燈滅的理由，還有心情點一兩支蠟燭接待來訪者——一名不願透露姓名的訪客。你們應該記得，他吩咐施托爾不必費事去查燈修好了沒。這實在不合理。事實上，究竟是出了什麼問題？保險絲燒斷了嗎？我認為這個問題值得去找答案。答案已經找到了。」

菲爾博士從椅子邊的地上拾起一枚不鏽鋼的長鈕扣鉤，現在已經受損變黑了。他把它放在掌中翻過面，陷入沈思。

「你們看到電源插座了嗎？有人故意把鈕扣鉤插進插座裡，造成電線短路。諸位只要看到鈕扣鉤，就明白了。我發現這隻鈕扣鉤掉在空的插座附近。換句話說，停電的肇因正始於這間房間……諸位還有其他的想法嗎？」

CARR

CHAPTER 7

誰坐在我的椅子上？

主教表現出紳士及運動家的風度，搔亂大腦勺上捲翹的鳥巢髮型，他微笑著說，「我親愛的菲爾博士，這已經超過我的能力所及，我想我最好還是少說話為妙。請你繼續。」

「嘖！」菲爾博士好氣地哼了一聲。「我們就順著這一點來往下推斷。這其中還有一個問題：為什麼在神智清醒的狀態下，狄賓會故意切斷自己家的電源。顯然這個答案是：他不想讓家僕們認出他招待的那位客人是誰。

「針對這一點，我們推出以下事實：（一）施托爾認識這個登門造訪的人，（二）來訪者故意打扮怪異，讓施托爾在燭光微弱的光線下認不出他。因此，故意造成電線短路，絕對是為了來訪者。你們想想，假設這人從來沒有來過，又是個陌生人，怎麼會指著牆上的傳聲筒，要施托爾用傳聲筒跟他主人通話。對一個初次登門造訪、請求要見主人的訪客來說，這種行為簡直是匪夷所思，太離譜了。」

主教點點頭，「你說得沒錯，」他同意，「關於這點，毋庸置疑。這就是你的解釋。」

菲爾博士緊繃著臉，眼睛緩緩在屋內梭巡，便便大腹發出笑聲。

「不，不是這樣的。」他說。

「你說什麼？」

「事情不是這樣的。我並沒有說這是我的解釋；我只說，這是假設狄賓自己切斷電源的推論。我希望案情真的這麼單純。但是讓我們花點時間繼續推論，就會發現我們知道了什麼。

「前述的假設有個非常嚴重的破綻。要是狄賓想要接待這名神祕訪客，他為何要處心積慮故弄這場玄虛呢？他又為什麼要冒著危險讓他的訪客穿上惹人注目的服裝、帶假鬍子，把燈弄滅，神秘兮兮地讓他從前門進來？他為何不乾脆叫對方到陽台去，那名訪客不就可以神不知鬼不覺從陽台門進來？又為何不偷偷從後門引他進來？要是有必要的話，他大可乾脆讓他爬窗戶進來？他怎麼不採取最簡單的辦法——打發他的家僕上床睡覺，其他一切自己打點——從前門、從陽台門或從後門，都無所謂？

「由此可見，之前的假設根本無濟於事。除了瘋子之外，沒有人會安排這樣的會面。這其中一定有個非常合理的理由解釋他為什麼這麼做。」

他久久不語。

「無論我們怎麼解釋這個疑點，記得陽台的門嗎，它一向是鎖上的，卻在今天早晨被發現打開了。不僅僅因為這扇門一向深鎖，連原來掛在樓下餐具室鉤子上的鑰匙也不翼而飛。是誰拿了這把鑰匙？是誰開了這扇門？兇手最後落跑了，所以，門要不是狄賓開的，就是兇手自己打開的。在我們討論這些問題的時候，請諸位把這些事記在心裡。

「無論來者是何人，或者為什麼被容許在這種故布疑陣的情況下進來，請就這些事實來看看接下來發生了什麼事。狄賓和不知名訪客私交甚篤，相見甚歡，結果發生了一些不合常理的事。冒著狂風暴雨到外面去的廚子看見他們……這些給你們什麼提示？」

主教踱著步子深思。

「我很難想像，」他答道，「他們打開窗戶是為了讓房裡的空氣流通。」

「不過，他們真的是這麼想，」菲爾博士說，「這確實是他們打開窗戶的原因。你難道不覺得納悶，八月這麼熱的天氣裡用壁爐是件怪事？你難道沒注意壁爐裡厚重結塊的灰燼嗎？你不曾懷疑他們究竟在燒什麼東西，不得不把窗戶全部敞開？」

「你是指——」

「衣服。」菲爾博士說。

博士令人不安停頓一下。「我是指，」博士繼續說，洪亮的聲音在屋內迴盪，「我是指訪客穿的衣服。你還能在壁爐裡找到一些衣服的蛛絲馬跡。現在，我提醒你，這兩個是唱作俱佳、交情菲淺的人。當我們找出越多的問題，就越能發現這件案子的瘋狂之處，這其中一定有些證據是他們故意用來誤導我們的。一定是狄賓要他的訪客這麼做，不然他無須大費周章，讓他的訪客從陽台門進來就可以了。狄賓之前和他的訪客就坐在這兒燒訪客的衣服。我可以跟諸位保證，這種社交活動在英國是絕無僅有的。最後，我們知道，這名訪客不但用狄賓的槍射殺了狄賓，而且（一）在對方沒有抗議的情況下從抽屜把槍拿出來，（二）在對方沒有防備的情況下，從後面射殺狄賓，（三）兩發子彈其中一顆神祕失蹤，（四）小心翼翼將槍放回抽屜裡，（五）從向來上鎖、鑰匙一直掛在樓下餐具間的陽台門逃逸。」

博士氣喘不已慢慢掏出煙斗和煙草袋。莫利・史坦第緒瞪著窗外，突然轉過身來。

「等一下，先生！我還是沒搞懂。就算狄賓沒讓這個人進來，他還是有可能自行拿走餐具室的鑰匙，把它插在門上，讓這名訪客有機會由此逃走。」

「的確，」菲爾博士表示同意，「但是，為什麼鑰匙現在不在門上了？」

「為什麼不在——？」

「沒錯。這個問題並不複雜，不是嗎？」博士焦慮問他。「假如你是兇手，在緊急狀況下，奪門而出，想趕緊逃離現場。你會想到要拔出門上的鑰匙嗎？在什麼情況下，你才會這麼做？如果是你出去以後，想鎖上你身後的門，我可以理解這種狀況。把門鎖上，順便帶走鑰匙。然而，要是你讓門半開，有什麼理由要留著這危險的紀念品呢？」

他點燃煙斗。

「我們暫且先不考慮這個問題。我們可以就這個狀況來抽絲剝繭。要是我們回到狄賓的訪客從前門登門造訪這場演出，就應該察覺出其中不合情理之處。就某些原因來說，這是這個詭計最令人困惑的部分，所有細節都是事前安排好的。先從這個最驚人的細節開始。諸位，提到狄賓讓電線短路，我不須思考就立刻可以想到幾種讓電線斷路、卻十分安全的方法……但是為什麼，狄賓唯獨採用這種最危險的方式？拿不鏽鋼的鈕扣鉤插進通電的插座裡！

「鈕扣鉤在這裡，你們之中有人想看看嗎？」

莫利抬手撥弄他油光整齊的褐髮。

「看看這裡！」他有點失望，「請大家好好想想這個問題，要是你嘗試這麼做的話，你會被電到，起碼十五分鐘內無法動彈……」

「也許沒有這麼糟。」

修葛・杜諾范第一次聽到自己的聲音。他父親不再繃著臉。他說，「我想你最好證實真的是鈕扣鉤造成斷電。大家就會明白這是怎麼回事。」

「喔，看看這只鈕扣鉤幾乎已經報銷了。但是，我們更進一步想想，各位會想到更安全的方式達到這個目的。」

「我得承認，我根本聽不懂你在說什麼。」主教應聲。「我怎麼想都想不出這只鈕扣鉤要怎麼才能恰好掉進插座裡……」

「當然不是掉進去。但是，用橡膠手套怎麼樣？」菲爾博士問。

他停頓半晌。

「當然，我不過是試著用這個假設來推論，」博士謙虛地說，「在你們腸枯思竭搜索其他線索時，我得趁機提醒你們，這只是個誘人的理論罷了。但也唯有如此，這個詭計才能得逞。我再重複一遍，我們之前的假設都不值一哂——尤其是狄賓戴上橡膠手套，親手切掉自家的電源，試圖混淆視聽的計謀——即使（我相當肯定）還有其他更簡單的方式……不過，橡膠手套還有另一層用意。要是一個人不想留下任何指紋，並且能靈活審慎地運用雙手，橡膠手套可以提供絕佳的防護。」

主教面色凝重，「我親愛的菲爾博士，」他悲哀的低聲說，「你簡直是越扯越離譜。死去的狄賓為什麼要在意自己指紋會在書房裡？」

徐徐噴出一口煙，菲爾博士傾身，彎的角度過大，以致於他氣喘聲濁重。他說，「太棒了！他為什麼這麼做？這個令人匪夷所思的舉動中含著另一個『他為什麼這麼做』。他為什麼不假裝質疑一下停電的原因？他若想把自己的角色詮釋得更成功，為什麼不起碼出房門問問施托爾究竟出了什麼狀況？為什麼他避不現身？為什麼他要替他的訪客燒了衣服？——最後，還有一點，菲爾博士舉起他的手杖去戳晚餐托盤。「為什麼他嚐遍所有的佳餚，而獨獨漏掉他的最愛？」

「我說，現在的情況跟《三隻熊的故事》有異曲同工之妙。『誰坐了我的椅子？』『誰喝了我的粥？』『誰——？』諸位，我想你們此時此刻已經明白，訪客來訪的時候，待在書房裡的人根本就不是狄賓。」

主教口中喃喃抱怨。令人頭暈目眩的疑慮讓他轉頭盯著那張死人嘻笑的臉……

「那麼狄賓——」他說，「這段時間裡，狄賓人在哪裡？」

「為什麼會這樣，我會一五一十告訴你。」博士回答，作了一個默劇的誇張表情加強說話語氣。「他故意藉奇裝異服掩人耳目，戴假珠寶、假髮、假鬍子，並用演員化妝用的白堊黏在耳後，假造一對招風耳。他按自己家裡的門鈴，假裝和自己通話……就是這樣。這場變裝秀中，角色完全顛倒，這就是我為什麼說我們必須根據事情的表面來抽絲剝繭，否則案情永遠不會真相大白。結果是一個不知名人士，這位神秘訪客，冒充狄賓先生待在書房裡。而狄賓——」

「能不能麻煩你證實這一點？」史坦第緒說，他呼吸沈重。蓄著鬍子的臉上出現鬆了一口氣的表情。

「我想我大概可以。」菲爾博士謙遜說道。

「但是——呃，」主教接口說，「我——不得不說，我認為你剛剛揭發的事實似乎只會讓整個事件變得更複雜、令人不能理解。」

「哦？不，不，我不同意。等我把角色顛倒這件事解釋清楚，」菲爾博士急忙反駁，以說服的口吻說，「我保證案情會變得更單純。絕對會的。」

「我能夠理解，」主教向對方解釋，「為什麼狄賓的出現騙得過當時手裡只拿根蠟燭的施托爾。如魔術師的把戲一樣，奇裝異服是為了混淆施托爾的視聽。曾經有人告訴我，偽裝的第一原則就是轉移注意，這也是最有效的手段。」主教似乎對說出那句「有人曾經告訴我」有點掙扎，但他還是說了。他思索著，「我甚至知道他可以故意變聲，裝成美國腔……但這個騙局裡，有些地方說不過去。你怎麼解釋從房間傳出來的聲音，他模仿狄賓嗎？若真如此，施托爾一定聽得出哪裡不對勁？」

博士咯咯發笑，撢去斗蓬上的灰。

博士同意他的話，「要是換了任何地方，他的確聽得出來。但透過傳聲筒，就不盡然了。」菲爾博士指著牆壁說，「所有的溝通方式中，最具鬼魅及虛幻效果的，就是用傳聲筒。你們自己的聲音會像鬼叫一樣。你們以前用過這玩意兒沒？——這和電話不同。到樓下去，我們輪流用傳聲筒說話看看，我看看你能不能分辨哪一個是你兒子的聲音。

「這麼一來，你就明白，透過傳聲筒跟施托爾說話的是冒牌狄賓。這名『訪客』上樓去，進入書房，把門關上。接下來，當然是真的狄賓說話，這無疑是為了矇騙僕人施托爾。」

「現在，」主教說，「我們接受這個假設……我必須堅稱我還是跟之前一樣，對整個案情一頭霧水。為什麼狄賓要和不知名訪客串通好，來耍騙人的把戲？」

「我不認為他們這麼做了。」

主教保持鎮定。他說，「這實在太吊詭，博士。我完全被你的話搞糊塗了——」

「我不認為他們是故意串通好來混淆他人視聽，」菲爾博士哼了一聲，「如果諸位不健忘的話，我們之前提到『角色顛倒』是個假設。事情發生的經過還是沒變。你若認定他們兩個是共謀，你的推論就會讓人摸不著頭緒。書房裡的男人最詭異的行徑並不在於他偽裝，而是他以不知名訪客的身分代替狄賓。不知名訪客若事先就和狄賓周詳策劃，他還需要戴橡膠手套嗎？如果狄賓讓經過偽裝的不知名訪客從前門進來，而非從陽台偷溜進來；又為什麼不可能是不知名訪客在房裡等候偽裝的狄賓進來呢……諸位請先聽我說，我知道你們心裡有許多疑點。讓我們先從晚餐開始說明。狄賓並未用餐。用餐的是不知名訪客。

他們交頭接耳，故意讓聲音傳入大廳。」菲爾津津有味地說，「傷腦筋的問題來了：為什麼狄賓沒有吃他的晚餐？」

「也許他還不餓。」莫利‧史坦第緒思考之後回答。

「很好，」菲爾有點暴躁，「史坦第緒先生的答案的確讓我們有了靈感。沒錯，以諸位與生俱來的聰穎睿智，有沒有人能告訴我更好的答案？你們一定想到，他沒吃他的晚餐，是因為他人不在這裡。不知名訪客吃了晚餐，是因為不知名訪客在這裡。晚餐送進來的時間是八點半，狄賓當時在場，焦躁不安、神經緊繃。我記得他們是這麼形容當時的他。狄賓一定是在僕人退下後，偽裝打扮，馬上出去。這麼一來，他必得從陽台的門出去，對吧？」

「沒錯，」主教說，「這很明顯證實了一點，他有陽台門的鑰匙。」

「很好，我們繼續。接下來發生了什麼事？」

「我對你說狄賓與不知名訪客之間沒有串通的說法不以為然，」主教說，他現在緊迫盯人，熱切回應。「所有的疑點都證實了這一點。狄賓出去——」

「出去將近一個半鐘頭——」

「——這一個半鐘頭內，不知名訪客待在屋內。博士，每一個細節都環環相扣。偽裝後的狄賓，為了某種惡毒或違法的勾當離開這裡……」

菲爾博士搓著他的鬍髭。「這是意料中的事。沒錯。他持自己的槍……各位現在可否隱約有些想法，你們認為失蹤那顆子彈到哪裡去了？」

「哦，我的天哪！」莫利・史坦第緒突然說。

「狄賓的過往隱隱透露出，」菲爾博士繼續說，「脾氣乖僻的老狄賓是個非常非常危險的人物，總愛嘗試任何遊戲。我不意外他會說美國腔，喝醉的時候，顯露出本性……這使我想到，除非可憐的史賓利和加里波底一樣作古了，我可不相信他會洗心革面從此不再耍勒索的手段。（譯註：Garibaldi，1807-1882，加里波底為義大利愛國者。1834年參加馬志尼領導的「青年義大利」運動，因參與奪取熱那亞計畫而被判處死刑，但他逃往南美。在義大利王國已成現實之後，他拒絕接受一切個人的報酬，回到卡普雷拉過隱居生活，後卒於該地。）」

他們全盯著狄賓似笑非笑的臉；他的衣服整齊乾淨，書籍歸納得井然有序，餐桌上還有用銀盆托著玫瑰。

「各位，」主教高呼，像是要展開一席演說，「各位必須像魔術師一樣，從這些不存在的證據，以及沒有經過證實的證據中，變出完整的事實真相；我得為此向各位獻上我最誠摯敬意……另一方面，各位已經發現，你們所說的每一件事，都暗示著狄賓與不知名訪客有預謀，準備偷偷殺掉另外一個人。這件事不言自明。他故意讓共犯待在屋裡，為了提供自己的不在場證明。」

菲爾博士搔亂了他的鬢角。很長一段時間，他瞇著眼巡視屋內。一個新的、困擾他的念頭忽然萌生。

「你們知道嗎，」他說，「奉主耶穌基督之名，我想到目前為止，我們都同意這件事有眉目了！我的假設不見得完全正確；我個人的觀點——基本並沒有跟諸位差太多——相當歡迎各位提出壓倒性的異議……讓我們就你們的想法來進行推論。我們先假設，狄賓把某人留在房中，對著門外咆哮以防被……」

主教嚴厲地插話，「這傢伙，到這裡來是為了要殺狄賓，就像狄賓打算謀害史賓利一樣。」

「沒錯，我們進展得相當順利。諸位，對殺狄賓的兇手來說，再沒有比這個更棒的機會了。想想看！要是狄賓認為他幹掉史賓利之後自己就安全了，不知名訪客一定對自己不費吹灰之力就能幹掉狄賓而暗自竊喜……」

「諸位發現了嗎，」他用拳頭捶膝蓋，「這麼一來，結果如何？這個假設解釋了為什麼狄賓會偽裝溜出家中。狄賓本來並沒有要偽裝的打算。他在殺了史賓利之後再來偽裝，簡直是既愚蠢又危險。他要在自己書房裡設下不在場證明。他準備離開之後，神不知鬼不覺從陽台門回來，銷毀偽裝的行頭。嫌犯穿著誇張服飾，行為神祕，操著美國口音，還故意從正門登門造訪……這麼做的用意何在，他大可說任何一種鄉下的土腔。萬一有人發現史賓利被殺了，另一個有嫌疑的美國人——狄賓絕對脫不了干係，警方會查問他對事情的來龍去脈知道多少。他們可能無法證實他殺人，但是諸位可敬的人士、認真負責的紳士，可能都會被牽扯進來，表述一些令人不自在的解釋。」

莫利清清嗓子。「為什麼他要這麼做？」他問。

「這就是那位不知名訪客最可惡的詭計……狄賓不得不從前門進來是因為他沒有其他的路可走。你們懂了嗎？不知名訪客輕而易舉請君入甕。狄賓之前是從陽台門出去的，他把鑰匙留在門上，要不知名訪客在他出去之後將陽台門鎖上，返回時再打開讓他進來……記得嗎，這是你們的理論；我之前說過，我和你們的觀點略有出入……但是，無論如何，狄賓在暴風雨肆虐之後返回，他進不來。」

「因為不知名訪客不讓他進來。」主教說。

「這麼說，簡直沒有比這種行為更過分的事了。這就是你們的理論站不住腳的地方；為了讓狄賓擺脫罪嫌，不知名訪客得胡謅些不小心把鑰匙弄丟的說詞。這種假設有破綻。我想我可以提出更好的解釋，而且是在相同的前提下……你們聽聽看。這道門是鎖上的，每扇窗戶都有鐵欄杆，狄賓出去的時候正好遇到暴風雨，他用奇裝異服來偽裝自己！

「這一帶的人都知道狄賓的執拗和博學，」他邊思考邊說，「穿著出席音樂廳的服裝……他能到哪裡去？他怎麼處理他這身打扮？想像一下，杜諾范主教，在這英國小村莊一個暴風雨的夜晚裡，打扮成卓別林難道是為了準備要幹掉某人……狄賓當時左右為難，他得不讓人起疑回到屋裡，但屋裡所有的窗戶都圍上了欄杆。他必須趕快進屋內，他的訪客在房子裡多待一分鐘，他和他的訪客就得多冒一分被別人發現的危險，他是可以透過陽台窗戶的欄杆和訪客對談，只是進不去。

「這名訪客提了一個建議——你們都知道是什麼。讓電線短路。美國訪客進入房內之後，兩個人的身分問題就解決了。這麼做得冒很大的風險，但對狄賓來說，這卻是兩個不利於他的情況中，比較容易解決的。對於不知名訪客來說，他可以趁這個機會把罪行嫁禍給為了射殺狄賓而來的美國訪客。這麼一來，他的計畫就成功了。」

主教繞過桌子，以憐憫和憎惡的表情盯著死者的臉。

「主給我們——」他還沒說完就停住。他轉過身來，露出滑稽的眼神。

「你是個非常有說服力的演說者，」他說，「從頭到尾都解釋得頭頭是道，搞得我差點忘了所有假設的基本要點必須基於：史賓利已經死了。我曾經讀過不少精彩的破案推論。但我不得不說，我們還沒看出你有什麼高超的本事能破案。」

菲爾博士絲毫不引以為意。「喔，我只是個一招半式打天下的江湖郎中。」他大方承認。「不過，我敢跟你打賭，要是你願意移駕從這扇通往狄賓臥房的門過去看看，你會找到證據能證實我的假設。就個人來說，我比較懶……」

莫利・史坦第緒說，「博士，你可要對你說的話負責任。你之前說狄賓是個騙子，你可能錯了；你這麼相信的，不管怎麼說……」

他邁步走到菲爾博士的椅側，臉上浮現痛苦的表情，彷彿不確定男人是不是不該輕易表露情感，決定藉著壓低聲音很快說話掩飾過去。

「我告訴你真話吧。我一點都不訝異。我曾經想過一些事，你或許會認為這樣很不厚道。」

「嘖！」菲爾博士嘀咕一聲，「怎麼了？」

「——但是我真的這麼想過。現在你能了解，一旦揭露了這件事，我們將陷入更混亂的局面嗎？醜聞、臭名……你難道沒有看出來嗎？到時他們一定會阻攔我的婚事；他們會想盡辦法，尤其我的母親。他們不會得逞的，但這不是重點。為什麼所有的人都在談論這個話題？為什麼……」他神情困惑掃視每個人的臉，茫然、困頓，甚至絕望，似乎在尋求一個合理的理由，他的婚姻在世人的眼中彷彿罪大惡極。「還有什麼更好的方式可以毀了我的婚事？你們能不能告訴我？」

「我了解你的痛苦，孩子，」主教說，「你難道不在意你未婚妻的父親是名前科犯？或殺人兇手嗎？」

莫利下巴兩側的肌肉鼓動。眼神迷惘。

「我不在意，」他不假思索，「就算這個下流傢伙主使芝加哥所有的犯罪行為……但是為什麼要公開？」

「但你還是希望知道真相，不是嗎？」

「是的，我想知道。」莫利承認，搓著自己的前額。「這是一定的，我們還是要主持正義。但是為什麼他們不乾脆逮住他，將他繩之以法，不讓任何人知道呢？算我說的是廢話，當然，如果能夠讓你們了解我的心情……那些該死的報紙有什麼權利肆無忌憚將新聞渲染成醜聞，只因為一名男子被殺了。為什麼你們這些執法人員可以私下斷決，擅自立法或行使權力？」

「史坦第緒先生，」菲爾博士說，「這些問題可以花喝半打啤酒的時間來討論。但此時此刻，我不覺得你需要操心醜聞的問題。我來是為了——我是說我們此行的計畫……你看得出來我們要做什麼嗎？」

「沒有，」莫利絕望地說，「我希望我看得出來。」

「這個醜惡的真相是遲早得去面對的，不管怎麼樣，它都在那裡。這個不知名訪客——殺死狄賓的兇手——絕對是個頭腦聰明，能設計這一切計謀的人，他就在這裡。他不是什麼來歷不明的盜匪。他是英國村莊的一員，可能離我們這裡不到一哩遠。這就是我為什麼要費盡唇舌解釋這一切，如此我們才能一步步接近核心。當下的情況是——」

他彎下身，用手指輕敲著手掌。

「——當下的情況是，他認為他是安全的。他以為我們已經認定兇手是路易・史賓利。這就是我們的優勢，唯有如此我們才能趁他不備把他揪出來。因此，為了這一刻，我們應該對我們所知道的一切保持緘默，包括我們對狄賓過去的了解。我要將這一切報備給海德雷總探長，倫敦方面可以著手調查他的背景。但是這裡的資訊得靠我們偵查。

「此外，諸位，我們手上握有幾項有價值的線索。兇手留下的那一兩個破綻，我此時不需要詳述，但是他犯了最大的錯誤就是留下繪著八枝寶劍的紙牌。這一點可供我們尋找作案的動機。」

「你是不是終於準備好了，」主教說，「要告訴我們八枝寶劍代表什麼意義？」

「喔，沒錯，但是我不知道你是否注意到狄賓書架上的那些書……」

房外傳來一陣耳語和雜沓的腳步聲。最靠近窗邊的莫利和主教往窗外眺望。

「來了一大票人，」史坦第緒說，「家父、莫區巡官、我妹妹、佛狄西醫生，還有兩名警察。我——」

上校顯然抑制不住他的興奮。隔著靜寂的灌木林，聽到他迫切又得意的聲音，他沙啞的嗓音從樓下傳來。

「我說！大家都下來吧！案子破了，這件案子已經破了！」

主教想從弧形的欄杆向外望。他猶豫了一下，接著說，「你克制一下自己，不要這樣大呼小叫。案子怎麼會破了？」

「為什麼不，因為我們已經逮到兇手了，莫區逮到他了。現在要他招供。」

「逮到誰？」

「還用說嗎，當然是路易・史賓利這傢伙！他還在村裡，莫區依法逮捕他歸案。」

「咦！」修葛・杜諾范說，轉頭看菲爾博士。

CHAPTER 8

在跳棋旅館裡

嚴格說來，記錄菲爾博士探案的筆者，應該為以「女英豪」一詞來介紹甜美動人的派翠西亞・史坦第緒而陪不是。而擔任這記錄者的修葛・杜諾范，認為「女英豪」是用來形容她最恰當的字眼。這神秘的字眼定義明確，最重要的是與「美貌」押韻。

修葛的道歉是基於一項所有人都會同意的事實：用這個字眼來介紹上場的女主角（無論這是不是個真實故事）實在太不得體、太冒犯女士了。正如亨利・摩根所說：灰眼精、勇氣可嘉的葛瑞絲・達令有自己的人生哲學，她碰到難題時喜歡戳自己鼻子，使槍的工夫和警察不相上下，她要耗整整一本書來決定她是否對當英雄比較感興趣。（譯註：葛瑞絲・達令為英國少女，1830年和她的家人掌管燈塔，葛瑞絲協助救援在暴風雨中發生海難的弗法爾緒號生還者。她奮不顧身的英勇行為使她成為英國家喻戶曉的人物。後人將她的故事寫成少年小說。）

修葛得趕緊辯駁來減輕自己出言不遜的罪行，首先，這的確是一個真實的故事，其次——這全是上帝的恩典——派翠西亞・史坦第緒並沒有什麼值得一提的特點。她的頭腦不特別冷靜，意志也不特別堅強。她既沒有像警察一樣隨身配槍，也沒有攔截惡棍的矯捷身手。反之，她為這些事都能由能夠勝任的人處置而感到高興。她笑臉盈盈看著你，像在對你說，「你好棒！」——你便不由自主抬頭挺胸，覺得自己有九呎高，並得意地「哈哈」一聲！她也不是起初冷傲矜持，直到最後才擁抱英雄的人。她從一開始就攬著修葛・杜諾范的手臂，一直不放，讓他有點暈然。

從他見到她的第一眼，心中就激起美好的漣漪。她走在磚路上，背對著夕陽照射下如火燒般的幽暗樹林。她走在這群人中間。派翠西亞．史坦第緒的手攬著紅光滿面、正和一名身著制服的彪形大漢談事的上校。兩名警察跟在他們後面，一名愁容滿面的醫生似乎為錯過了下午茶時間抑鬱不樂。

她讓人眼睛為之一亮地出現在這樣的襯景裡。她頭髮是金黃色，但非那種毛茸茸的金或如雕像一樣死板的金。連衣裙覆蓋下的姣好身材，像是自然界在恰當之處添上一道優美的弧線。她一度躊躇，卻依然神采奕奕；光澤彈性的褐色肌膚，充滿著生命力。深榛色的眼睛用那種「你好棒」的笑容凝視著你，眼神像是會說話；她高挑的眉毛讓她看起來似乎永遠都處於出奇不意的喜悅中；她粉唇上的笑容彷如最完美的潤飾。

修葛看到她從小徑上走來時腳步有點遲疑，一身白色無袖網球裝，反襯著背後如野火蔓燒的幽暗樹林。修葛隨著主教、莫利、菲爾博士一行人魚貫下樓到接待所門口。上校跟莫區巡官談話時，她一旁彎頭、怯生生瞄陽台門一眼。然後，目光飄向前方的大門，看著杜諾范。

他驟然覺得自己登上暗處裡的樓梯，腳踏在不存在的階梯頂端——緊接著，銳不可擋的氣勢應聲響起，就像他肩上扛著一把來福槍，一槍射中靶場的鐘發出巨響。噹——！就像這樣，他立刻熱血沸騰，所有的象徵譬喻都摻和在一起。

他當下就明白，他被征服了。

他也知道她了解他的心意。你可以接受到這位女英豪身上放出的電波交流或心電感應，那些口口聲聲說不信有此說的人，不配領受到這種心靈感應。修葛知道她也感受到了，但他們的眼神並沒有交會。他們眼神只是很快閃過，便從對方身上移開。他與派翠西亞‧史坦第緒都在努力掩飾，假裝沒有意識到對方的存在；而在他們經過他人正式介紹之後，就幾乎無法再假裝視若無睹；這是個再奇妙不過的徵兆。派翠西亞望著接待所屋頂上的石孔雀神遊，她揚起頭，行為開始漫不經心。

這段情感火花迸發的經過並沒有落入史坦第緒上校眼中。上校得意嚷嚷著，將莫區巡官推上前。巡官人高馬大，蓄著幹練的鬍髭，站姿看似要往後倒的樣子。若你此時推他一把，他可能真會搖搖欲墜。他的表情嚴肅，卻又為自己立了功感到高興。

「告訴他們，莫區，」上校說，「喔，對了。這是菲爾博士、曼坡漢主教、杜諾范先生……莫區巡官、佛狄西醫生——是來取出子彈的。喔，還有——我差點忘了，這位是小女派翠西亞。把事情經過告訴他們吧，莫區。」

派翠西亞微微頷首。巡官的表情更嚴肅。他撥弄棕色鬍髭，清清嗓門，灰藍色眼睛直視菲爾博士。他聲音洪亮、信心十足地開口。

「我把這件事視為一種榮耀，各位先生。我先解釋為什麼我沒有盡責在各位蒞臨時在此恭候。」他拿出筆記本，「調查完畢後，我抽空回家喝了杯下午茶。我並非故意怠忽職守，而是我手上有幾封狄賓先生的信件，」他敲敲筆記本繼續說明，「信裡透露一些真相。接著，我立刻動身尋找那名昨晚造訪狄賓先生的人。根據『公牛』的老闆告訴我，他這一個多星期以來，常常看到這個我要找的人在附近出沒。那傢伙常常光顧『公牛』，向每個人打聽莊園的事，獲取情報。各位，」莫區巡官搖搖頭說，「昨天晚上，這名男子沒有出現。

「我在喝下午茶時，接到瑞佛巡官從漢翰打來的電話，他說，他查到我要找的人正投宿在跳棋旅館——我順便為各位解釋一下，漢翰這個地方靠河邊，離此地約四哩路……」

「真有意思，」主教插嘴，斜睨菲爾博士一眼，「這個人還好端端活著呢，然後呢？」

「他死了？」莫區一頭霧水，「老天保佑，當然沒有！為什麼他會死呢？」

「我只是想弄清事情的真相，」主教敷衍地說，得意看著菲爾博士。「請繼續，巡官。」

菲爾一點也不引以為意。

「他是指，我應該羞愧得無地自容。」他和藹地喘口氣，「沒關係。名探薩克史東・布拉克不總是最後的大贏家。我不覺得這有什麼大不了的——你立即動身去逮他了嗎，巡官？」（譯註：Sexton Blake，薩克史東・布拉克為英國家喻戶曉的小說人物，也是名偵探，創作者不詳，這個名字後來出現於各種形式的創作，包括通俗小說、報章雜誌連載小說、電視、電影、廣播和劇場等等。）

「沒錯，先生。我先打電話到莊園，詢問史坦第緒上校回家了沒。他不在。我馬上借一輛車，直赴跳棋旅館。那時我根本不知道他叫做史賓利，也不知道他是個年輕小伙子。

「我在跳棋旅館見到他，他自稱崔弗斯先生，絲毫沒有逃走的意圖。我發現他坐在門口，喝半品脫瓶裝的酒，十分鎮定。他談吐文雅，像個紳士。基於法律程序，」莫區道，「我告誡他，讓他知道他還沒有起誓，但是他最好在我執行例行偵查前，乖乖回答一些問題。他在未經宣誓的情況下做了供述，最後簽了名。」

莫區清了清喉嚨，打開他的筆記簿。

「我叫史都華．崔弗斯。我是已退休的劇場經紀人。我住在紐約市百老匯大道和八十六街間的德渥區。我到英國是來旅行的。我不認得狄賓先生。沒錯，我知道昨晚發生的事；這裡所有的人都知道這樁命案。是的，我知道自己的嫌疑很大。但是昨晚我沒在莊園附近出沒。要是有人指認，他們一定會告訴你們那個人不是我。我沒什麼好怕的。我昨晚九點半以後就回房裡去了，直到早上都沒有外出。這就是我僅能提供的，其他的要等我跟律師商量過再說。」

讀這篇供述期間，莫區巡官的身軀越來越向後傾。一抹鬼靈精的笑容浮上他的臉。

「我沒有任何逮捕令，」他繼續說，「除非證實了他的罪行，我不能控告他。我請他跟我一起回來協助案情偵辦。但他不肯，他說，得先等他打電話到倫敦跟他的律師商量。他實在夠酷了。後來，這個小伙子說他願意來，此時，瑞佛巡官正盯著他。他跑不了的，各位先生——但是，私底下，我搜到的這些證據都有重大意義。」

「你幹得太漂亮了，」史坦第緒上校誇讚他，「聽見了嗎？不費吹灰之力就逮著犯人了。是吧，莫區？」

「謝謝你，先生。我們希望是如此，」莫區不好意思地回答，「各位先生，我們繼續往下說。崔弗斯先生昨晚那段時間並沒有待在他房間裡。他的確是在九點半回到房間。但是後來他又出去了。有人在十點左右看到他從房間窗戶爬回去——他的房間正好在一樓。有趣的是，他渾身溼透了，當時還沒有風雨，他彷彿掉進河裡去似的……」

「河裡？」菲爾博士若有所思，「不賴，真不賴。你對這件事有什麼看法？」

「嗯，先生，我沒有。但是這不是重點。跳棋旅館老闆娘凱菲斯太太，收拾完戶外餐廳小桌上的桌巾返回屋內時，看到他從窗戶爬進去。她覺得很可疑，便持續觀察他……不到五分鐘，剛從外面返回的崔弗斯先生再度從窗戶爬出去，換了一套衣服，匆匆忙忙趕赴別處。重點正在這裡，他得有雙飛毛腿才能在一個鐘頭走四哩路，從跳棋旅館趕往接待所。他大約十一點鐘趕到這裡……」

「沒錯，」菲爾博士同意他的話。「為了勒索，及時趕來看一場交易。」

巡官皺了皺眉。「看什麼，先生？」他以粗啞、玩笑似的口吻重複菲爾博士的話。

「他不光是用看的吧。這時，屋裡停電了，他直接走向那扇門，然後上樓——接下來發生的事，我們都知道了。他殺了可憐的狄賓先生。直到半夜一點半才返回跳棋旅館。凱菲斯太太說那時輪她值班，她看著窗外，想知道到底是怎麼回事。等他們第二天知道發生了命案之後，她和凱菲斯先生大為恐慌！他們不敢和崔弗斯先生說話；立刻連絡瑞佛巡官，這就是我為什麼會獲得消息的緣故。然而，」莫區宣稱，敲敲他的筆記簿加強語氣。「我和瑞佛還沒有洩漏消息。我是指，對崔弗斯先生。我認為我們該迅速趕回這裡，找到施托爾，等他指認崔弗斯先生之後，我們才能逮捕他。」

他闔上筆記本，「我的上司，警察總長，」他準備做結語。「已經查到資料，證實此人就是路易・史賓利，此案到此結束。我現在已經拿到搜索令拘捕他，搜索證據。」

「逮著他了，是吧？」上校問，掃視著門廊前的每一張臉。「趁他在街上飲酒逮著了他──目無王法的傢伙，真該死！抱歉把你們找來了，讓你們白忙一場，菲爾。儘管如此……真對不起；我居然忘了！讓我為大家介紹，狄佛西醫生，小女派翠西亞……」他興奮得頭昏腦脹起來。

「您是怎麼了？」修葛・杜諾范立即說。

「你剛才已經跟大家介紹過了，」愁容滿面的法醫唐突說道，「巡官已經報告完畢。若能讓我趕快驗完屍後離開，我會相當感激各位。」

「喔，是的，事不宜遲。」菲爾博士心不在焉。他等法醫和兩名警員踱著沈重步伐從他面前經過，進入房內之後。看著外面那群人，用嚴峻的眼神注視莫區說，「你回到這裡是為了讓僕人指認史賓利嗎，巡官？」

「沒錯，先生。」莫區鬆了一口氣。「先生，我可以坦白跟你說我有多高興這個人就是崔佛斯，或應該稱他為史賓利。這些年輕就耍刀弄槍的小伙子，拔槍的速度就跟瞄人一樣快，就像你在電影裡看到的，我們這些老傢伙可差得遠了。喔，喔，他很快就發現到他那點本事在這裡行不通。」他說罷又鬆了一口氣，搔動了他棕色鬍髭的尾梢。「喔，還有件好消息。我不得不承認，我當時有些想法，先生。」

「有些想法？」

「是的，」巡官說，「雖然有點蠢，但這些想法一直在我腦中揮之不去。」一度覺得壓力沈重的優秀巡官，不再用報告事件的正經口吻說話。「喔，當你腦中浮現一個想法時，你怎麼想都甩不掉。它就在那裡，如影隨形。真是天助我也，太棒了！」莫區一隻手臂在空中揮舞，緊握的拳頭像是準備要擲骰子。「這是真的嗎？這實在太奇怪了。我聽到附近一帶的傳聞——應該說是指點——在瀏覽過他的信件之後，就靈光乍現。摩根先生和我都有些想法。摩根是個聰明絕頂的年輕人，他今天早上也來協助我偵查。真的是天助我也，『路德・莫區，你幹得不賴！』我們不費吹灰之力就逮到殺人兇手。」

他把自己的手甩傷了，卻不予理會，連眉頭都沒有皺一下。菲爾博士堅定地看著他。

「我想我應該聽聽看你的想法，以及你今天搜集的證據，巡官。我們剛才除了空談之外，什麼都沒有做。請上樓去吧，我恐怕有個壞消息告訴你。」

上校半途插話，他說，「事不宜遲，我們還在等什麼？」他口氣不滿。「我們時間緊迫。我得開六哩路去打電報，有一大堆該死的麻煩事要處理，還要向海德雷報備說我們已經逮到兇手……莫利！你這小子還在這裡做什麼？跟我一起走；我不知道該怎麼寫電文；我從來沒有……妳，派翠西亞！妳明知道這裡不是妳該來的地方。」基於保護女兒的本意，上校大聲斥責派翠西亞。

她第一次開口說話。聲音輕柔，英氣勃發。對著石孔雀神遊的她回神過來。

「爹地，當然不囉。」她溫柔回望怒目相視的上校。

「哦？」他說。

「我不該到這裡來的。」淡褐色的眼眸黯淡無光，輕輕瞥向修葛，看起來像是第一次正視著他。她眼神那股強大的力量，瞬間勝過靶場的噹噹聲響六倍，還有她令人心神不寧的鼻子。派翠西亞如銀鈴般的聲音說，「我能不能帶杜諾范先生到莊園去，把他介紹給母親認識？我確定他已經快要餓昏了——想吃點東西。」

她微笑著。上校接受這個好建議。「就這麼辦，妳真的是太周到了！」他熱情表示贊同，「帶他走。把他介紹給妳媽認識一下。喔，很好。這倒提醒我一件事……派翠西亞，這位是喬・杜諾范的兒子。修葛，好孩子，讓我介紹一下，這是小女派翠西亞。派翠西亞，這位是修葛・杜諾范。」

「很高興認識你。」杜諾范彬彬有禮。

「你確定你一切都料理完畢了嗎？」她問，「現在請隨我來吧！」

CARR

CHAPTER 9

老約翰・瑟德的推論

這就是為什麼，短短幾分鐘之後，他走在這名體態輕盈、雙眸明亮、一身網球裝、甜美的女英豪身邊——他神色匆忙，生怕聽到站在門廊的父親叫他，要他回去盡他的義務、當領航的燈塔。如果他記得沒錯，她最後一個令他砰然心動的舉動就是把他拉近，用一種強而有力、讓人無法抗拒、意亂情迷的熱情說，「他一定快要餓昏了——」她太善解人意了。這句話就如英國女詩人布朗寧的詩句。不僅是出自她悲天憫人的女性特質，他也第一次意識到，看到女孩的第一眼，讓他想伸手去端杯雞尾酒，有些女人就是有這種魅力；任何時代傾國傾城的美女無一不具有這種迷人的魅力。缺少這種魅力，戀情就不夠浪漫。當年，但丁遇見碧翠斯時，傻愣在那裡，叫不出她的名字。碧翠斯對他微微一笑、低聲細語。「我想來口吉安地酒！」可憐的傢伙若真這麼做了，一定會想辦法要到她的地址電話，而不是返家以後，做一首詩喟嘆此情。夕陽餘暉照射在林間，他覺得自己的異想越來越合理；當他低頭看見淡褐色的眸子看著他，就再也按耐不住。

他不禁脫口而出：

「昔日有詩人但丁，嗜飲吉安第酒——

他寫人間地獄，及一位佛羅倫斯美女

令他保守姨媽痛心疾首。」

他開心地說，「哈！」搓著雙手就像要準備接獲上帝賜給他的禮物。

「喂！」派翠西亞說，眼睛瞪得大大的，「主教的兒子開口果然不同凡響！你父親跟我提過很多有關於你的事。他說你是個有為的年輕人。」

「別信他的話！」他說，感覺刺到痛處，「妳聽我說！我不想讓妳誤解——」

「喔，我當然不信他的話。」她面不改色，「是什麼讓你忽然想起這首打油詩來了？」

「老實告訴妳，我腦子裡想到的是妳。就這樣，這是一種靈感——這是一種如你沈浸在第一眼看到汀特修道院心中湧現的感動，於是你想馬上趕回家，喚醒你的妻子，寫下這首詩。」

她眼睛瞪得更大。「你這個人真壞！你的意思是要告訴我，看到我讓你想起這首打油詩？你這麼做太過份了。」

「哦？怎麼會？」

「因為——」她吊高眉毛思索，「也許我們想的不是同一首詩……你為什麼要喚醒你的妻子？」

「什麼妻子？」修葛摸不著頭緒。

她泱泱不樂，緊抿著粉色紅唇。抬眼看他，態度堅定。

「所以說，你已經結婚了，是吧？」她難過地說，「我很高興知道這個事實。現在流行祕密結婚。我敢說你一定沒有告訴你父親，是吧？和某個作風大膽開放的美國女子，我猜她們——讓男人——那個！」

在大西洋兩岸情場闖蕩多年，杜諾范深諳，英國女孩最令人感興趣的特質之一，就是她們會開始用前後矛盾的話語來吊你的胃口。他決定矢口否認在國外一切的戀情。這個聲明喚醒他身為男性的驕傲。

「我還未婚，」他一本正經，「不過，我認識彼岸許多討人喜歡的女孩，她們的確喜歡那個。」

她體貼地說，「你不需要用你那些噁心的風流韻事來討好我。我一點都不感興趣！我相信你就跟那些紈褲子弟沒兩樣，視女人為玩物，不務正業、遊手好閒——」

「妳說得沒錯。」

「哼！」她說，頭一甩，「我從來沒看過都這麼大年紀、思想還如此愚蠢守舊的人……你在想什麼？」她狐疑地問。

「嗯，」杜諾范神秘兮兮地說，「妳在騙人。妳故意拐彎抹角轉移話題。我本來是要說，僅僅因為看見妳，我靈機一動，便想起這首打油詩。就像濟慈或其他詩人一樣，不假思索即能出口成章。完全沒有道理可言。你若是醫生，你的病人會在你觸量他們脈搏的剎那，從最強勁的麻醉中驚醒。你若是律師，法官判決與你不同時，你可能馬上拿墨水瓶扔他，還有……嗨！我還想到……」

派翠西亞被他的話逗得樂不可支。

「繼續說啊。」她故意慫恿他。

他們從幽暗的樹林走向一片草坡，黃昏沈寂而異常平靜地降臨。在歷經喧鬧的城市生活之後，這種寧靜令他不自在。他目光環視被白楊樹剪影環繞的莊園，憶及菲爾博士所說的殺人兇手。他記起，他們離知道兇手是誰的真相還有段距離。狄賓故意裝神弄鬼掩人耳目。其他人則採用最省事的方式，聽取流言蜚語，而他並不因此感到氣餒。在修葛腦中久積的疑惑，再度鑽出了表面。

「丟墨水瓶……」他重複道。「我忽然想到妳們家的搗蛋鬼，他對教區牧師搞鬼……」

「喔，你說那件事啊？」她取笑他，「我家被弄得雞犬不寧呢。你當時應該在場的。當然，沒有人會相信你父親精神失常，真的——也許除了我爹地——當時主教要我們小心那個美國人——我忘了他叫什麼名字——但卻沒有人相信他。」

「史賓利？」

「對。直到我們今天早晨聽說這個不幸的消息，才知道事情的嚴重性……」她心神不寧用鞋尖戳著草坪。「這提醒了我，」她似乎不想再談這個話題。「我們其實都不想回莊園去，對吧？我們何不溜去找亨利‧摩根，也許還有雞尾酒可喝？」

共鳴的力量教倆人臉上浮現相同的答案。幾乎在她話音落下的瞬間，他們即刻轉身，朝另一個方向走去。派翠西亞發出一串愉悅的笑聲。她說，抄近路；圍牆邊的側門，離接待所那片灌木林不遠，從那裡可以通往他們的目的地：宿醉之家。

「我不知道為什麼，」她對這種事深惡痛絕，卻百般掙扎決定繼續這個話題，「我真的不知道為什麼這個叫史賓利的人要殺狄賓。不過，他的目的達到了；史賓利是義大利裔，很可能是黑手黨的一份子，他們做盡一切傷天害理的事——不是嗎？你知道。你對犯罪這種事很了解，不是嗎？」

「呃！」修葛老實應著，他開始有點後悔。他想對派翠西亞解釋一切，礙於某些原因，他覺得自己不能這麼做。

「一切傷天害理的事，」她顯然滿意自己的說法。「不管怎麼樣，我承認自己是偽君子，我們大部分的人都是——我們都在假裝我們會想念狄賓先生。我是說，我對他的死深感遺憾。不過，很高興他們逮到那個殺他的兇手……有好幾次，我都希望他搬走，永遠不要回來。」她猶豫了一下。「要不是為了貝蒂——我們見過她幾次——我覺得我們應該去跟爹地和柏克先生示威說，『看吧，早該把這傢伙給攆出去的！』」

他們繞過圍牆旁邊，她突然情緒激動地拍牆。修葛更為不解。

他說，「這就是案情最怪的部分，就我的觀察來看……」

「怎麼樣？」

「我是指，狄賓的狀況。似乎沒有人為他的所作所為辯解。他以一個外來者的身分到這裡來，你們接納他，把他當作自家人。這很怪異，假如他真如人們所說的人際關係很差。」

「哦，我知道！這個問題我想過不知道多少次了。都是柏克先生在後面指使。他和爹地背著我們談這件事。爹地漲紅著臉、勉為其難對他說，『什麼？』他又說一次，『什麼？』他氣急敗壞地問，『老狄賓——人還正派嗎？』他堅決，『不行。』最後還是妥協了，『好吧，看在老天的份上，讓他住！』像是要盡他的義務給人最大的方便。「這明明是柏克先生的意思，而他卻絕口不提。」

「柏克？就是——」

「沒錯。你遲早會見到他。一個身材矮胖、頭禿得發亮、聲音粗啞的男人。他什麼事都要挑剔一番，然後在背後暗笑；要不就一副懶洋洋的德性。總是穿一身棕色西裝——我從沒看過他穿別的衣服——嘴上叼著煙斗。不只如此，」派翠西亞不滿地說，「他總是會突然閉上一隻眼，另一隻盯著他的煙斗，彷彿正在拿槍瞄準什麼，這是他的習慣動作。」她開懷笑道，「我很確定的是，柏克先生最恨別人聊到書，他是我看過猛灌威士忌仍能面不改色的人。」

「這倒是新鮮，」修葛有感而發，「我以前總是在想，跟出版社相關的人應該都蓄白色長鬍鬚、戴雙焦眼鏡，一群人坐在黑漆漆的房間裡欣賞大師名畫。我也曾想像過亨利・摩根先生——我已經見過他了——如小說書衣上吹捧的……」

她更樂不可支。「是啊，他們比你想像的還棒，不是嗎？」她自鳴得意，「摩根筆下的人物就是他們。你想像的統統不對。不過，我還要告訴你狄賓先生的事。我不認為他在這家出版社投資了一大筆錢，儘管他們對此絕口不提。反倒是，他似乎有一種不可思議的能力，能預知哪些書能大賣或哪些書不賣。聽說全世界只有不到半打的人擁有這種特異功能；我不知道他是怎麼辦到的。但是，他預料得很準。他是個無價之寶。我只聽過柏克先生提過一次，就當瑪德蓮娜和我不屑表示『這有什麼了不起』時，柏克躺在椅子上用《時代週刊》遮住臉準備睡覺。他忽然挪開雜誌要我們『閉嘴』；接著他說，『這個人是個天才。』說完又倒回去睡他的覺……」

他們已經到了主要幹道上，沿著陰涼的樹蔭走去，一排高聳的山楂樹籬面對著宿醉之家的山形牆。他們接近大門，隱約可以聽見調雞尾酒時，冰塊搖晃起來充滿活力的清脆聲響。

「我的生命之光，」在喋喋響聲之際，一個聲音宣稱，「我現在要繼續對各位解釋這個由約翰・瑟德先生解開之謎題。開始時——」

「哈囉，亨利，我們可以進來嗎？」派翠西亞說。

在山楂樹籬屏障後面，屋前草坪上一幅歡樂的家庭聚會景象。瑪德蓮娜・摩根蜷在海灘傘的躺椅上，臉上洋溢熱切的期待。她交替地將雞尾酒杯和煙貼近唇邊，在讚賞聲中高聲歡呼。夕陽餘暉僅剩一點微弱的光，乍到的客人仍看得見她丈夫在桌前流連；偶爾停下腳步，或精力旺盛耍弄調酒器，騰空翻繞一圈，頂在頭上，昂首向前走。他轉身，透過眼鏡看見跟他打招呼的派翠西亞。

「哈！」他高興地說，「來啊，快來！瑪德蓮娜，我們還要酒杯。我想我應該還可以幫你們再找兩張椅子。怎麼樣，發生什麼事？」

「我剛才不是聽你說，」派翠西亞提醒他，「你要對大家分析這場謀殺？你不用多此一舉。他們已經逮捕那名美國人，破案了。」

「不，還沒有，」瑪德蓮娜喊道，神情愉悅看著她的丈夫。「亨利說還沒結束呢。」

椅子備妥，摩根在他們的杯子注滿酒。「我知道他們已經找到那個美國人了。我看到莫區從漢翰回來。那個美國人沒有罪，這是理所當然的。」（他的妻子又高聲歡呼！）

他喃喃自語一陣，如教堂牧師進行教義問答般念念有詞及祝禱。馬丁尼撫慰了修葛•杜諾范一度寒冷的心靈。他開始放鬆。摩根熱切往下說，「我告訴你們，這是理所當然的！當然，我對案情真相的興趣倒在其次。我最感興趣的在於，兇手是如何進行這場謀殺。你們都看見了——」

「我說，你為何不——」派翠西亞突發奇想，她將杯緣移開嘴邊，緊皺眉頭。「這個主意太棒了！可能會使案情結局大逆轉。」她如夢囈般說，「你曾經下毒毒殺內政部長，一斧頭砍斃至高無上的大法官，槍殺兩名總理，絞殺海軍軍務大臣，炸死審判長。你何不放過這些可憐的政府官員一馬，想想看該怎麼殺一個像狄賓這樣的出版家？」

「關於至高無上的大法官，我親愛的女士，」摩根表情嚴肅，「不是被斧頭砍死的。我希望妳不要張冠李戴。相反的，他是被國璽擊中頭部，被發現死在議長的位子上……妳想說的應該是英國財政大臣，我只不過在《國內稅收謀殺案》這部小說裡，稍微發洩了一下個人不滿。」

「我記得這一段，」修葛衷心讚美，「你寫得實在太好了。」摩根笑容滿面為他斟滿酒。「我喜歡你寫的那些故事，」修葛說，「比起那紅遍半天的傢伙——叫什麼來著？威廉‧布洛克‧突尼多斯好得太多了。我是指，那些作品可能抄襲真實事件，他們總愛給別人看案發現場的照片。」

摩根的表情有點難堪。

「那麼，」他說，「告訴你實話吧。威廉‧布洛克‧突尼多斯也是我。我完全同意你的話。那些的確是我移花接木的作品。」

「移花接木？」

「沒錯。那些是寫給評論家看的。你知道，評論家跟一般大眾閱讀的需求不同。他們要求任何故事都是有事實根據的。我在很久以前就找到一種寫有事實根據的故事模式。你必須（一）沒有情節，（二）不強調氣氛——這一點相當重要，（三）盡可能少寫有趣的人物，（四）絕對不能偏離主題，還有（五）最重要的，不得推論。不能偏離主題是最讓人詬病的……在正常的生活中，這簡直不合情理；一名偵探必須盡可能無所保留，甚至不能做任何推論。列出這些守則之後，親愛的孩子，只要你高興，隨便你愛怎麼捏造真實故事都行，評論家還會褒揚你獨具匠心呢。」

「太妙了！」瑪德蓮娜說，又拿了一杯酒。

派翠西亞說，「原來你是讓你的木馬代你送死，亨利。回到問題本身……為什麼不寫一個故事；我是說，直接寫你自己想寫的故事？」

摩根露齒一笑，調整呼吸。「可以的，」他坦承，「要等，得看時機。還得等……」他沈下臉。

這個突來預告讓修葛猛抬頭。他想起來，這個人就是要他們找一枚鈕扣鉤的人。

「這是什麼意思，還得等？」

「我不認為那個美國人有罪。」摩根說，「要是所有漫無目的和遊手好閒的人都可能是嫌疑犯，我們這些才是嫌疑最大的人！在犯罪的故事中，你起碼要有許多殺人的動機以及夠可疑的行為。男管家無意間偷聽到的爭執、某人威脅要殺了某人、某人偷偷將血跡斑斑的手帕埋在花床裡……但是，在這件案子中，我們沒有這些線索……

「就拿狄賓來說吧。我並非指他不可能有仇家。當你聽到某人大發豪語說自己沒有仇人時，你大可安坐在椅中，等著有人來殺他。狄賓是個問題人物。沒有一個人喜歡他，但是，天曉得，這附近不會有人把苗頭指向他——運用一下各位天馬行空的想像力好了，現在你們想像得到誰是殺人兇手嗎？主教？史坦第緒上校？柏克？還是茱兒？我先來為各位添酒。」

「謝謝，」修葛問，「誰是茱兒？」

躺椅中的派翠西亞喜不自禁蠢動起來。她身後的窗戶映著夕陽餘暉，草坪已經被遮在樹蔭之下；僅剩一道光照在她的金髮上，甚至連她健美淡棕色肌膚也映著斜陽的光。她挨回椅中，眼神明亮，嘴唇溼潤，牙齒嗑著杯緣。一隻穿著網球鞋光溜溜的腿在椅邊晃動。派翠西亞說，「喔，對了，我最好在你見到她之前先跟你說明一下，這樣你到時才知道該怎麼應付……茉兒是我母親。你會喜歡她的。現在的她變成一個不容人反抗的暴君，因此她的情緒相當暴躁。哎，我們都很怕她，直到亨利的美國朋友找出問題的癥結。」

「嗯，」杜諾范說，他按捺自己想過去坐在她腳旁椅畔的強烈衝動。「是的，我記得妳哥哥曾經提過妳母親的事。」

「可憐的莫利現在還心有餘悸。但這是唯一可以應付她的辦法，真的。否則你除了蕪菁沒別的可吃，或者從早到晚都開著窗戶做運動。從大家喊她茉兒開始，她就變好了……千萬記得，當她婀娜多姿地走到你面前，指使你或逼你做某件事，你直盯著她的眼睛，堅決地說，『胡說，茉兒。』。然後要更堅定地再喊一聲，『胡說！』這件事就結束了。」

「胡說，」杜諾范重複一遍，以一種施咒的氣勢發聲。「胡說，茉兒。」他若有所思地叼著煙。「你們確定這麼做真的奏效嗎？要是我有勇氣的話，倒想在我老爸身上試試看。」

「試試無妨，無傷大雅嘛！」摩根搓著下巴。「史坦第緒到現在還不知道該如何是好。當然，他開始時搞錯了。他第一次試的時候，就衝到她面前說，『亂說、亂說』，然後等待奇蹟出現。結果沒有。所以現在他──」

「我不相信有這種事，」派翠西亞辯稱，「他把這件事告訴所有的人，」她對修葛說，「但是根本就沒這回事。事情是——」

「我以名譽發誓，」摩根說，熱情地舉高手。「這件事是千真萬確的。我當時在門外，親耳聽見。他出來以後跟我說，他一定是搞錯了關鍵密語，最後他只好乖乖聽話去吃魚肝油。你們現在有一個很好的例子……想辦法從這些人之中找出兇手！我們都認識這些人。我似乎看不出有哪個人有嫌疑。我們是不可能從這群人中抓出兇手的！」

「你絕對可以，親愛的！」摩根妻子信心十足。她緋紅的臉挑釁地看著眾人。她啜飲一口雞尾酒，對眾人笑道，「你不妨試試看，一定會找出兇手。我知道你能。」

「然而，你並不需要找到兇手，親愛的摩根，」派翠西亞說，「在現實生活中，唯一的差別是這個美國人史賓利射殺了狄賓，而這其中也沒有偵查辦案的情節。」

摩根徘徊躊躇，用熄滅的煙斗比了一個手勢。他鮮豔奪目的條紋運動上衣在薄暮中已經難以辨識，他忽然轉過身子。

「我已經準備好向你們說明我對這件事的推論。」他聲稱，「向你們證明『那個叫什麼來著的人』並非兇手。我不知道自己對不對。我只是從老瑟德的角度來看這個案子。如果事實真是如此，我也不感到絲毫訝異。無論如何，這就是我為什麼會說這個案子開頭的部分可以作為一部小說絕佳的序幕。」

沒有人聽見馬路上沈重的腳步聲，忽然出現在大門的模糊身影似乎在尋找他們其中的某人。他們看得見煙斗中的曖曖火光。

「你們還在聊天嗎？」粗啞的嗓音轟然驟下，之後一陣大笑，「我可以進來嗎？」

「是什麼風把你吹來了？」摩根說，「請進，柏克先生，歡迎你來。」他表示歉意但口氣堅決，「如果你把我所說的都當作廢話的話，我很高興你來聽。柏克先生，這位是曼坡漢主教的兒子……」

CARR

CHAPTER 10

鑰匙疑雲

大人物柏克腳步堅定走進來，微微向大家點了點頭。他從門邊陰影出現，走進籠罩房子的朦朧夕陽餘暉中，修葛才看清楚他。派翠西亞的描述恰如其分，只差沒提到他遮在前緣上翻海盜帽下的禿頭。這位身材矮胖的柏克先生穿身棕色西裝，喜歡瞇起眼睛、透過半截眼鏡盯著人瞧。他像中國人一樣喜歡癟嘴。發現自己處於安全的狀況下，他就開始犯嘀咕，故作怪表情，擠眉弄眼。

這位就是人們口中的大人物柏克，潛力作家的開發者、財務管理者、卻對書深惡痛絕的人。高雅世故、舉止合宜、憤世嫉俗、看得出是個愛喝幾杯放鬆自己的人。他笨重穿過草坪，審視在場每一個人。

「我曾經坐過原木，」他嗤鼻抱怨，似乎在暗示大家。「我最痛恨坐在原木上。只要坐個兩分鐘，一天下來都會覺得有東西在我身上爬……呃。我們就隨便聊聊吧。」

摩根從屋內拿出另一把椅子，柏克自顧自地坐下。「開始說吧。」他對摩根說，「你愛怎麼說就怎麼說？對了，請給我一杯威士忌。夠了，這樣就好。等一下，他們告訴我蘇格蘭場派基甸•菲爾到這裡來協助偵查，這是真的嗎？」

「是真的。你這整個下午都不在這裡？」

「好傢伙，菲爾。」柏克粗聲說。

他整個人伸展開來，手臂打直；啜口威士忌，接著以怪異的眼光觀察在場人士。在半截眼鏡後眨眨眼，將煙斗塞回嘴裡。

「嗯，」他說，「我剛在鄉間小路散了一會兒步，我再也不去了，每回我試著在鄉間小路散步，傍晚五點左右，攝政街上的車子突然川流不息。不下二十次，我幾乎被從後面趕上來的腳踏車撞到。我討厭被腳踏車甩在後面。跟在腳踏車後面令人有被羞辱的感覺。他們盤算著要超越你。等你看到他們，不論是你還是騎腳踏車的人，都不知道該靠左還是靠右，你們兩方都在路中間猶豫閃躲，但最後還是被他的車把擦撞到。唉！」

「可憐的柏克！」瑪德蓮娜臉上表露出關懷之意。「結果你還是被腳踏車撞個正著嗎？」

「沒錯，親愛的，」柏克說，用瞄準來福槍準星的眼光瞇著眼睛，「是的，我被撞到了。在大馬路上。我在格魯司特的小路上成功閃過二十四輛腳踏車之後，有個騎腳踏車的人故意在大馬路上找我麻煩。小伙子以違反規定的速度從斜坡上衝下來。那塊地方有盲點。我根本沒看到他。碰！撞上了。」

「沒關係，柏克先生，」摩根安撫他說，「你只要停止你的遊戲不就行了。你下次逮到機會再耍他們。」

柏克看著他說，「那小伙子暈頭轉向從地上爬起來，並協助我站起身。他說，『你是柏克先生嗎？』我說是的。他說，『我是替你送電報來的。』我說，『你們都是用這種該死的方式送電報嗎？』他一頭霧水乾著急。『你們一般的程序是什麼？』我說，『只有在特殊狀況下，才需要你把電報送到某人的家中？這種事需要用坦克車，或者你只是把電報捲起來當手榴彈從窗戶扔進去？』」對這番訓示相當滿意，柏克恢復他的幽默感。他眼鏡後面的眼睛瞇起，嘲諷地盯住摩根。「此外，電報是狄賓在倫敦的律師藍道發給我的。你們從莊園來的人——沒有人想得到，對吧？狄賓有顆務實的腦袋。你們應該想到他會找人來料理他的事。」

「你對這樁命案有什麼看法？」摩根說

柏克以銳利的眼光注視他。「沒有，最糟的就是這一點，我所知道的僅僅如此。想扯我們後腿的人一大票。為什麼還需要推論？他們不是已經抓到兇手了……」

「他們逮到了嗎？」

「如果你不試著去應用那些推論……」柏克嘴角下垂，盯著他的眼鏡；上下左右打量一番。「我給你一個建議。相信老約翰・瑟德的看法。把現實丟在一邊。無論如何，別管這檔子事。這是個卑鄙下流的陰謀。」

「這就是我感到納悶的地方。警察到時可能會追問你，你對狄賓了解有多少；他的過去，所有的一切——」

「你是指基甸・菲爾會這麼做嗎？我能告訴他的跟告訴各位的一樣多。狄賓在英格蘭銀行的信用聽來似乎不錯。除此之外，他身懷——本領。史坦第緒可以作證。如果菲爾需要更詳盡的資料，他得問狄賓的律師。藍道今晚或明天早上就會到。」

摩根顯然看出柏克（彷彿他知道什麼內情）沒有透露更多訊息的意願。於是他開始說話。他站在一片漆黑的草坪中央，接下來的敘述讓杜諾范寒毛直豎——基本上，這段推論幾乎和菲爾的解釋完全一致。

嚴密的推理稍少，漫無頭緒的地方略多，跳過幾項略表不提的疑點，他不過是想以一個說故事者的身分，藉生靈活現的想像力重建案發當時的場面。他從鈕扣鉤開始剖析，隨即提到許多細節——用小說家形聲繪影的方式——這些對杜諾范來說都相當新奇。當他聲稱自己最初十分訝異發現狄賓的偽裝和詐騙行為，派翠西亞發出不以為然的竊笑，柏克則在眼鏡後面掩飾他的笑意。但當他開始深究細節部分，現場鴉雀無聲。

「我可以證明我的假設，」摩根在眾人面前來回踱步，對柏克說，「當莫區跟我今早搜查過書房之後，我根據發現的幾項證據斷言這是一場詐騙。我先勘查屍體……」他轉向杜諾范，「菲爾博士進接待所的時候，你在場嗎？他有沒有謹慎地檢查屍體？」

杜諾范慎重回答，「沒有，他——」

「死者的上唇，還留著黏貼鬍髭的膠痕；在一般情況下，用水很難洗得掉。他耳根後仍沾著演員用來易容的白堊。壁爐裡不但有衣服燃燒的餘燼，還有燒到僅剩一小撮的黑色假髮……我後來勘查他書房隔壁的臥室和盥洗間，讓我更確定這個假設的物證都在那裡。浴室水槽的鏡子旁插著兩根蠟燭——為了提供狄賓回來之後馬上可以卸下易容的光線。堵住排水管上那些破碎的透明魚皮，是用來假造眼睛及雙頰鬆垮的肌膚。椅子上攤著溼短襪和一套溼內衣褲；其他的都被燒毀了。我沒有找到化妝箱，基於由莫區負責偵辦此案，我不便搜查得太徹底。但是這些都讓莫區覺得難以理解。」他悶悶不樂看著修葛，「菲爾博士是怎麼進行偵查的？」

修葛放下戒心。「我們還沒有進入他的臥房和浴室。」他回答，「他的說法跟你一樣，光就我們聽到的實情——」

現場一片寂靜。他就像聽見回音般地聽見自己說話的聲音。他忽然結結巴巴想多做一點解釋，但他腦子裡一片空白。摩根急忙走到他面前，彎著身。

「感謝老天，」他說，「你是不是要告訴我，我說得沒錯？」

他那種不可置信的語氣讓修葛不明所以。

「你說得沒錯？」他重複他的話。「你說的這一切都是——」

「我知道，」摩根說，揚起一隻手矇在眼睛上，然後開始發笑。「我一直想說服自己，但是……但是，這似乎棒到讓人難以置信。案情的確是照著我杜撰的故事發生，讓我簡直不敢相信自己。這就是我為什麼用這個來試探你們所有的人。喔，老天，我太快說出這案情細節了。」他拿起調酒器，發現裡面空了，氣憤地將之放下。「為什麼我不能等，等著讓主教對我刮目相看，我永遠也原諒不了自己操之過急的個性。」

他坐下。柏克嗤鼻表示不以為然。

「看看你，」他說，「你是要告訴我基甸．菲爾也相信這些荒唐的事？」

「我敢跟你打賭，」摩根胸有成竹，「到時你不得不信。」

「一派胡言！」柏克氣得猛噴鼻息。「你把狄賓說成了一個有前科的罪犯，是他準備要殺史賓利——」

「我只說他過去做過不名譽的勾當。」

「哼！」對方低下頭不滿嘀咕，口語一變而為挖苦，「就小說而言，這個故事還真的不賴，小子，但是行不通的。這裡面有個天大的漏洞。你知道是什麼嗎？請閉上尊口。讓我來說。在我推翻你的假設之前，我倒要看看你還有多少廢話可以扯……假設你說的是對的。記住，我完全不苟同你的說法。接下來怎麼樣？」

「我們回到兇手可能是我們其中一人的論據。」摩根起身，凝望逐漸暗下來的天空，心神不寧地走動。他臉上突然浮現靈光乍現的神情，「這……你說，菲爾博士也是這麼想的嗎？看在老天的份上，你就快告訴我們真相吧！」

杜諾范似乎是遭到詛咒，想保持神秘卻無奈施展不開。他聳聳肩，派翠西亞失望地用拳頭撐著下巴。

摩根繼續說，「這是狄賓的世界。他在出去見史賓利之後，需要一名共犯在他房裡把風……」

「全是鬼扯淡，」柏克說，「我來告訴你為什麼……要是你說得沒錯的話。狄賓這樁案子有共犯參與的說法簡直就是匪夷所思。說他以前是個有前科的罪犯更是荒謬。真是夠了。呸！你給我聽好。」紅色煙槽在昏暗夜色中發亮。「狄賓這麼做最主要的目的何在？」

「什麼？我不懂你的意思。」

派翠西亞用手梳理頭髮，一副需要安靜思考的模樣。「我說，等一下。我想我聽懂了。」她轉向柏克說，「你起碼承認一點。你一直認為他是在扮演某個角色，對吧？」

「跟這個一點關係都沒有。不要問我問題。」他對派翠西亞發飆，「繼續說下去。」

「他想當一名學識淵博、教養良好的鄉下仕紳；這就是他的目的。」派翠西亞強調。

「哼，他本來就是……不管怎麼樣，他想建立他的地位，他為此奮鬥了五年。」柏克的肩膀縮在一起。昏暗中看不清他的臉，而他們仍然感覺得到他擺出中國人冷硬的姿態，和主教一樣，想用他的威嚴和個人聲望來勸服他們。「你認為這麼做可行嗎？你到外面找個人說，『請聽我說，很抱歉我長久以來一直在欺騙你，我其實是個有前科的罪犯和嬰兒殺手。現在有個我過去認識的傢伙想來勒索我，所以我不得不把他幹掉。你願不願意行行好幫個忙？趁我出去會他時，待在書房替我把關；這位朋友，我會找機會報答你的。』」他諷刺大笑，「簡直是胡說八道！」

摩根點燃煙斗。火柴的火光驟然停在煙槽上；映著他有點緊繃，甚至緊張的臉。他凝望海灘傘，火光慢慢熄滅。

他緩緩地說，「不，狄賓當然不會這麼說。」

「你還有其他的假設嗎？」

「唯一的假設，」摩根聲音不自然地回答，「將說明所有的事實。這個假設會波及英國半打以上無辜人士，包括我在內，這群人都涉嫌殺人。」

一段靜默。修葛仰望天空，日落之後的天空交織著灰白與紫色。他察覺到眾人之間那股低落的氣氛。瑪德蓮娜開口說，「不要說這種話——」她突然拍了躺椅一掌。

「說來聽聽。」柏克尖聲說。

「我寧願讓自己喝得醉醺醺的，」摩根用手遮住眼睛。「我們做了太多的交叉推論，以致於被所知和所懷疑的事糾纏在一起。不過……

「我仍要告訴你們這個假設的最後一部分——就是，狄賓是被他的共犯所殺。這個假設是基於那名共犯絕對是出於自願協助他的，他深諳狄賓的意圖；其次，這名共犯同時在預謀幹掉狄賓。這就是為什麼他在赴接待所以前，就先預備好了橡膠手套。他故意把狄賓鎖在陽台外面，假裝把鑰匙弄丟了；他讓狄賓不得不從前門進入證實自己的不在場證明……對吧？」

「沒錯，」修葛說，「然後呢？」

摩根平心靜氣地回應，「唯有在共犯另有所圖之際，才不會一開始就露出想殺狄賓的念頭。」

「可是——」

「柏克的辯駁言之有理。具有說服性，也很實際。狄賓絕對不可能隨便在附近找個人當他的共犯，甚至向他人暗示自己惡名昭彰的過往，直到……等等。但是附近有群沒有心機的人可能會願意幫助狄賓，他們或者以為這只是個玩笑。」

柏克不屑說道，「一場玩笑！你居然對你周遭的人懷有這種奇怪的想法，小子。要是你覺得他們喜歡沈溺在——」

「難道你忘了搗蛋鬼的事嗎？」摩根說。

沈默一會兒，他不疾不徐地說，「有人想要藉由捉弄教區牧師鬧事，也許引以為樂。就個人而言，我也會覺得這很有趣——我堅信有群人被說服演出一場鬧劇罷了，卻不經意幫了狄賓。捏造一個故事讓無知的共犯待在書房裡簡直不費吹灰之力。狄賓準備出去謀殺史賓利，而這名共犯毫不知情。」

「既然如此，」杜諾范想要搞清楚。「狄賓被殺的經過是如何呢？橡膠手套又作何解釋？共犯假裝遺失的那把鑰匙何在？還有——」

「這些都是假設。」摩根不為所動地說。

修葛盯著他，「好傢伙，我知道這些都是假設！這些都是你的假設。但是接下來怎麼樣了？」

「我們這樣來看好了。經過偽裝的狄賓被鎖在門外。他被鎖在門外最明顯的理由，任何人都很難想像得到：那名共犯找不到鑰匙。狄賓偷偷溜出家門後，試圖從陽台回來。他卻忘了帶鑰匙——也許是把鑰匙留在別件衣服的口袋裡，總之鑰匙不見了。這時，狄賓總不能站在大雨裡乾等。他想到他可以從前門進入，如果另外一個人故意弄斷保險絲……」

「他是怎麼做的？」修葛問，「我想我們都知道他是用鈕扣鉤。但沒有人會徒手去燒斷保險絲。」

「絕對沒有人會這麼做。他也可能用其他的支撐物抵住鈕扣鉤，將之推進插座裡……」

「比方說？」

「一隻網球鞋鞋底。」摩根說，劃起另一根火柴。「我們不是真的確定有一副橡膠手套。因此，我們打破了這名共犯意圖要殺狄賓的唯一根據……只用一隻普通的網球鞋。」

杜諾范在腦中搜索合宜的措詞，狠狠盯著這位主人。「胡說！」他考慮良久，終於激動地喊，「胡說！」

派翠西亞也跟著抗議。

「我說，亨利，不可能這樣！」她堅稱，「你說在狄賓先生被射殺之後，兇手從陽台門逃走，讓門大開……如果如你所說，兇手真的找不到鑰匙，他怎麼能夠從那裡逃出去呢？」

摩根尋思著新的推論。他煩躁走來走去，沮喪地猛搥桌子，椅子被他撞得東倒西歪。

「這實在是太簡單了！」他大叫。「哈哈！當然。當狄賓的共犯找不到鑰匙，他差點氣瘋了。狄賓……急著跳腳，他以偽裝的身分上樓去，做了你我遇到這種狀況都會採取的舉動。『你瞎眼了嗎？』他說，『你這個豬頭！』狄賓說了類似的話訓斥對方一頓。他進入房間，親自找鑰匙，拿鑰匙給對方看。此時兩人之間的氣氛尷尬，因為這個人做了一件愚不可及的事。你想像得出，狄賓全身溼透、神色緊張、目光凶惡；他穿著花俏，頭上的假髮歪一邊，站在對方面前晃動鑰匙？心裡想著他剛才解決了史賓利……

「我不懂你為什麼會這麼說？」修葛禮貌提醒他，「不過史賓利還活得好好的。」

摩根繼續說，「狄賓不知道這一點。他以為史賓利的屍體已經丟到河裡去，萬無一失……莫區已經將昨夜跳棋旅館發生的事告訴我了。狄賓並不知道他的陰謀沒有得逞。接下來怎麼樣了？」

摩根聲音漸漸低沈下來，「現在他有一個共犯可以任他擺佈。我可以想像狄賓露出平常那副皮笑肉不笑的笑容——各位應該還記得吧？他彎腰屈背，搓著雙手。他回到臥室，小心翼翼卸下所有的偽裝。他將頭髮梳理整齊，脫下奇裝異服。他的共犯還不清楚發生了什麼事；但狄賓答應會給他一個交代，等他湮滅了衣服和所有證據。最後，狄賓坐在椅子上，面對他的共犯，再度微笑著。

「我剛才殺了一個人，」他用正經的語氣說，「你不能背叛我，因為這件事從頭到尾你都是幫兇。」

摩根不自覺模仿起狄賓的聲音。修葛從未聽過狄賓的聲音；但他相信唯有狄賓會有這樣的聲音——冷靜、尖刺、嚴厲、話鋒銳利惡毒。這個人彷彿在日暮低垂時分忽然轉活過來。一股詭祕和驚悚的氣氛讓他不禁擦著雙手。杜諾范彷彿看到狄賓僵直坐在皮椅上，桌上蠟燭在他面前搖曳，屋外暴風雨正咆哮。他彷彿看到滿是皺紋的臉、花白銀髮、還有那抹蔑視的斜睨……

他對面坐著不知名訪客……

「你們知道，他第一次見到我們時，是怎麼自我介紹的？」摩根激動地說，「你們絕對感受得到，感覺得出他討厭我們，自以為與眾不同，而他腦子裡的東西簡直無聊透頂。他想開始一個全新的生活，卻從來沒有習慣過。這就是為什麼他常常需要飲酒狂歡的緣故。」

「我不知道他過去的背景是什麼。不過我猜兇手可能是他過去得罪的人。我想，當他坐在那裡，鉅細靡遺對這位共犯解釋對方究竟幫了什麼忙時，他的積怨如排山倒海而來；然後他慎重指出他的共犯會被抓。所以他不能出賣他，也許狄賓斷言他們倆都跟這起命案脫不了干係。這位共犯怎麼想得到，原本一場鬧劇在狄賓的擺佈下竟成了一樁命案。狄賓展示他的槍，隨手放桌上。我想他應該說了些話——我不知道他會怎麼說，這只是我的猜測——令我們這群友善、無惡意、不會傷人的其中一人覺得自己很蠢。也許是這樣，狄賓才會嘻皮笑臉轉過他的頭。我不知道結果如何，但是換成我，我會殺了他，不只開一槍。我想我們這群不傷及無辜的其中一人逮到機會站在狄賓後面——抄起桌上的槍，然後——」

「不要！」派翠西亞在黑暗中驚叫。「不要用這種口氣！你說得好像你人當時就在現場似的……」

摩根低頭。似乎在捕捉妻子的目光，瑪德蓮娜靜靜蜷縮在躺椅上。摩根走過去，坐在她旁邊，用就事論事的口吻說，「恐怖事件的下場是什麼？老實說，我們這些人該做的就是再來一杯酒。等我去把燈打開，拿一碗冰塊，我再來調一種新的酒……」

「你不能這麼草率就轉移話題。」修葛嚴厲地說。

「不，不，」對方口氣認真，「我並沒有打算轉移話題。我想，唯一問題在於：我們其中哪一個人被狄賓相中，當他的傀儡？」

他的言外之意慢慢嵌入所有人心裡。柏克嘀咕一聲，沉思地說，「我確信，你妨礙了公平正義。」

「妨礙？」

柏克喃喃說，「我不想好管閒事，這種事交給警察就行了。應該要頒訂一個法律，讓人不要沒事找事。菲爾博士的看法若是跟你一致，就應該立即揭露真相。年輕小伙子，你認為其中一定有共犯，對吧？那麼你認為這名共犯在什麼時候到接待所與狄賓碰頭的？」

摩根以奇怪的眼光盯著他，「我不知道。狄賓晚餐送到之後的任何時間都有可能。也許在八點半到九點之間。」

「哼，你錯了。」

「你怎麼知道？」

「因為，」柏克鎮定地說，「那段時間，我正在跟他聊天……別用那種眼光看我！」

他將煙斗旋開，朝煙管裡吹氣。「現在你們會稱之為可疑行為，是吧？呸！我只是例行探訪，就是這樣。」

摩根站起來。他說，「啊，聖潔的聖巴特里克！（譯註：St. Patrick, 385-461，愛爾蘭著名的傳道者，死後留下遺著《懺悔錄》。）你的行徑實在太可疑了……你告訴莫區這件事了嗎？」

「沒有。為什麼我該告訴他？他們不是已經破案了……」

「恕我直言，先生，」修葛說，「你難道沒有留下任何足跡嗎？」

柏克罵了幾句髒話，他說無論他有沒有留下任何足跡都不關修葛的事，何況他根本不知道，他的足跡跟命案有何牽連？

「我是指，」修葛堅持說，「你是不是穿了史坦第緒的鞋子去跟他聊天？」

柏克思索著這個問題，他指出他的確借穿了幾次鞋子去打電話給合夥人談公事。摩根憶及他和莫區已經用石膏替腳印鑄模；修葛解釋這件事的來龍去脈。

「但是那名男僕，」他繼續說，「並沒有提到昨晚有其他人來訪，我懷疑你是否從陽台的門上去的。」

「我的確是從陽台門上樓，」柏克回應，「我知道，我知道。你們現在恨不得好好拷問我；我嗅得出這種氣息。我沒什麼必要告訴你們這件事，但是我願意，」他挑釁地伸長了脖子。「我上去是因為我看到他的燈亮著，他一向都待在書房，我為什麼不直接從陽台門進去呢？這樣方便多了。」

在場者莫不目瞪口呆，鴉雀無聲。摩根咳了兩聲。似乎沒有更好的想法。

「我只想盡快推翻你的假設而說出這件事，哼，至於那些鑰匙嘛——聽好。我昨晚用過晚餐後去見狄賓；大概八點四十五左右，天色才剛暗。我將要給基甸‧菲爾另一個價值連城的提示：狄賓準備要離開英國。

「別問我他要去哪裡或為什麼。我去見他純粹是為了談生意，跟你們一點關係都沒有。但是我願意發誓，他那天晚上並沒有在等什麼人……我走陽台上樓，從門上方的玻璃往屋裡看。他穿著外套、襯衫、領帶鬆綁地站在書桌邊，翻找抽屜裡的東西。我沒看見他手裡拿了什麼。不過，我想那應該是頂假髮。」

摩根吹了聲口哨。

柏克說，「在別人真的遇到這種狀況時，拜託你別這樣？坦白告訴你，當我今天早上聽到狄賓喪命之後，就覺得渾身不自在……唉。我敲他的門，狄賓嚇了一跳，還用怪異的眼神打量自己，我當時懷疑他是不是又喝酒了。他說，『誰啊？』他這種態度像是在期待什麼人來到嗎？」

「呃……」

「結果什麼事都沒發生。他從口袋裡拿出一把鑰匙——沒錯，從口袋裡拿出來——走過來，用鑰匙開門上的鎖。他渾身威士忌的味道。他說，『我今天晚上不能見你，』我說，『這件事很重要，我不想讓你又喝得不省人事。』我們談了一會兒，每一分鐘過去，他就瞄他的錶一眼。他也沒有請我坐。最後我說，『好吧，該死，』就走了……我出去後他把門鎖上，鑰匙放回口袋裡。這就是我知道的部分。鑰匙可能還在他口袋裡。」

「已經不見了，」摩根說，「莫區搜他的衣服時，把他衣櫃裡的每一套衣服都搜過了。我懷疑……」

他們一語不發坐了好一陣子。派翠西亞終於提議他們應該回莊園裡用餐了。她站起身，手搭在修葛手臂上，他心裡如小鹿亂撞。

CARR

CHAPTER 11

搗蛋鬼與紅色筆記本

這晚，莊園裡的晚餐不同於往常。他們匆匆趕到家時，已經七點多了，他們獲知死者的律師德瑟司・藍道先生，陪同下午從巴黎搭機趕赴倫敦的貝蒂・狄賓小姐在不久前抵達。前者與菲爾博士及莫區探長在圖書室裡私下晤談。後者身體微恙，待在房間裡。派翠西亞不諱言說，她父親的死搞不好還沒有暈機來得讓她難受。然而，這種身體欠安的理由，似乎被史坦第緒上校的千金女兒形容得太浪漫。派翠西亞飄進家門，屋內一陣騷動。她如主持名媛聚會般慎重，前往陪伴貝蒂・狄賓。派翠西亞歡迎她，似乎也引發一場騷動。餐廳的餐具櫃台上只擺些冷的簡餐，面色凝重的客人們晃到桌邊悄悄啃著三明治。

修葛在此遇見了聞名已久的茉兒・史坦第緒。她昂首闊步下樓向他表示歡迎——她是名體態健美的女子，低跟高跟鞋讓她高五呎十吋，淺金色的髮上插著許多像是戰時動章的髮飾，一張堅毅卻親切的臉。她告訴修葛他會喜歡莊園的。手指比著牆面上的幾張肖像，對那些藝術家的名字如數家珍。她敲敲樓梯間壁龕鏡子外圍精巧的雕花鑲邊，「吉朋茲！（譯註：Grinling Gibbons, 1648-1721，英國雕刻家和版畫家，生於荷蘭鹿特丹）」杜諾范馬上反應說。「沒錯！」她接著開始列舉幾位曾經蒞臨這間房子的知名人物，政治家克倫威爾、英格蘭法官傑弗里斯以及安妮皇后。克倫威爾，留下了一雙靴子，傑弗里斯打破過一塊鑲板；而安妮皇后似乎在聲望最高的時候退位。她慎重為他介紹，淡淡微笑著，就像在想他夠不夠格繼承這份財產；然後，她說她的病人需要照顧，便上樓去了。

他發現莊園是個舒適的地方，夠涼爽也夠安靜，長方形建築的三邊都有很大的房間。

內部相當現代化。牆邊托架和高挑屋頂都有電氣化的照明設備，唯一一樣仿古古董位於主大廳的石板地。白色砂岩建的大壁爐和紅漆牆上掛滿鑲金邊非家族人士的肖像。大廳後面有間正式的餐廳，凸窗前栽植大型冬青屬植物；柏克此時正坐在窗邊飲啤酒，面無表情陷入沈思。

信步晃到西翼，修葛發現一間由前人佈置奢華舒適但品味欠佳的會客室。整牆威尼斯風光，畫中每個人都以不自然的角度斜倚在狹長的平底小船上；鑲金葉邊的鏡子；擺滿瓷器飾品的櫥櫃；水晶玻璃的燭台。穿過長廊隱約可以聽見圖書室門後的低語。此處似乎即將要成為法庭。他四下瀏覽之際，門開了，出現一名男管家，他瞥見長方形房間裡雪茄煙霧瀰漫，菲爾博士在桌上寫筆記。

會客室的窗戶開向石板陽台，暮色裡煙頭的火光若隱若現。修葛走到室外。陽台下方是在昏暗天色中辨識不出色彩的斜坡花園；西翼建築窗內有幾盞燈亮起。莫利‧史坦第緒斜靠在石砌欄杆上凝望窗外。他聽到腳步聲，立即回頭。

「是誰？喔，嗨！」他說，回復原來的姿勢。

修葛點燃煙說，「後來發生什麼事了？你妹妹帶我到摩根家去。他們是不是發現──」

「這也是我想知道的，」莫利說，「我覺得他們在隱瞞什麼事。但我看不出有什麼事。我母親說我應該去探視貝蒂……你知道，就是狄賓小姐；她已經到了。我不知道他們在做什麼。他們把所有的佣人都召集到圖書室裡。天曉得他們在做什麼。」他扔掉煙蒂，聳著肩，滿懷心事靠在欄杆上。「又是一個美麗的夜晚，」他天外飛來一句，「命案發生的那晚，你在哪裡？」

「我？」

「他們要訊問我們所有的人——這是例行公事。從僕役開始似乎比較妥當。我們在哪裡？入夜以後上哪兒去？我們還不都安安穩穩睡在自己床上。我但願自己能解釋得清楚那些該死的鞋印。」

「你查過了嗎？」

「我問過肯尼斯，我之前告訴你們的那個僕人。他一無所知。他記得好像前一陣子把它放在儲藏室去了。任何人都可能拿走。這沒什麼大不了的。但是現在它們不見了……老天！」

修葛循著他的目光望去，西翼建築有盞燈亮了。「我正在納悶，」莫利說，厚實的手猛搓鬍髭，「這時候誰在橡樹室？」

「橡樹室？」

「我們的搗蛋鬼住在那裡。」莫利嚴肅地對他說。猶豫半晌，他朝著那盞燈說，「難道是我想太多了？還是，你認為我們該不該上去一探究竟？」

他們彼此對望。修葛感覺得出對方的緊張，莫利冷竣的外表下似乎藏枚炸彈。修葛點頭。他們馬上就離開陽台。他們上樓時，莫利開口說話，「看到那傢伙了嗎？」他問，指著樓梯間一張肖像畫。畫中一個滿臉橫肉的人，身穿綢緞外套，頭頂假髮，肥胖的手呈一種不確定的姿勢，還有雙閃爍不明的眼睛。「他是布里斯托的市府參事，我猜他曾經參加過一六八五年的西部叛變事件。事實上沒立下任何戰功——說穿了，就是沒膽——傳說中他當年擁護蒙默思公爵叛變，等首席法官傑弗里斯到此地懲罰叛亂份子，就讓他家破人亡。傑弗里斯在這裡停留期間，擁有這棟莊園的是此地鄉紳瑞德萊迪。另一位叫做賴狄的市府參事到這裡抗議傑弗里斯的判決，傑弗里斯勃然大怒，狠狠地斥責他一頓。最後，賴狄就在橡樹室裡割喉自盡。因此……」（譯註：Monmouth，1649-1685，蒙默思公爵為英王查理二世的私生子。在擔任國王侍衛隊長期間深得民心，多次意圖推翻查理二世繼承王位未果，被俘後在倫敦斬首。）

他們沿大廳主樓梯頂端的走廊前行：長廊狹窄幽暗，莫利不時回頭看，就像是有人在跟蹤他們。這整棟房子被空置已久。莫利在長廊盡頭的門前停下腳步。他等了一會兒，挺直肩膀，敲門。

門內沒有回應。杜諾范覺得毛骨悚然，因為他們看得到門底透出的光。莫利又敲一次。「既然如此！」他邊說，硬把門推開。

這個房間十分寬敞，卻陰氣沈沈，房間天花板全是鑲板，唯一的光線來自床邊櫃上一盞毛玻璃燈罩的檯燈。四柱蓬罩床上，既無鋪床單也沒有掛帷帘。正對著他們的那道牆上有座木製壁爐架，兩側斜牆上各有一扇花飾鉛條窗。右手邊的牆上有另外一道門。房間裡空無一人。

莫利腳步在木板地上發出嘰嘎聲響。他大喊一聲，「哈囉！」踱到另一道掩上卻沒有上鎖的門前。他推開門，瞪著房裡那片黑暗。

「那是，」他說，「儲藏室。它——」

他忽然轉身。修葛本能往後退。壁爐旁邊傳出刺耳聲音，燈光忽暗忽亮。壁爐和窗戶斜牆間的鑲板被推開來：一塊與門同高的板塊打開，曼坡漢主教一手執蠟燭，從門縫裡出現。

修葛故作鎮定，沒有讓自己笑出來。

「喂，先生，」他抗議，「我希望你別再這麼做。只有神祕的兇手才這樣出入密道。你出現時——」

燭光下，他父親看起來一臉疲憊和沈重。他面對莫利。

「為什麼，」他說，「沒有人告訴過我有這條——密道？」

莫利茫然迎視他的目光，呆愣了一會兒說，「什麼？我還以為你早就知道了，先生。你知道的，這不是密道，要是你靠近一點看，你會看到那些鉸鏈。你手指正放在開關上。它通到——」

「我當然知道它通到哪裡，」主教說，「它通往樓下花園那道隱蔽的門，我就是從那裡找到這條密道的。兩邊門都沒有上鎖。你難道沒想到這樣外人可以隨意進出這間房子？」

莫利深邃、幾乎看不出任何表情的眼睛似乎另有所思。他微微點頭。他說，「外人的確可以任意進出這個入口。我們從來不鎖門的。」

主教將蠟燭擺在壁爐架上，拍掉外套上的灰。他臉上再度出現凝重的表情，彷彿剛發過一頓脾氣或一夜不曾好眠。「不管怎麼樣，」他說，「這裡最近有人出入過。灰塵有被攪亂的痕跡。那裡有個櫃子，你的鞋……」

他沈重地聳著肩，走到床邊。修葛看到主教在觀察牆上及地上幾滴飛濺的紅漬。剎那間，割喉的景象、頂著假髮的男人從十七世紀穿越時空、侵入這間已經人去樓空的舊房間。然後，思緒一閃，修葛想起那瓶紅墨水。這就是搗蛋鬼鬧事的地方。這裡發生過的事無一不荒誕離奇又駭人。

「我們的權威人士，」他繼續以沈重的語氣，「偵辦犯罪案件經驗豐富的菲爾博士，以及表現傑出的莫區巡官，都無法讓我信服——所以，我決定靠自己的線索展開調查。告訴我，這個房間通常沒有人住，是吧？」

「從來沒有，」莫利說，「這裡溼氣重，也沒有暖氣。為什麼這麼問，先生？」

「那麼，為什麼那晚普林萊姆先生會睡在這間房裡？這種事會讓人感到很刺激嗎？」

莫利瞪著他，「你應該知道的，先生！這件事發生的時候，你我都在場。只因為他要求……」

主教不悅說，「是我在問你問題，我這麼做是為了我兒子。我希望他能了解什麼才是正統的偵查程序。」

「喔！」莫利說，眼裡露出一抹啼笑皆非的神情。「我了解。那天，你、我父親、普林萊姆先生和我，聊起那名自盡男子就是死在這間房間裡。提到『怪力亂神』之事。因此，當普林萊姆先生不得不留下過夜，他要求住在這間——」

「對對對，正是如此。」主教點頭，縮起下巴，「這就是我要確認的，聽著，修葛。然而，普林萊姆先生起初並沒打算要過夜，是吧？」

「沒有的，先生。他錯過了回家的最後一班巴士，然後他——」

「我必須提示你，修葛，沒有一個外人會知道教區牧師準備在這裡過夜，甚至沒有外人知道他在這裡。這是臨時決定，很晚才做的決定。更別提有任何外人曉得普林萊姆先生想要住這間房間……所以，這件事不可能是個故意來捉弄普林萊姆先生的外人所為？」

「喔！」修葛說，猶豫了一下，「你的意思是指，有人偷偷潛進密道到儲藏室，偷走那些鞋子；但他沒料到這個房間裡有人……」

「完全正確。我得警告你，你沒有按部就班聽我推論。」主教用惱怒的口吻制止他，「不過，這的確是我的意思。他沒有預期到屋裡會有人，不知道該進去還是退出——可能是後者——他弄醒了普林萊姆先生，只好藉由裝神弄鬼嚇唬對方來掩飾自己。」主教的濃眉皺成一團，雙手插在口袋裡。「接下來，我可以告訴你這個人是怎麼進行計畫，也能證明他曾經來過這裡。」

他從口袋中掏出一本紅色皮裝筆記本，撢掉灰塵，封面印著燙金縮寫字母。

「這個最有趣的線索掉在密道樓梯轉角。上帝助我找到它。此人真是太不幸了。縮寫字母是H．M．。你們還需要我挑明了說，這個人就是年輕的亨利．摩根先生，還是直接揭穿他協助莫區巡官探案的虛情假意？我相信，是他分散莫區的注意去搜查接待所的腳印，還好心提議要替物證灌石膏模。」

「胡說！」修葛激動脫口而出，硬吞了一口口水。「我是說——抱歉，但是這的確太牽強。不會是這樣。事情——」

莫利清清嗓子。

「你必須承認，先生，」他急忙辯解，「你的推論的確有可信之處。我不是指殺人的證據——而是關於亨利。他確實有很大的嫌疑去捉弄普林萊姆先生或任何一位住在這個房間的人。但除此之外，別的都不成立。」

主教攤開雙手。「年輕人，」他說，「我不用說服你，我只是告訴你一聲。亨利．摩根知道普林萊姆先生當晚要留在這裡過夜嗎？」

「喔，他不知道。但他搞不好正巧看到普林萊姆先生進來。」

「所以他無論在任何情況下，都不會事先知道普林萊姆當晚要留下？」

「我想他應該不知道。」

「還是，他以前住過這個房間？謝謝你。」他小心翼翼將筆記本放回口袋，輕拍背心，裝出一副親和的態度。「我想我現在最好等待我們還在圖書室晤談的權威人士出來。我們現在是不是該下樓了？莫利，請你把蠟燭吹熄……不，留著它吧。等會兒可能還派得上用場。」

他們沿走廊出去之後，莫利開口。

「我得說，先生，」莫利說，「你的假設——實在是太荒謬了，請別拿這種小事鑽牛角尖。我告訴你，摩根對狄賓這個老傢伙很感冒，話是沒錯，大家心裡都有數，包括亨利自己。但是他沒有必要……」他遲疑了一下，彷彿一時不知該如何措詞，「要偷溜上樓拿我的鞋子！不，不。不會是這樣。這純粹是假設。」

「好孩子，小心一點。我希望你弄清楚，我無意指控誰。甚至連我的想法，也還沒有到指控或暗示誰是兇手的地步。不過，要是這位受人敬重的紳士，菲爾博士決定趁我不在時動用行使權力的文件，我若能從旁協助讓他不落入圈套，他到時就不至於懊悔萬分。」

修葛從未見過他父親這種偏激和懷恨的心態。不僅如此，他突然發覺到主教真的老了，沒有從前的穩重。在過去，即便是嚴苛的輿論，也沒有人懷疑過他的公正與智慧。修葛眼前看到的似乎只是白髮蒼蒼的大腦殼、鬆垮的下顎和一張尖酸刻薄的嘴。他活得太久、太積極，現在不自覺越來越幼稚。僅僅一年時間……修葛心想，遭人背叛會對他產生什麼影響？他畢生讚美的上帝要讓他變成一個愚蠢的人——這些誇張自以為是的賣弄已經變成所有人的笑柄。但是，這一點都不好笑。所有最瘋狂的玩笑也不過是如此；他正視這件事。世上一定還有哪裡有道德的存在……

修葛也不相信摩根有罪，他只隱約覺得摩根這樣的人不可能殺人。特別是當這些作家總愛把他們的事寫進書裡，視殺人兇手為除人類真實生活之外最迷人的怪獸，就如獨角獸或希臘神話中的獅身鷹首獸一樣。他懷疑他的父親能否明白這一點。他忽然有個不安的想法，主教若是找到證據，不管信不信，都會不顧一切要控訴那個人。

此時，他的思緒被整件案子弄得越來越複雜，還要等多久才見得到派翠西亞，為什麼這團混亂恰巧發生在這個時機。他隨著他父親來到會客室，看見圖書室的門被人粗暴地摔上。柏克一臉譏諷，眼鏡後浮現一抹對交戰成果滿意的笑容。他盯著來者，咧齒而笑。煙斗從嘴邊移開，指著肩後。

「晚安，」他對主教說，「他們要我來請您。還有你，年輕人。我已經把我的證據告訴他們了，他們可以把它放在煙斗上抽。」他頭歪一邊，幸災樂禍的，「請進去吧。這件事越來越有意思了，驚人的還在後面呢！」

主教把他拉過去，「我想像得到，」他說，「我遲早都得獻上我的禮物。我很高興我現在就可以讓他們大吃一驚——裡面發生了什麼事，柏克先生？」

「有關於狄賓的律師，」柏克輕笑著解釋，「他不僅是狄賓的律師，也是史賓利的律師。他巧妙從中旋斡……勾結。你和你兒子也要進去的。」

CARR

CHAPTER 12

史賓利解讀塔羅牌

圖書室是間格局窄長的房間，靠陽台的窗戶全部敞開，另一面則是嵌入的書架和壁爐。裝潢整體色調偏暗沈、擺設華麗；窗邊懸掛厚重的棕色窗簾，房間盡頭有兩道門。每盞淡黃色燈罩的壁燈都透著光，玻璃枝型吊燈大開。一片藍色的煙霧懸浮在燈下，凌亂的書桌也罩在煙霧裡，菲爾博士攤開四肢敞坐在椅中，下巴抵在領口，心不在焉在便條紙上塗鴉。莫區巡官，公事包的文件全攤在面前，搖搖晃晃往後倒，刷著他棕色鬍髭。他淡藍的眼睛蘊含怒意和困惑。顯然剛做完書桌旁長沙發上那位笑容可掬的年輕人的筆錄。

「——你將體會到我的難處，我肯定，」後者伶牙利齒，「我的做法既合乎道德也沒有違法。你是個講理的人，莫區先生。我希望我們都是講理的人，阿們。」他頭轉向甫進門的杜諾范父子。菲爾博士從他的塗鴉中抬頭眨了眨眼，招手。「請進，」他邀請，「這位是藍道先生，請坐下。我們現在亟需有人協助。」

德瑟司・藍道先生是唯一一位笑容滿面、話語詼諧的男士，舉止優雅、從容不迫，絕對是所有人裡面最真摯坦率的人。其他的人不是在說悄悄話，就是若無其事微笑交頭接耳。他們能做到明明在談天氣卻一副在談國際機密大事的樣子。藍道先生身材魁偉，一張看似被戳紅的臉，稀薄的褐髮從前額往後梳，眼睛彷如一隻機敏靈活的狗，嘴唇寬闊。他自在尊貴地坐在沙發椅上，指甲修整潔淨的手擱在膝上。長禮服和條紋長褲燙得一絲不皺，襯衫立領讓他看起來沈著穩健而俐落。他站起身，向進來的兩位行禮。

「蓋瑞學院廣場三十七號，」藍道先生說，彷彿在做即席詩，「先生，希望能為各位效勞！」接著他坐了下來，重新用他一派輕鬆的聲音。「我正談到我對這樁可怕的命案相當關切。巡官，你將體會到我的難處。無論你怎麼說，我都不必對你透露我知道的事。幾分鐘前，柏克先生說得一點都沒錯，狄賓先生是個口風很緊的人。確實如此。口風相當緊的人。我敢向你保證。」

莫區怒目相視，頑強粗啞的聲音堅稱，「事到如今，你別想抵賴。你既是狄賓先生的律師，也代表史賓利——」

「對不起，先生。我代表史都華・崔弗斯先生。」

「呃！我慎重告訴你，他的名字叫史賓利——」

藍道不為所動莞爾一笑，「莫區先生，就我所知，我的當事人名叫史都華・崔弗斯。你明白嗎？」

「但是史賓利告訴我們——」

在這個時候，菲爾博士低聲告誡了幾句，莫區點點頭，話就此打住。此時，博士用他的鉛筆彈打便條紙，眨著眼睛。接著他抬起眼睛。

「我們就重頭開始說吧，藍道先生。我們碰巧知道這位史賓利，或者是崔弗斯先生今天下午打電話給你。無論你打算給他什麼建議，此時此刻，讓我們先把重心放在狄賓先生身上。你告訴過我們——」他抬起肥胖的手指核對那些重點，「你擔任他合法的律師長達五年，除了他以英國人身分在美國逗留多年之外，你竟對他一無所知。他沒有立遺囑，根據你的估算，他留下五萬英鎊的遺產——」

「不幸的是，現在已經貶值了，」藍道以遺憾的微笑搖搖頭。「太可惜了。」

「很好，狄賓最初是怎麼找上你的？」

「我相信是有人向他推薦我。」

「喔，」菲爾博士掐自己的鬍髭。「那麼，也是同一個人向史賓利推薦你囉？」

「我真的不能透露。」

「現在，這件事令人非常好奇，藍道先生。」菲爾博士低聲說，又用鉛筆在便條紙上敲了半天。「有關於你提供的消息。五年來他從未向你提起任何他自己的事，據你所說，兩個星期前狄賓走進你辦公室，向你透露一些個人的隱私——你是這麼跟莫區巡官說的嗎？」

藍道靠回沙發裡，姿勢優雅，保持一貫的微笑。但他機敏的眼神已經鬆懈下來，有點渙散。他撫平褲子上的皺痕，神情愉悅。用銳利的目光打量著菲爾博士。他揚起濃眉，彷彿對自己狡猾的念頭表示滿意地眼神一亮。

「沒錯，」他說，「我是不是該——為了在座先生們著想，你需要我重複一遍供述嗎？」

「藍道，」博士忽然說，「為什麼你希望每個人聽到你的供述？」

僅稍微提高一點聲音，菲爾說話的回音就在室內嗡嗡作響。似睡非睡的胖男人露出一種表情，藍道眼神立即閃躲起來。喘幾口氣之後，菲爾博士僅說，「沒關係，我來說就可以了。狄賓實際上是說，『我已經厭倦這種生活了，我要走得遠遠的；可能去環遊世界。此外，我要帶一個人跟我一起走──一名女子。』」

「沒錯，」藍道愉快地確認。他盯著杜諾范父子。「他是說，一名女子。他告訴我是你們這群人裡面的一名女士。」

修葛看著莫區巡官，又看看他父親。巡官壓抑住怒氣嘟囔了幾句，他半閉雙眼，鬍鬚直豎。主教直挺挺坐著，臉上所有的肌肉因腦中的意念而僵硬起來。他的手緩緩探向口袋……這一分鐘內，所有的人都沈浸在自己的思緒中。莫區巡官的聲音打破了沈默。

他對菲爾博士說，「我不相信。我不相信他的話。」

藍道轉身面向著他，「拜託，拜託，我的好兄弟！這又沒有真的發生，你明知道──根本沒有發生。我當時認為這位可敬先生的話太過自信了。你們難道會把他的話當真嗎？當然不會。感謝大家。」他繼續微笑。

「他告訴你有關──」菲爾博士提示他。

「對啦，這件事莫區巡官之前提過。那些是狄賓先生和柏克先生魚雁往返的書信，」他朝桌上的那些紙張點點頭。「是莫區巡官在狄賓先生的檔案夾裡找到的。狄賓先生投資了一大筆錢在柏克先生的公司。當他決定離開倫敦的時候，他希望能退出；一個突兀而不尋常的動作；狄賓先生從來就不是善於經商的生意人。你聽到柏克先生之前說的──這令他十分為難，不是說不可能這麼做，而是時機不對；尤其他提的又這麼倉促。此外，我得指出，這是筆相當可觀的投資。」

「他決定怎麼辦？」

「喔，非常順利地解決了。狄賓先生樂意繼續留下那筆錢。他——我該這麼說——是個聰明絕頂但負責感欠佳的人。」

菲爾博士仰躺在椅中，單刀直入地問，「藍道先生，你對他的死有何看法？」

「哦，不幸的是，我沒有任何想法。我只能說這實在太可怕了，我震驚到無法用言語形容。此外，」這位律師再度瞇起眼睛，平靜地說，「你不用期待我會表示任何意見，無論是基於個人或職業道德的立場上，一切都要等到我有機會和我當事人——崔弗斯先生——晤談之後。」

「好吧，」菲爾博士喘氣挺直身子，「好吧，這很公平……巡官，請帶路易・史賓利進來。」

一片沈默。藍道壓根沒預料到他會這麼做。他修整得乾淨平齊的手輕撫著上唇。他僵直坐著，莫區走到窗邊時，他目光隨著莫區移動。莫區把頭伸出窗帘外對著外面交代了幾句話。

「此外，」博士提醒他，「你會有興趣知道，史賓利樂意公開談這件事。我不認為他對你這個法律顧問感到滿意，藍道先生。為了答謝你的協助——」

莫區靠邊站，史賓利隨著一名制服警員走進房間，面無表情看著周遭。他的體格瘦而結實，有張平扁的大臉。他的下巴軟弱，眼神空洞。修葛・杜諾范終於了解外界對他的描述為什麼總是一味用「衣著花俏」含糊帶過。嚴格說來，這個形容並不正確。他並沒有特別花俏，純粹只是——屌而郎當，戒指帶錯了手，領結故意調歪一邊——愛現罷了。他淡黃褐色的帽子有點小、過於俏皮；他的鬢角稍嫌誇張，鬍髭修成細細的一條。他冷冷打量著圖書室，就像在評估它的價值。然而，他很緊張。令人不悅的是，他身上那股淡淡的、揮之不去的藥味。

「大家好。」他態度自然跟眾人打招呼，點了點頭。他脫帽，順理那頭亂髮，直直盯著藍道。「他們告訴我你是個騙子，藍道。你居然建議我把我的護照交給他們。」

史賓利態度充滿敵意，他緊張地請求菲爾博士，聲音急躁，「那傢伙——我的法律顧問，可不可以請你——不要再浪費時間了！我知道我現在是眾矢之的。我知道他來這裡是為了出賣我。『沒錯，給他們看你的護照就好。』這樣他們就可以拍越洋電報到華盛頓，你看看現在我人在哪兒？」

「在英國的達特穆爾高原上，」菲爾博士不關痛癢地說，心情很好。睡眼惺忪的眼睛納悶看著藍道，「你覺得，他為什麼想要出賣你？」

史賓利一臉傲慢，「找出這個答案不正是你的工作嗎？我只想知道你建議我該怎麼做，」他對莫區點點頭。「告訴我吧！如果能協助案情早日偵破，我不準備和警方發生任何衝突。」

藍道站起身，和藹地打圓場。他說，「別這樣，你誤會我了，崔弗斯先生！請你理智一點。我的建議全是為了你好……」

「說到你，」史賓利說，「你現在滿腦子在想『這傢伙究竟知道多少？』你發現……所以才會這麼建議我。我會把我知道的統統抖出來。話又說回來，你曾經答應我不告發我持用假護照的事，讓我在一個星期內離開這個國家，不是嗎？」

藍道走上前，忽然尖聲說，「別作傻事！」

「你怕我毀了你的計畫，是吧？」史賓利問道，「我想得沒錯。你現在仍然想，『他到底知道多少？』」

美國人在藍道對面坐下。頭頂上正好有盞燈，他的臉陷在陰影裡。從眼睛到頰骨，一道銳利的線條延至下巴，頭髮光亮的色澤一如他目光挑釁的小眼睛。他似乎想起他原本不是要扮演這種風度翩翩、四海為家的旅者角色。他忽然回神過來，改變自己的言行舉止。連聲音也變了調。

「我可以抽煙嗎？」他問。

四周氤氳煙霧讓他悄聲試探一下，但是沒有獲准。他心裡早有數，卻仍感到憤怒。他逕自點了根煙，手腕靈巧一轉擦亮火柴。他接下來的言語毋寧更真實；他環顧屋內，一臉驚訝和迷惑，唐突地說，「這裡是英國鄉間的豪宅。我不諱言告訴各位，實在太令我失望。這玩意兒——」他拿煙指著牆上一幅威尼斯景致，「簡直堪稱拙劣。那一幅也是，壁爐上法國畫家福拉哥納爾的仿作真讓阿肯色州的松瀑光彩盡失。各位，我希望我說得沒錯。」

莫區巡官不耐煩地說，「這關你什麼事，你別趁機轉移話題；聽著，」他緊皺眉頭，「我挑明了告訴你，我絕不跟你交換條件。要是菲爾博士願意這麼做，那是他的事，他自己對蘇格蘭場負責。我們聚集在這裡，是為了讓案情早日水落石出……你最好能讓我們相信你並非射殺狄賓先生的兇手。首先，我們要知道——」

「巡官，冷靜一點！」菲爾博士好言相勸。他喘著氣向史賓利表示，他對之前的話題頗感興趣；他雙手交疊在便便大腹上，以慈父般的祥和說，「你對於這些畫的評論果然是一針見血，史賓利先生。這裡有幅非常有意思的水彩畫，就在你旁邊的桌子上——那張紙牌。請你過目一下。不知道你對此有何看法？」

史賓利往下看；他看到紙牌上手繪的八柄寶劍，萎靡的精神為之一振。

「這不是塔羅牌嗎？你們從哪兒搞來的？」

「你知道這玩意兒？……太好了，比我預期的好太多了。我正想問你，當你認識狄賓先生時，他是否相當熱中神祕學？我相信他是；他那幾櫃子的書內容都相當冷僻——比方說像渥斯、伊利・史達、巴利特、帕布士這些人的作品，似乎沒有人知道他在鑽研這門學問。」

「他的確相當熱中此道，」史賓利乾脆地回答，「還有其他任何能預測未來的東西。他卻抵死不願承認，就這樣。事實上，他跟他們一樣迷信，塔羅牌是他的最愛。」

莫區巡官動作笨拙地拿起筆記本。

「塔羅牌？」他重複，「這張塔羅牌是指什麼？」

「為了能充分徹底回答這個問題，我的朋友，」菲爾博士瞥了這張牌一眼。「你們有必要對這門神祕學的基礎理論有初步了解；儘管這個說明一定讓各位理性的腦子、甚至我自己感到難以理解。一旦各位對神祕學的功能有基本概念，我就便於對各位解釋我的假設。塔羅牌揭露宇宙的概念和原理，讓我們能夠掌握自然進化的法則，它就像宇宙間的一面鏡子，令我們象徵性了解古哲的三重神譜、雌雄同體及宇宙演化理論，是一種漸進式具體表現或與神靈關係密不可分的雙重趨勢……是對神智學更進一步的讚美。也是——」

「不好意思，先生，」莫區巡官深吸了一口氣說。「我沒辦法把這些寫下來，你知道。要是你能把你的意思說得更清楚……」

「很不幸，」博士說，「我辦不到，要是我弄得清楚就好了。我只是加以解釋，我讀過一些，因為我被這些字裡行間的奧祕及宏觀的視野深深吸引。據那些研究塔羅牌的人說，整個宇宙歷程的關鍵……主要就是根據這盒七十八張象徵奧祕意義或恐怖標誌的紙牌。就和各位打紙牌一樣，他們用這些牌預測未來，正如史賓利所說的。

莫區看起來相當感興趣，「喔，就憑這些紙牌預測未來？我玩過。我姊姊的朋友常常為我們解讀這些牌。茶葉也可以，」他一本正經，「要是她沒有說對，就會……」他忽然打住，一臉內疚。

「沒有關係，」菲爾博士以同樣慚愧的表情說，「我自己本身就是史賓利先生形容的那種『熱中此道』的人，我碰到會看手相的人絕不錯過攤開手的機會、或者用水晶球預測我的未來。我就是忍不住。」他坦白說，甚至有點埋怨。「就算我再不信這一套，我一聽自己的未來還是馬上會號啕大哭。這就是為什麼我會知道塔羅牌的緣故。」

史賓利諷刺地撇高嘴，暗自竊笑。「我說，你是偵探嗎？」他問，「你是我見過最有趣的偵探。人活在世上就要多學。預測未來——」他又暗笑。

「至於塔羅牌，巡官，」菲爾博士繼續說，「應該是埃及人發明的。但是這副牌是法國人設計的，玩牌的歷史可以回溯到查理六世。這七十八張牌裡，有二十二張稱作主牌的大阿爾克納，五十六張稱之為副牌的小阿爾克納。恕我不詳述這整副牌、甚至它的學問，這些太深奧了。副牌主要分為四套花色，梅花、方塊、紅心、黑桃；不過，我們在此稱之為——」

「權杖、聖杯、五角星和寶劍，」史賓利邊說邊檢查自己的指甲，「我要知道的是：你們是從哪裡拿到這張紙牌的？牌是狄賓的嗎？」

菲爾博士拿起牌說，「每張牌都有不同的意義。我不準備拿它預測未來，但你們也許會對它的象徵意義感興趣……問題中的問題，史賓利先生，狄賓先生擁有一副塔羅牌嗎？」

「有的。那副牌由他自行設計、託人繪製。還花了一千英鎊請紙牌公司製作。不過這張牌並不出自他那副牌……可能是他又製作了另一副。我問你，這張牌是哪來的？」

「我們相信是兇手留下的，含有某種象徵意義。在這偏僻的格魯司特郡裡，有誰使得出這種神妙的戲法？」菲爾博士若有所思。

史賓利直瞪視他。這一瞬間，修葛・杜諾范敢發誓這傢伙看出了什麼。而他只是再度竊笑。

「這張牌代表什麼意義？」莫區問。

「你來告訴他。」菲爾說。

美國人喜歡這調調，他故作誇張，先盯著後者，又轉向前者。「我當然可以告訴你，先生。這代表著他的下場。寶劍八的意思是——宣告判決。它向老尼克・狄賓指出，上帝知道他是罪有應得。」

CARR

CHAPTER 13

防彈衣

眾人思緒再度陷入死胡同，新的發展將案情導往截然不同的方向；彷彿開啟魔術師的箱子，發現裡面又有另一個箱子。圖書室的空氣悶得令人窒息。屋裡某個角落的時鐘開始報時。鐘敲九響之後，菲爾博士打破沈默。

「所以，這一點已經確定了。很好，現在你來跟我們描述一下狄賓這個人，以及昨晚發生的事情。」

「身為你的法律顧問，崔弗斯先生，」藍道突然打斷他們的對話，彷彿下了一種必死的決心；唯一不符的是，這個男人滿頭大汗。「身為你的法律顧問，我堅持在你決定採取任何不智的行動前，先和我私下商量……」

史賓利盯著他，「你這個該死的騙子！」他別有含意地說，懷著敵意激動地傾身向前，「坑人的傢伙，你再說啊；我願意……」

「我願意將事情的來龍去脈全盤托出，」他說，「簡而言之，尼克・狄賓不再用他的真名賽提莫思──是全英國最狡猾的詭計。老天，我會真的認為他是個聰明人。和大多數的英國人一樣，他抱著碰碰運氣的念頭到美國，一待就待了八九年。等到他混不下去時，決定最好的方式就是教那些人在社交宴會用新把戲行騙。我不知道他是怎麼跟傑特・梅菲搭上線的。梅菲原本是個一文不名的傢伙。他是那種在美國隨處可見、到非法營業酒吧閒蕩替人拉選票的人，運氣好的時候，可以哄到幾名壯漢替某人幹些齷齪下流的勾當，僅此而已。我告訴你們，正如上帝創造蘋果，是狄賓將梅菲造就成一名有頭有臉的大人物。狄賓初期來到紐約時，以演講維生。直到他找到這個人作為他從事不法勾當的掩護。有一年……」史賓利表示。

「你們別弄錯了，我並不是說他走私菸酒。這其中大有差異。我是指他收保護費、拉選票、詐欺和勒索——他對所有的勾當賦予新意，而這些詐騙的伎倆百年來無人能出其右！然而他並非蠻幹：他不用槍，因為派不上用場，也從未發生過幫派間的流血衝突事件。『為什麼要引人注目呢？』他說，『不如讓那些人自己內鬨。』他曾設計一樁仙人跳事件勒索某人，二十二個女人為他在旅館佈線。美國地方助理檢察官對這件案子窮追不捨。尼克・狄賓應付自如，栽贓給別人，讓檢方認為是對方的妻子下的毒；結果把那名妻子送上電椅。」

史賓利靠入椅中，露出一抹邪惡的讚賞。

「你們明白了吧？他親手策劃所有的小騙局，大人物根本無須傷神。他從不用對他們使強硬手段，他們也不去惹他。至於他是如何找上我的，則跟敲詐事件有關。我沒有加入他的集團。怎麼會這樣？還不是因為他讓我惹上五年的牢獄之災。」

史賓利被煙嗆到，咳了幾聲。他用手揉眼睛，眼睛水汪汪的。雙鬢鬢角、細長鬍髭和方闊大臉配上鼻孔，所有令人討厭的特徵都集於一身；他惡意漸增，在棕色沙發裡不停扭動身子。

「好吧！」他粗啞地說，又調整一下聲音，他想起要回復文質彬彬的舉止，「我現在已經忘了。我腦子裡想的是——一個正經八百的老學究是件很怪異的事……他的外表和言談舉止都像個大學教授，唯有喝醉酒的時候例外。我和他面談過一次，我第一次見到他的時候，對他十分好奇。他住在東六十街公寓裡，滿屋子都是書，我看到他坐在桌邊，手裡拿著一瓶裸麥威士忌及一副塔羅牌……」史賓利又咳了起來。

「暫停一下，」菲爾博士平靜地說，呆滯的眼睛此時突然睜大。「洗手間就在房間裡。你要不要去個一兩分鐘？」

史賓利起身。在菲爾博士的示意下，還沒摸著頭緒的莫區巡官忙跟過去守在門外。他離開後，房裡頓時一片凝重。菲爾目光巡視所有的人。他拿起鉛筆，抵在手臂上，比了一個壓活塞的動作。

「讓他去吧，」他板著臉孔，「他很快就回來了。」

史賓利一人唱獨腳戲的期間，主教的頭一直撐在手上坐著。他挺起身子說，「他說的那些勾當太噁心了。我從來沒有想過——」

「不，」菲爾博士說，「當你越來越接近目標時，總是會令人感到不快，不是嗎？遠不同於那些保存以及標示好放在玻璃櫃裡的犯罪事件，也不同於你拿手帕掩鼻參觀那些陳列的爬蟲標本吧？我早就知道了。我從很早以前就發現自己的無知，我應該警告你們，你們永遠都看不見犯罪的核心，除非你們能夠誠心誠意地複誦，『這都是神的恩典。』」

德瑟司・藍道再度從椅子上一躍而起，這次輕鬆多了。「夠了！」他堅決地說，「我怕我必須堅持，為了我當事人的權益，我們這次不準備說太多。如果你們願意讓我跟他獨處、私下談談，我有權……」

「安靜坐著。」菲爾博士低聲說，僅稍用筆作勢，藍道遵從地坐下。

史賓利返回時態度溫文有禮。肩上的肌肉似乎抽搐一下。他注視眾人露齒而笑，表示歉意，以一種舞台的優雅欠身坐在另一張椅子上。過了一會兒，他說，「我剛才說到——我第一次見到可憐的老狄賓。他說，『他們跟我說你受過教育。你看起來一點都不像。請坐吧！』這就是我為什麼會認識他，換句話說，我跟他很熟。所以，我才能夠進入他的組織……」

「等等！」菲爾博士說，「我記得你沒多久前說，你拒絕——」

對方嘻皮笑臉，「喔，我只是表面上不感興趣。聽著！我認為論聰明，我並不亞於他；我們都受過良好教育，老天，看你們都一臉不相信的樣子……」他又點根煙，手關節惡意一甩。「隨便你們怎麼想。他發現我的長處，要我到豪宅去。這段時間裡，我是他的練習對手，我可以用那副塔羅牌看他的運氣，預測出什麼書會大賣。直到我發現自己在這方面比他強，就期待他離我遠一點。他總愛稱我為御用占星家，有一次，他發酒瘋，居然還想拿槍殺我。除了喝酒，他還有一個致命的弱點。」

「是什麼？」

「女人。他在她們身上撒大把銀子。要不是這樣……」史賓利似乎被醜陋的記憶所撥動。「他沈溺在溫柔鄉裡無法自拔。她們也為他傾倒。我有一次告訴他，那時我多喝了兩杯，『我比你還棒，尼克。不是蓋的。可是她們好像都不愛我。她們愛的是你的錢。』然而，不知怎麼的……」史賓利戳著自己的鬢角。「我恨透這個自以為是的老賊，但女人卻都愛他。她們不承認愛他，假裝在公眾場合取笑他。但是他——他不知是對她們施催眠術還是什麼。為什麼我就沒有他這種運氣？」他自問，久久不語。「為什麼她們沒有人要跟我？他曾經跟一位儘管住第九大道，但行止如出身公園大道的上流社會名媛在一起——他黏著她——她也黏他；直到他把她甩了……」

史賓利停下來，腦子似乎尋思著其他念頭。他看著藍道。

「你說——」菲爾博士引他說下去。

「我要告訴你，」他深吸一口氣。「我曾住過他那棟豪宅。但他揮霍無度。要是他還算有點腦袋，就不會這樣到處撒錢。他曾經坐擁六百萬美金的財產，儘管換算之後不過五萬塊英鎊。」

菲爾博士睜開一隻眼。若有所思地喘氣，溫吞地說，「這個有意思。你怎麼知道他留下了五萬英鎊遺產？」

眾人不動聲色。史賓利眼神鎮定繼續保持呆滯，沒過多久，他說，「故意套我是吧？以為我會說？」

他們聽得見他急促的呼吸聲。菲爾博士揚起手杖，指著桌子。「我希望你能搞清楚，小伙子，我們現在手上的證據已經足以起訴你謀殺狄賓……我沒有告訴過你嗎？」

「沒有，老天，你沒這麼說！你說——」

「我只說，我絕不會控告你持有假護照。」

「你唬不了我的，這位警官，」他朝莫區點點頭，「今天早上告訴我，我昨天晚上應該探訪過尼克・狄賓。然而，我沒有。讓我見見那名指控我登門造訪狄賓的僕人，我可以證明他說謊。你唬不了我的。你若這麼做，就休想我告訴你真相。」

菲爾嘆口氣。「我就是怕你拒絕告訴我們事情的真相。所以我不得不告訴你，我怕你會被吊死。你聽著，莫區巡官一時疏忽沒有向你提及，我們現在手上已經有不利於你的證據。我們不認為你就是按狄賓家門鈴並上樓找他的人。不利於你的證據是，你在當夜稍晚的時候到訪他家——暴風雨來襲的時候——在他試圖要殺你，而你卻跟在他身後時。」

史賓利忽然跳腳，尖聲道，「我的天哪，有人告密……」

「我想，你最好聽我說。就個人來說，我不在乎你發生了哪些雞毛蒜皮小事。但是如果你還想保住自己脖子……喔，這樣會比較好。」

菲爾博士瞪大的雙眼蘊含一股迫人的威嚴，他繼續說，「你還蹲在新星監獄裡期間，狄賓離開美國。他厭倦了他稱之為敲詐勒索的新把戲，厭倦了到處碰運氣——不久之後，他又厭倦了出版事業。他斷絕了與梅菲的合作關係，回到英國。」菲爾博士望著主教。「你還記得今天早晨我們談話的內容嗎？杜諾范主教。梅菲這五年來為什麼會突然失去了他的權勢和影響力?沒錯，我想史賓利已經提供我們一個最佳的解答。而你，史賓利……你從監獄出來以後，去找梅菲；你發現他大勢已去，於是你非常聰明決定走人。然後你到了英國來……」

「你聽著，」史賓利食指戳著自己的手掌，「要是你認為我來這裡是為了找狄賓——也許在座諸位都這麼想——這是誤會。我發誓這絕對是誤會。我只是來——度假的。為什麼我不能來度假?這是個巧合。我——」

「我以為，這就是案情最詭異的部分，」菲爾博士深思熟慮，「我認為你遇到老狄賓真的出於巧合，你到英國來是為了找一片空氣清新的草原。雖然，你很聰明地把自己的麻煩丟給你的律師。建議你雇用同一名律師的人也給了狄賓同樣的建議；在朋友之間這種事在所難免……不過，藍道先生應該也告訴你狄賓……」

史賓利癟著嘴。「不可能，他不可能告訴我任何事!我不知道他替狄賓做了什麼事，直到——」他躊躇了一下，與菲爾博士交換眼神，彷彿他們已經讀通彼此的心意。博士顯然不再催促他說下去。這時，藍道氣急敗壞。

「這個，」他再也忍不住衝口而出，「簡直是無法無天了?教人不能忍受。菲爾博士，我不得不請求離開這場對談。我沒有辦法再待下去，任憑你們羞辱——」

「你給我坐下，」史賓利厲聲對站起身的藍道說，「還是你希望你可以……提供其他的建議。博士，請教您的大名?」

「喔。你發現狄賓假冒成人人尊敬的鄉紳。這正給你一個磨練聰明才智的好機會——是吧？」

「我否認。」

「你當然不承認。我們這麼說好了，你現身問候狄賓，安排機會想與他敘舊。但會面時間是狄賓提議的，你善猜忌的本性讓你起了疑心。他沒有請你到他家做客，你們是在離旅館半哩外河邊的荒郊野地碰頭。此處離狄賓的住所距離很遠。要是你的屍體順河水飄流數哩或者更遠，他就不會被牽連——」

菲爾博士猶豫了一下，他忽然抬起手，像是在將什麼東西拋開。

「你知道整件事的來龍去脈，對吧？」對方悄聲問。「你料定我會自己抖出來？你就省得再找勒索的證據治我。我和狄賓只做了一個友誼性的簡單會談；就這樣。」

「沒錯……那麼，你怎麼應付這場會談？」

對方似乎做了一個決定。他聳聳單薄的肩膀，「我願意冒這個險——穿防彈衣。我信任尼克・狄賓的程度就如我相信自己扔得動這張書桌。即便如此，他還是說服我了。我當時正站在河岸——他們竟稱那條小溪流是河，草坪盡頭有一片矮樹叢。我們約好在那裡碰面。當晚有月光，但漸漸被雲層遮蓋。我對他準備開始進行什麼詭計一無所知。我猜想他大概是來跟我談條件的，就像那些擁有許多資產的人一樣有自知之明……」他伸長頸子，左右扭轉著頭，似乎領子太緊。牙齒也露出來見人了。

「我後來聽到樹叢裡發出聲響。我轉身，樹旁有個人托著槍桿，準星正對著我，距離近到他可以一槍就斃掉我。這不像是尼克——我是指這個操槍的傢伙。他看起來很年輕，蓄小鬍子，月光下我看得很清楚。這時我聽到尼克的聲音，他說，『你以後再也不能這麼做了。』他那句話是衝著我來的，我看到尼克那顆金牙一閃。

「我不是故意掉進河裡。是那個傢伙把我打進去的，一槍正中胸口——要是我沒穿防彈衣的話，子彈就從我心臟穿過去了。我一落水，所有的意識就清醒了。水很深，他媽的居然還有暗流，我費了好大的勁才爬上岸。那傢伙還以為搞定我了。」

「接下來？」

「我回到我歇腳的小旅館。換了衣服，上床睡覺。就這樣！我把事情澄清了。你們沒辦法在我頭上亂扣罪名。也就是說，我跟蹤狄賓返家的說法是無稽之談，你們現在搞清楚了。」他狠狠地迎視菲爾博士的眼神，像要迫使對方相信他的話。「無稽之談。我的話句句屬實。我沒再出房門，你們以為我燒得不夠嗎？我不想再見狄賓。我這輩子從來沒動過槍，以後更不想。我為什麼要這麼做？」

他嗓音激動地爆開。「去查我的記錄，看看我是否曾經動過槍。我和後來改頭換面的尼克·狄賓一樣是個好人；我再也不想回那裡去。我對他試圖暗算我毫無怨懟。這是一場運氣之爭，懂嗎？殺了他？不是我的作風。我是否曾要他——借我一點錢週轉，你們認為我會失去理智到這種地步嗎？」他猛捶座椅扶手，「你們真這麼想？」

從頭到尾，莫區巡官迅速做筆記，他掙扎著想提出異議。但是現在只有一抹尷尬的笑容浮上他棕色鬍髭。修葛・杜諾范隱約揣測得出他腦袋裡的念頭。莫區手裡還有其他對史賓利不利的證據——史賓利換衣服之後，又從跳棋旅館窗戶爬出去……修葛看到菲爾博士也看著巡官。莫區本想張口說話，又及時打住。他激動的眼神中充滿疑惑。

菲爾博士這時笑了起來。

「無稽之談？」他若有所思地說，「我明白了。」

「你——你明白……？」

「是的，沒錯。但是我必須說服你親口說出來。」博士說，「事實上，我們現在都確信你跟這樁命案沒有關係。我還忘了告訴你，」他露齒一笑，「跳棋旅館的老闆娘，十點左右看到你全身溼答答地從窗戶爬進你房間。」

「就沒有再離開過——？」史賓利稍稍遲疑了一會兒，不安地詢問；他心臟幾乎快停止了。

「就沒有再離開過了。小伙子，這是你的證詞。」

撒了一個滔天大謊，菲爾博士看起來像老科爾王般和藹慈祥。史賓利的肩膀猛然一抖。

「你的意思是——我可以走了?你們不再拘留我!甚至不留我當關鍵性的證人?」

「你可以走了。在四十八小時內離開本國，你將不會被扣留。」

史賓利臉上露出一抹熱切而邪惡的期待。他端坐椅中，一手抵著胸膛。你看得出他腦筋動得很快，逮著機會，猜忌，覺得自己落入圈套；他忍不住脫口而出，「你們說過要給我一個禮拜的時間！一個禮拜的時間離開英國，你們當初說好了。一個禮拜——」

「小子，」菲爾博士不為所動打斷他，「你一向都是敬酒不吃吃罰酒嗎？還有不少能讓你吃不完兜著走的問題，我可以堅持要你一一回答完。你躲開一劫。從我確信殺狄賓的人不是你，就決定對你網開一面。但是，看在上帝的份上，小夥子你再不識相，與我爭辯，拖延辦案時間，就不會這麼走運了。」菲爾博士用手杖柄敲桌子，「說吧！你究竟要哪一樣？要自由，還是吃牢飯？」

「我走！請聽我說，先生！我沒有任何意圖。我也沒有半點想要頂撞您的意思……」這傢伙著急地哀求起來，「我只是覺得——太意外了。我想，」他吞吞吐吐，狡猾的眼神不時留意博士對他的話有何反應。「我想和律師——或是這類的人——商量，你知道的。他有太多的事要忙。我只是希望我可以停留久一點。這就是我的想法。」

博士彎身拾一只火柴盒時，敲了敲地板，修葛留意到他的鬍髭下藏著一抹淺笑。咕噥了幾句，菲爾博士直起身。

「嗯。我對這一點是沒什麼意見。除非，當然，這得看藍道先生的意思？我認為，沒多久前他說你的行為讓人無法領教，他有意洗手不幹？」

藍道的臉上瞬間堆滿笑意，提出反駁。因為某些緣故，他似乎和史賓利一樣，為突如其來的轉機鬆了一口氣。他咯咯大笑，狗眼碌碌直轉，用輕鬆慵懶的口氣說服他們相信，讓客戶滿意是他最大的職責；最後，他非常高興表示能夠盡自己所能，提供意見協助他的客戶。

「我想請求，」史賓利目光仍盯著菲爾博士。「可否請你讓我們私下談一會兒？聽我說，要是我必須匆匆忙忙離開英國，就沒有時間再見他了！」

博士似乎有點勉為其難，但還是任自己被說服。還是搞不清楚狀況的莫區也同意了。史賓利和藍道被安排在會客室晤談。他們隨著制服警員離去。藍道站在門口說了幾句話，笑臉盈盈告訴眾人他只談幾分鐘就好。說罷便如幽靈般跟在史賓利後面消失。關上門。

莫區巡官關心地旁觀，在菲爾博士身邊打轉。

「博士！這就是你出的好主意！這算什麼？你居然給他們機會讓他們可以交談！」

「沒錯，」博士承認，「沒有比這個不冒任何風險的計謀更完美了。他們馬上就會起內鬨。諸位，好戲就要上演了，某人的把戲短時間內就會穿幫。我在想——」

「想什麼，博士？」

「我在懷疑，」博士若有所思地說，用他的手杖戳桌子。「史賓利的防彈背心是不是還穿在身上？我有點懷疑史賓利已發現它的價值。現在大家可以冷靜一會兒！我想趁這個時間聊聊女士們。」

CARR

CHAPTER 14

魔鬼與茱兒・史坦第緒

莫區巡官不安的一手猛搓自個兒短髭。他盯著博士，納悶主教對此舉作何反應。

「至於幾位女士，先生？你是指——藍道先生提及我們其中的一位女士嗎？啊，我痛恨看到這種情況！」

從頭到尾都望著窗外的主教這時面色凝重地轉過頭來。神情看起來有點呆滯，不敢確定。

「這一切都是必要的手段嗎？」他問，「我得承認，博士——我越來越不解。統統搞糊塗了。我過去總是把『罪惡』視為抽象的東西，就像是化學反應。現在親臨現場——」

「我們最好先討論一下。史賓利和藍道兩人之間的對話，尤其是他們刻意迴避的那些話題，就是我們此刻迫切想知道的線索。我對他們目前在談什麼，或他們的目的毫不感興趣。」博士鼻子深思地嗅了一下。「反倒是，藍道所說那名他稱之為『你們這裡一位高貴迷人的女士』正準備跟狄賓遠走高飛。是真是假——為什麼他會這麼說？顯然他有某些目的，故意讓每個人明白他是知道內情的。我們無須懷疑，藍道沒有意願告訴我們狄賓這筆遺產的後續或其他的事。他不過是選了一件雞毛蒜皮小事在我們面前招搖撞騙。」

「他想把嫌疑轉移到女士身上。」主教說，「這傢伙故意讓我們曉得他對命案所知甚多，只是不願說罷了。」

「我懷疑真是如此，但它的確是將案情偵查引到別的方向去了……這真是個苦差事，我認為我們應該聽一點八卦消息和其他人的看法。也許這些流言蜚語和看法能給我們一點靈感。巡官，麻煩你到外面去，要管家請史坦第緒夫人下樓？我們到現在還沒有聽到她對命案的看法。我還缺了一點。我知道誰是兇手了，不過——」

主教猛抬頭，「博士，你知道了？」

「我想是的。我在今天下午就知道了。」菲爾博士手指玩弄一只銀製墨水瓶架。「你們想想，兇手造就一樁可怕的命案，卻沒有任何目的……沒關係。我們可以待會兒再來談。等一下，巡官！要是史賓利和藍道結束他們的談話，你得下你的指示。」

「什麼，博士？」莫區不明究理。

「等史賓利回到這裡之後，你要告知大家，你和你屬下今晚還要加班，你們要煞有介事地離去……」

「喔，然後跟蹤史賓利？」

「唉，唉。不是這樣。你所有的制服警員都要在半哩外監視，史賓利絕對會懷疑他被人監視。而你，在假裝離去之後，繞遠路到接待所去。這只是我的猜測，我們得把時機拖長一點。」

莫區彈彈他的鬍髭。「可是，接待所裡半個人也沒有啊，博士。你不是已經打發施托爾到『公牛』去了——」

「沒錯。你不須進屋裡，只要埋伏在接待所附近，看看會發生什麼事。這段時間……」

他轉向修葛・杜諾范，對他笑了笑。「你看起來像個智勇雙全的年輕人，必能在危急的情況下順利脫身。我要你先在這裡聽聽，看我們今晚聽到了什麼。他們告訴我，你在學校主修犯罪學。」他意味深長咳了一下，修葛迎視博士眼鏡後的眼神，他知道這個肥敦敦的傢伙看透他內心最不為人道的罪惡。「你想不想小試一下身手？」

「我願意！」修葛義不容辭。

「跟蹤史賓利到任何他行經之處，不能被他發現？」

「絕對沒問題。」

「我不想這麼做，但是你是目前唯一能勝任這個任務的人。在你同意以前，我得讓你牢記到時候該如何行事。」菲爾博士銳利的目光緊盯著他，望著主教，瞪著面色不豫的莫區巡官。「要是我想得沒錯，史賓利將會掉進一個死亡陷阱。」他靜候，讓他的話沈澱，任聽者發揮他們的想像力。燈火通明、空氣悶熱的圖書室開始充滿著疑慮。

「換言之，這個寧靜的鄉間小鎮──任何人都沒有殺人動機──有名兇手，正如他想殺了史賓利般，他很快就會接著給你一槍。這名兇手的智慧可能不怎麼高，但是他是個靈機應變、勇氣非凡的人。我不能肯定地告訴諸位，史賓利是否會如勒索狄賓般，再耍一次相同的手段，但我相信他會。要是他還想這麼做，動作一定得快，因為我已經牽制住他的手；他不得不離開英格蘭，在之前他一定會想辦法再行動一次……你明白我的意思嗎？」

「我會盡量而為，博士。」

「好極了。」他轉身，朝圖書室盡頭闔攏的帘子點點頭。「我不想讓史賓利回來的時候看到你。你到隔壁的撞球室去，躲在窗帘後面伺機而動。我們以其人之道還治其身：你從窗戶到陽台去，這個陽台連結屋子這一邊所有房間，陽台上有道門進入撞球室。你一看到史賓利離去，就從撞球室的門溜到陽台，跟蹤他。無論你如何行事，看在老天的份上，千萬別跟丟了。就這樣。很好，巡官。現在請你去看看能否找到史坦第緒夫人。」

修葛開始躍躍欲試，雖然這是一場遊戲。他興致勃勃想扮演好這個角色，他以前從不覺得跟蹤人有何大不了的。要是他從未看過那名死者……當他的手觸及房間盡頭的帘子時，當時的畫面在腦中閃現，歷歷在目。

夜裡月色皎潔。月光落在黑漆漆的撞球室裡，從右側牆頂整排菱形鑲嵌玻璃照進來。他右手邊的牆上一扇敞開的鑲嵌玻璃門通往陽台。撞球室和圖書室的格局一樣，窄長高挑。他在黑暗裡隱約看見中間那張撞球台、牆上的計分表和置球架。

從另一間悶不通風的房間出來後，這裡顯得冷。門簾有隔音效果，只能隱約聽見父親向菲爾博士解釋某些事的聲音。把門帘掀開半吋，他摸索藏身在椅背的陰影下。這裡真冷，微微的清風飄來。玻璃門輕輕前後擺動；圍繞在宅院的樹發出沙沙聲響，一道窄長的光透過門簾在撞球台間亮起來。他忽然想到，這棟精美的豪宅在黑暗中曾上演的把戲，那些貴族稱之為「擠沙丁捉迷藏」的遊戲（譯註：由一人先躲藏，尋到者逐個擠入同一躲藏處，最後剩下的那一人為輸）。這個念頭讓他不由想起派翠西亞•史坦第緒與黃昏的尋歡派對。可惜他此時有任務在身。一個陌生而權威的聲音從圖書室傳來時，他正好發現一張椅子，將之拉過來放在簾子縫隙邊。

「我不是在問你這是什麼意思，」那人表示，「我要知道這究竟是什麼意思。我已經聽到明確的言論和暗示。請你們公平看待賽提莫思——不要再讓可憐的貝蒂聽見任何事——我自有解釋。再則……」

修葛透過門帘縫隙窺探。站在菲爾博士面前的是身材健美、挑釁意味濃厚的茱兒·史坦第緒。她下巴抬得老高，一頭淺亞麻金髮和堅毅果決的臉。白蕾絲衣服使她彷如一座馬特洪峰，正俯瞰自己白色的冰坡。她站著，雙臂圍繞住一個漂亮棕髮女孩的肩膀，茱兒指的就是貝蒂·狄賓。貝蒂·狄賓滿臉倦容、神色緊張、十分難堪。修葛出於本能對她產生好感。就外貌上，她不夠格稱之為「不負重望的美女」：儘管她身材勻稱、臉孔姣好、深藍色眼睛距離略開，看起來健康又能幹。她嘴唇豐滿但下顎剛硬，棕色頭髮嚴整攏在耳後——向前更挨近一點——修葛期待在她的鼻頭上找到一兩粒雀斑。當她目光注視著茱兒·史坦第緒，她的眼神中含著一抹譏諷。讓人覺得她過去從沒流過這麼多淚，而這些都是心酸的淚水。

她的出現使局勢更複雜。修葛只能看見菲爾博士的腦勺，而他能想像得到博士嗓音低沈慎重在這個關頭引導狄賓之女說話。然則，茱兒·史坦第緒不給任何人機會提出異議。

「……此外，」她繼續說，搖搖貝蒂表示強調，儘管這名女孩極力想讓自己放鬆。「我要求知道我們家為什麼會來這麼多討厭的人。這時候在會客室——就是現在。」茱兒·

史坦第緒醜化事實說，「那傢伙恐怖的黃褐色帽子和紅色條紋領帶跟他的西裝根本不搭調。為什麼這間房子裡到處都是這種討人厭的人？想想看我們親愛的主教會有什麼感受。想想看我會有什麼感受。我確信親愛的主教會覺得這是一種冒犯。」

親愛的主教悶咳了兩聲，退進他的椅子裡。

「女士，」菲爾博士彬彬有禮說，「警察偵辦工作最不幸的地方之一，就是我們得跟一般人敬而遠之的人接觸。希望你能對我有信心，女士，這裡沒有人會比我更感激妳。」

茱兒不以為然，在酌量他的話之後，她不懷好意盯著他。

「菲爾博士，在親愛的主教面前，我好像嗅得出來你話中有話。」

「女士，女士。」博士以斥責的口吻說，「請妳控制一下自己。我確信妳的主教會因他的在場刺激了妳嗅覺這番話相當不滿。我必須請求妳尊重他。」

茱兒目不轉睛瞪視他，不敢相信自己的耳朵。她嗤鼻，面紅耳赤，發出如在一個大冷天販售花生的自動販賣機的哨聲。

「你們看看，這些，」她倒抽一口氣，「你們看看這一切的一切，我的天！先生，你們想要調戲我嗎？」

「女士！」菲爾博士低喃，輕笑了起來。修葛想像得到他注視她時瞪大的眼睛。

「我恐怕自己得婉謝妳的恭維。我敢說，妳對這個傳統的老把戲一定不陌生。『女士，我是個已婚男子，我寧願去喝杯啤酒。』說到啤酒——」

茱兒已經在瀕臨崩潰的邊緣。她轉身面向主教，似乎在向他求救。這位德高望重的紳士裝作不為所動。他適時在心裡竊喜的時候咳了一聲，然後他回復神職人員的莊重。

「你們這些人，」茱兒喘不過氣，「這些教人無法忍受的——」

「沒錯。藍道先生跟妳一樣有同感。現在，我要告訴妳一個事實，史坦第緒太太。」菲爾博士嚴厲地說，「妳來這裡的目的是要提供證據，不是命令。我們是特地通知妳一個人到這裡來。我們今天所偵查到的一些內情，對狄賓小姐來說可能非常不愉快。」

貝蒂・狄賓抬起頭，閃過一抹厭倦的眼神。她沒精打采地說話，溫軟的聲音似乎在詢問她未來的婆婆一個問題。

她說，「我有什麼立場待在這裡？」

此話巧妙地為這場對話注入了新元素。你可以感覺到她正積極主動在想事情，讓任何人忽略了她面對的悲劇。茱兒的抨擊不攻自破，她降低音量說，「我希望這場無聊對話一筆勾消，就這樣。要是你們有失禮之處，我會提出暗示。我一向最痛恨別人含糊其詞，好像在背著我打什麼鬼主意。」茱兒毅然閉上她的嘴，目光從菲爾博士的身上轉至主教。「要是我勢必得說些什麼，就是有關於可憐老狄賓生前的那些流言蜚語。」

貝蒂再度看著她，十分好奇。

「這會使情況有所不同嗎？」她低聲問道。

這時，修葛聽見菲爾博士的鉛筆輕敲桌面的聲音。「親愛的，」他突然說，「既然妳來了——妳難道從來沒有聽過關於妳父親生前的事？」

「不，我一無所知。我懷疑過一些事——但我不知道。」

「妳曾經把妳的疑慮告訴過任何人嗎？」

「是的，我告訴過莫利。我認為這是對他坦承。」她遲疑了一下，有點困惑，臉上浮現強烈的抗議。「我只想知道，為什麼會發生這種事？要是我父親還活著——沒有人會知道，或追問這件事。現在他死了，是否所有不利於他的事都勢必昭告天下……」

她撇過頭，看著一扇窗子的角落，音量放得更小，「你們知道嗎，我從來沒有覺得很快樂過。我曾經想過，我以後應該可以很快樂。為什麼有人要去毀了它？」

從樹林吹來夜晚的微風在屋內盤旋，沙沙作響的騷動忽而又遠離，它正擾動著環繞屋子周遭的山毛櫸和楓林。這段時間裡，菲爾博士的鉛筆一直慢慢敲著桌面。噠——噠——噠——，就像顆一直反覆問著相同問題的腦袋。

「妳懷疑妳父親的過去有多久了？狄賓小姐。」

她搖搖頭。「時間並不明確。但是我想我大約是在五年前開始起疑。他突然間要我到倫敦去跟他住在一起。我想他可能永遠要待在那裡。我每星期給他一封信，由藍道先生轉交，他大概一個月回我一次，上面蓋著倫敦的郵戳。所以我偶爾從法國過來探望他；我當然對可以脫離學校感到高興。他告訴我他已經退休，不再做他從前在城裡的工作，他將改行，和史坦第緒先生與柏克先生一起經營出版事業。

「然後，有一天下午，我們坐在旅館的大廳，他突然看見一個人朝我們走來，他當時——我不知道該怎麼說——很慌張。他說，『那是柏克，他沒有說他會來這裡。妳聽好，不要對我跟他談的那些事表示訝異。到目前為止，妳知道我在印度待過一年，在那裡——妳要記得這一點——我最好的朋友是潘多頓上校。』然後他教我不要出聲。」她抬手將光亮的棕髮往後梳。就像她的頭痛發作無法忍受，又試著裝出笑容。「你們……這就是你們想知道的。但是我從來就不知道。這就是我為什麼會來這裡的緣故。」

她又遲疑了一會兒，凝望著菲爾博士，沒有問半個問題。茉兒・史坦第緒先發制人。

「的確如此。這也就是我為什麼要求知道內情。我還是那句老話，這是不可能的！可憐的老狄賓……我曾經聽到一些佣人房裡流傳的蜚言——從佣人房傳出來的，我敢跟你們保證。那些傳言竟說他是個罪犯。一名罪犯呢！」她使勁吐出這個字眼。

「在我們繼續往下之前，最好先把這件事弄清楚，」菲爾博士宣稱，他的聲音變得沙啞，「我很抱歉必須告訴你們一些殘忍的事實。那些傳聞是真有其事。狄賓不但是個罪犯，他還是惡名昭彰、前科累累的罪犯。他敲詐勒索、收斂不義之財，同時也是一名殺人兇手。先別問我詳情。這些事都相當卑鄙下流。」

「不可——」史坦第緒太太及時住口。她盯著主教，主教緩緩對她點頭。

「我很遺憾，女士。」他說。

「老天，求你幫幫我們……」她摸著她慘白的臉，你現在隱約看得出她緊實臉上的皺紋。「怎麼會這樣——變成這樣——這究竟……」她目光移向正茫然注視著博士的貝蒂‧狄賓。

「貝蒂寶貝！」茉兒旋即臉上露出笑容。「我想，我是不該帶妳下來。妳已經夠不舒服的了。這些讓人難受的事件，這些子虛烏有的指控……孩子！聽我的話，趕快上樓躺著休息。現在，現在；一個字都不要聽！像個乖小孩一樣上床睡覺，要派翠西亞在妳頭上敷個冰袋。我繼續留在這裡，把這件事情弄清楚。妳現在要使出妳所有的力氣。撐著點，我會盡全力幫妳。現在，快走吧！」

她鬆開環繞在對方肩上的手臂，貝蒂鎮定看著她，再度顯現出她的堅強和幹練；眼神冷諷，下巴堅毅。她淺笑。

「是的，這的確改變了一些事實，不是嗎？」她溫柔地問，「我——不在意聽到更多的事實真相。」

她對眾人屈屈身子，走到門邊，在門口轉過身。她激動起來，雙頰緋紅。像名鬥士，她眼睛燃著亮藍的光彩。她的唇似乎難以張合。

「唯一跟這件事有關的，」她依然輕聲細語，「就是莫利。你們明白吧。他怎麼想，在乎什麼——」她胸部劇烈起伏，微微顫抖著，「是我最在意的。請牢記這一點。」

「好孩子！」茉兒抬起下巴。

「晚安！」貝蒂關上門。

她堅強性格凝聚在房間裡久久不去。甚至連上校的妻子都感受到。她試著調適自己聽取這些事件的來龍去脈；望著博士和主教。抬高下巴維持尊嚴，保持適度的冷傲。

「你可不可以好心別再用鉛筆敲桌子？」她用緊繃的聲音說，「那聲響弄得我心神不寧……感激不盡。現在狄賓小姐已經離開了。你可以證實這些可怕的聲明是真的嗎？我希望，那些是有憑有據的。」

「毫無疑問。」

「親愛的，親愛的，親愛的，親愛的……其中有牽涉任何醜聞嗎？」

「妳為什麼認為會牽涉到醜聞呢，女士？」

「喔，別傻了！這是我聽過最令人痛心疾首，也是最令人難以置信的事。我不相信。可憐的老狄賓……怎麼會是卑鄙無恥之徒呢？」

噠——噠——噠——噠，就像時鐘的滴答聲一樣，菲爾博士的鉛筆敲著桌面。修葛・杜諾范很想看看他此時的表情。博士已經收攏好所有片段思緒，他低下頭。

「史坦第緒太太，」他說，「狄賓曾經說服哪位女士跟他遠走高飛？」

CARR

CHAPTER 15

在黑暗中漫遊的男人

主教陡然從座椅裡起身，走到窗邊，開窗讓空氣流通。史坦第緒太太似乎沒聽懂剛才的問題，斜睨了一會兒，她又問：

「女士？私奔？——天曉得你究竟在指什麼？這位親愛的先生，你莫非是瘋了！」她緩緩退到一張椅邊，坐了下來。

菲爾博士若有所思地說，「我已經好多年沒有聽過如此古意盎然的句子，『菲爾，你莫非是瘋了。』這是海德雷總探長最情有獨鍾的調調。不過，我不在意。相信我，女士，這個話題無疑會令人不快。我會提，是因為我相信這件事與命案有驚人的關連。」

「我沒聽懂閣下在指什麼。」

「我想我最好細說從頭。妳不介意我根抽煙吧？」

她嗅了嗅空氣裡的氣味。「你這種要求似乎是多此一舉，博士。請別因為我在場而對你有所妨礙……你剛剛說什麼？」

菲爾博士滿意地咕噥了一句，坐回椅中，截掉雪茄的一端。「感激不盡。女士，在我不得志的這幾年裡，啤酒和煙是能溫暖我的提神之物。兩者都有段令人好奇的典故。首先，我在自己作品的第一章通篇致力論述：早期英格蘭的飲酒習慣。你知道，比方說，歷史上致力推行那可笑的禁酒令是在何時首次生效？這提供我一個消遣，讓我想到我們的美國友人相信這是他們的新點子。第一個頒佈禁酒令的是埃及的優瑟法老，或者是西元前四千年的埃及國王拉美西斯。這項禁令是為了防止他的臣民在底比斯城街上喝麥釀加味啤酒，喝得酩酊大醉狂歡喧鬧。這項禁令確保下個世代的人永遠嘗不到這種罪惡的滋味。這條律法失敗，被廢除了。煙草，至今……」

他劃了一根火柴，「煙草，至今——我想說的是，煙草有一段被嚴重扭曲的歷史。克里斯多夫‧哥倫布早在一四九二年就看到美國印第安原住民抽雪茄。這是個令人不解又震驚的畫面，就像描述他們頭戴大禮帽和金錶表一樣令人匪夷所思。傑‧尼克……」

「你能不能繼續你之前說的事？」她插嘴，兩手緊緊握著。

「什麼？要是你……」他似乎反應過來。「史坦第緒太太，我想了解的是，狄賓這個人是否風流成性。」

「『風流』這個字眼一針見血。他是個愛獻殷懃的男人，卻處於一個男人認為沒有必要這麼做的年紀。」

「我明白。很多女人喜歡他獻殷懃？」

「我承認他是個有魅力的男人。是老不修。」

「他無疑是個與眾不同的男人。但是應該有什麼他特別感興趣的女人。有嗎？」

「沒有，」她斷然地說，嘴唇繃得緊緊的。「例如，他喜歡挑一些著名的詩句朗讀給我的女兒派翠西亞聽。我同意這成為一個慣例。這一代驕縱散漫的年輕人大多忽略培養自己的人文素養。親愛的坎農‧迪柏森上個星期在廣播裡提到這一點，我不得不說，我非常贊成他的觀點……可是，派翠西亞一點也不喜歡狄賓先生，瑪德蓮娜‧摩根也對他表示反感。」她瞇起一隻眼回想，「現在我懷疑……不會的，當然不會是巴斯來的露西・梅斯沃茲。我最親密的朋友之一，菲爾博士，我想是因為她太老了。此外，我必須得說——她整個家庭都很怪，她的親戚尼爾跟一個在動物園裡抓貓頭鷹的人跑了。遺傳啦，我對我先生怎麼說。你覺得呢？」

「我不以為我們該把梅斯沃茲小姐扯進來——」

「梅斯沃茲太太，」她嚴厲更正，「的確不用。此外，我不覺得他們對彼此有意。我可以老實告訴你，博士，我最不喜歡道人長短。狄賓跟某人在一起的謠言滿天飛；我不能忍受這種流言在我家裡肆虐。我希望你確實了解這一點——你是從哪兒聽來的？」

菲爾博士莞爾。「妳不相信這是真的？」

「我承認我從來沒看到發生什麼事，」她緊閉著嘴，頭撇視一旁。「要是這個人是個罪犯，我不會透露任何他生前的事。我只要想到我兒子差點跟一個每晚都在預謀要割我們喉嚨的男人之女結婚，就——為什麼會這樣，為什麼！」她渾身發抖。「我不需要告訴你，我應該吩咐我丈夫立即採取行動。總之，愚蠢的年輕人會把他們知道的統統抖出來。此外……」

修葛躲在椅背後，避免發出聲響。就在此時，茉兒・史坦第緒身後通往會客室走廊的門開了。史賓利一隻手指旋著帽子，一臉得意的嘻笑，尾隨藍道進入屋內。修葛注意到，這位律師看起來悶悶不樂。史賓利的眼光短暫停留在史坦第緒太太身上，沒有認識的感覺，視線最後快活地停在菲爾博士身上。

「謝謝你，長官。我現在都搞定了。」他說，「我馬上就會離開。我會先到『公牛』去開租來的車，回漢翰退房，再搭夜車到倫敦。明天我就會在船上了，要是有船的話。如果沒有，我會看看他們讓不讓我在返回美國前先停法國。那麼……」

「菲爾博士，」上校妻子忍無可忍地說，「煩請你告訴我這個惹人厭的傢伙在我家做什麼？」

史賓利回顧望過去，「妳一向都這麼自命清高嗎？」他淡淡地說。接著回過身用法文說，「哼，誰才是討人厭的傢伙？我敢說妳的丈夫每天都睡在馬路的松果上。」他對博士說，「這倒提醒我一件事，博士。你該不會把我趕出法國吧？我還想複習複習我的法文呢。我注意到，你已經差莫區這傢伙和他的嘍囉回去；我看到他們走人，謝啦，那傢伙可不通情理了。再見呵，要是你願意告訴我前門在哪兒？」

「你想得美？」茱兒．史坦第緒說，「你太自以為是了，這位先生。博士，你準備按鈴找人來了嗎？我想我們可以安排讓這傢伙從地道出去。」

史賓利伸手遮住嘻皮笑臉，修葛巴不得上前踹他一腳。

「好吧，夫人，好吧！我從窗戶走，這樣可以吧。我對你們這種鄉下豪宅一點興趣都沒有。髒兮兮的油畫，仿冒古董，小心眼的行為——」

「趕快給我滾！」菲爾博士說，抬起腳。

這就是修葛最後看到的狀況。他趕緊穿過撞球室玻璃門，隱身在陰影裡，注視陽台外的動靜。幸好他這天穿的是套深色西服。手腕上的夜光錶盤顯示時間為九點半。他有點訝異自己的心跳竟如此激烈。

此時無風，溼冷的空氣中浮盪著花草馨香。月亮低垂，但皎潔明亮，將黑影拉得窄長，草坪隱隱發亮，東傾的樹叢中晃過一道亮光，他發現是半哩外不知名馬路上的公車車燈。有隻狗正在狂吠。

陽台的一扇窗嘎吱一聲開了，透出黃色的光。史賓利走出來，一手撩開窗簾，關上他身後的窗。他遲疑一會兒，似乎仰頭凝望著明月。修葛隱約看得見他的表情；他在笑。笑容消失後，他審慎地左顧右盼，確定沒有異狀，才覺得放心。他悠哉地劃了根火柴點煙。接著，步下幾階淺梯走到草坪上，再度環顧四周，最後沿著陽台下方朝修葛藏身之處走來。他行經撞球室門口，就著月光看了手錶一眼，嘴裡一面哼哼唱唱，腳步在碎石小道上沙沙作響。

當他轉進屋子角落，修葛立即跟上他。跟蹤者完全隱匿在陰暗處，循屋子的草沿無聲無息移動；曾一度差點被玩具割草機絆倒。嘈雜的腳步聲繼續前行，輕鬆愉快，從容不迫。繞過彎曲的車道之後就是一段榆樹夾道的馬路，走到警衛室的柵門。修葛必須穿過月光照射下的寬闊車道，以他右手邊的樹林作為屏障迅速低下身。他身手敏捷跳越那片碎石地，躲在月桂樹叢後。他確信自己在這場荒唐的演出中越來越進入狀況。他喜歡這樣，讓褲子膝蓋在溼答答的草地上摩擦，隨時住意樹叢周遭的狀況，自己彷彿正在扮演間諜的角色。然而，此時的他若被人撞見，準看起來一副蠢像。

他覺得渾身熱血沸騰。溜進榆樹大道的陰影之後，發現即便是史賓利走在他前面二十碼的地方，抬頭挺胸大方走還比較安全。史賓利走在碎石地上的腳步聲壓過修葛踩斷小樹枝及乾落葉發出的噪音。他的獵物正在自言自語；腳在碎石上拖，不時踢上兩腳。他一度詛咒自己，以一種挑釁的態度停下腳步，像面對他的仇家一樣，煙往後甩，最後大吼，「媽的，滾下地獄去吧！」接著高聲吹起口哨。他三不五十就會用一種誇張的姿勢甩他的窄肩。

當他們快要走到敞開的警衛室柵門，修葛被迫要加快速度臨機應變。史賓利毫不遲疑，往村莊方向走去。路上不見人影也沒有半輛車，柏油馬路和高聳的灌木樹籬在月光下顯得光禿一片。史賓利戴著那頂滑稽的帽子昂首闊步，不再留意四周。他們來到摩根家。當修葛屈身蹲伏在樹籬的陰影下，焦急擔心柵欄內的人會晃到門邊或招呼他。但他平安通過摩根家，通過陰森森的教堂，下行至一片燈海搖曳的村莊。

這裡是最容易被發現的地方，就算是街上沒有一盞路燈。勉強能提供照明的（所有的燈都是油燈）就是一間小酒館。小酒館的房子建在馬路後側一方泥地裡，稻草和牛糞味薰人。低矮笨重的石頭建築一度被刷白，茅草屋頂，還有兩側翼房，圍出一方前院。格子窗全部大開，隱約可見屋內煙油燈火下的人影。

修葛溜離馬路三十碼遠。酒館裡傳來歡樂的笑鬧聲，酒客們隨鋼琴和手風琴的節奏打拍子，有人自告奮勇唱首滑稽歌，眾人便轟然叫好。修葛想起這天是星期六夜晚。不論從什麼角度來看，這都是個愚蠢的演出，他失足踏進泥濘裡；緊張的情緒在這灰泥中陡然升高，恨不得馬上來杯冰涼的啤酒。在伸手不見五指的黑暗中，他繞至「公牛」的另一頭，無預警撞上一部停在旁邊的熄燈轎車。撞傷的痛處讓他恢復清醒的判斷力。這部可能就是史賓利的車。這傢伙究竟想做什麼；難道如菲爾博士所說，他會回接待所；拔掉火星塞可能不失為明智之舉，只是以防他萬一要用車。

這時，史賓利站在「公牛」前門，他縮著肩膀，若有所思地呑雲吐霧。最後做了決定，把未抽完的煙彈開，老神在在踏上通往前院石階。修葛悄悄來到雙人座車的前方，拉出引擎蓋鐵勾，動作輕巧、避免發出聲響地打開引擎蓋。他突然聽見腳步聲朝他而來。他抬頭，一股沒有來由的噁心從胃裡翻起。史賓利改變方向，朝著車子直走過來。

他放下引擎蓋時，發出可怕的擦刮聲。他往後潛進楓樹林裡，伺機而動，再度發現自己的心跳跳得很快。他想史賓利應該看不見他。接著，他聽到史賓利在離他不到十二呎的地方摸索車門；門打開，卡嗒一聲，燈亮了，一滅，又亮，直到只剩儀表板亮起為止。史賓利抬起頭，盯著微弱的光線下。修葛清楚看到他的表情……

那是當晚第一次，史賓利臉上浮現恐懼的表情。男人的下唇在發抖，前額淌著汗水。他甩頭，一滴汗珠從他兩頰和鬢角滑落。史賓利想強顏歡笑，卻辦不到。他手滑進前座的側袋裡摸索，拉出一條皮帶和一只手槍皮套，殺傷力極強的自動手槍露在外面。

修葛口中念念有詞，幾乎很大聲，「老天，這可是玩真的了……」他心跳劇烈，害怕他即將聽到的聲音。彎身伏在儀表板上，史賓利拔出那把自動手槍，仔細檢查。他將彈匣退至手掌中，翻轉一下，重新裝回去。最後，用他提心弔膽的手，拉開保險栓，將武器塞回手槍皮套裡。他再度環顧四周，脫去他的外套，把手槍皮套扣在左腋下。藍白條紋襯衫已經溼答答地黏在他身上。儘管隔著一段距離，修葛仍聽得見他的呼吸聲。

微風刮得樹沙沙作響。「公牛」裡歡聲雷動，玻璃杯敲在木頭桌子上喝采聲四起。手風琴試彈幾個音，像是在清嗓子，為某人的歌聲伴奏。沸騰的歡呼逐漸消失；尖細的男高音從寂靜中揚起：

「我是柏林頓・波提，

堂堂七尺高，

走路比名人還有風……」

眾人嘩然大笑。手風琴按著每一個音節，強調歌者上揚下降的聲調。有人大喊，「再來兩杯苦啤酒！」史賓利呼吸濁重，將外套重新穿好。無論他將要赴什麼樣的約，他打定主意要帶槍。用絲手帕擦乾前額的汗水，他調整帽子，關掉車內的燈，然後離開。

史賓利走進「公牛」。修葛在他的車附近打轉，不確定該怎麼做。這個地方無疑會有後門，要是追蹤一事稍有遲疑，他就可能失去他的獵物。不過，修葛不想冒著與他面碰面的危險。

酒館裡似乎擠得水泄不通，他也想喝一杯。他等了一段時間，繼續完成他拔掉火星塞的點子。趁酒館門在史賓利身後闔上時，他尾隨著溜進前院。

CARR

CHAPTER 16

鞋子疑雲

他心裡還是免不了有罪惡感，即便是在冒險途中，他竟然還是抗拒不了誘惑，渴望進去來杯啤酒，修葛走進前院，穿過那扇矮門。屋裡充斥著濃重的啤酒、泥土和舊木頭的氣味。他判斷，幾面牆起碼有四呎厚。沒有人知道這棟建築是何時或為何而建，除了前院那兩棟如修道院般的建築被當成馬廄，堆滿廢棄的乾草拉車和麥桿。裡面的人比他預期的更多，舒服的微醺、恍惚、在狹窄的走廊間跌跌撞撞。透過窗戶，他看見兩側各有一間房間，後面是個吧台，史賓利轉進右邊的房間。

修葛垂頭穿過走廊，到後面吧台。兩盞油燈薰黑了溼氣涔涔的牆。大多數人都聚集在室內的一角，有人在彈鋼琴，兩個大嗓門正在為一首歌爭論。修葛進入那間椽木橫亙其上、僅擺幾張高背長椅和長桌的房間；擦得發亮的黃銅裝飾長椅上方。牆上用不同圖案的髒油布補補貼貼。木製壁爐架上擺座沒有指針的鐘；此外，擠在昏暗角落，艾伯特親王身著高地服飾的畫像成了黏蠅紙。（譯註：艾伯特親王，1819-1861，大不列顛維多利亞女王的丈夫。）艾伯特親王看似一臉不悅。離他不遠，兩三名頭戴無邊帽道貌岸然的老人擠在一張桌子，爭辯起來時，揮舞著白鑞酒杯，他們在銅領釦結裡伸長脖子扭轉透氣。其中一個說，「你現在別去當該死的笨蛋！」憤怒轉身，將杯子碰一聲重重放在桌上。「告訴你們，那個瑪莉公主是被炸死的！要是不監禁砲兵，瞧，上帝保佑，聽我說，我要——」碰！乾盡一大杯啤酒，瞪視他的對手。身材矮胖的女侍端了一整托盤的酒杯想通過，又不知該如何是好。她不斷撇著頭避開層層瀰漫的二手煙，又得不時示出茫然的笑臉迎人。她對那些在挑釁的人喊著，「借過，請借過！」目光瞅著她的老闆求助，後者是位僅穿襯衫、氣派大方的人，一雙謹慎的眼睛沒有稍閒片刻。他站在吧台後面大大小小的啤酒容器邊，雙臂交疊；猛然一拉把手，注滿一整杯啤酒。杜諾范靠近吧台時，他上前一步。

修葛改變心意，「威士忌加蘇打水。」眼光動也不動盯住旁邊擱架上一面發亮的銅盤。儘管被煙薰得有點髒污，他仍可從銅盤中看得到走廊上的門，和另一間房間的映影。史賓利正在那個方向。那間房間比較像是客廳；史賓利肆意而慵懶攤在一張有流蘇綴飾的椅子上。修葛隱約聽到周遭的竊竊私語——「那個傢伙」「殺人兇手」「噓，小聲點！」蓋過鋼琴的演奏聲。沒多久，這個消息就傳遍了整個酒吧。那三名老人飲盡了他們的啤酒，就像骨牌效應，東張西望……

將蘇打水倒入杯中，眼角盯著銅盤，修葛迅速別開臉面向銅盤及牆。史賓利站起身，大步從房間走到走廊上，穿過走廊到吧台，他看起來一肚子火。人們趕緊將目光移開，假裝繼續喝自己的酒。一個引人注目的聲音高呼，「來一首『老約翰．威利』吧！」

史賓利邁步朝吧台走去。

「可不可以，」他以高不可攀的聲音說，令人連想到茉兒．史坦第緒。「先生，這裡可以直接點酒嗎？」

部分喧鬧聲降成嘰嘰喳喳的細語，人們都豎起了他們的耳朵。史賓利沒有意識到自己的尊貴舉止成了滑稽可笑的焦點。酒館老闆上前。

「我很抱歉，先生，真的很不好意思！他們這樣注意你，先生！請說，先生？」

「我要一杯白蘭地，」史賓利說，冷冷地摸著領帶。「如果你們有的話。我要最好的。拿一整瓶來，再加一杯啤酒。你要不要也來一杯？」

「喔！謝謝你。沒關係。」

史賓利不會正好看到他了吧。修葛不禁思忖……他決定轉身。美國人並沒有注意到他。斟滿一整杯白蘭地，他喝純的，之後又灌一口啤酒。他接著再倒一杯。老闆開了一瓶自家釀的啤酒，語氣輕鬆地搭腔。

「崔弗斯先生，今天天氣不錯喔。」目光機警觀察他的反應。

「嗯。」

「溫暖了點，是吧。」老闆以肯定的口吻說。瓶蓋發出嘶一聲，老闆緊皺眉頭，徐徐倒著酒，「先生，我猜這裡可能比美國溫暖多了吧？」

「暖多了。再把酒杯加滿。」

「美麗的國家，美國！你知道嗎，先生，我妻子表姊同父異母的哥哥住在堪薩斯城？」他點點頭。「住在那裡四十年了，他叫吉爾及・魯佩。也許你聽過他，先生：吉爾及・魯佩？我聽說他在經營一家木材廠。沒有！那裡可是個大地方……先生，那麼祝你身體健康！」

修葛從來沒有這麼感激過英國人的克制力。這房子裡每一個人都好奇探聽莊園裡究竟發生了什麼事；整晚談話的主題肯定都圍著這件事打轉；現在連主角——本來應該已經被逮捕——也到場了。他們在豎著耳朵的情況下繼續閒聊。沒有人故意轉身瞄史賓利一眼。老闆喋喋不休說個沒完。

「你現在準備留在我們這裡吧，我希望，崔弗斯先生。」

「不，」史賓利說，「我今晚就要離開。」

「哦？」

「就今晚。我恨不得走得遠遠的。你聽著……」

他狠狠喝乾第三杯白蘭地，傾身挨近吧台。不知是因為有白蘭地壯膽，還是他有意，或是他想成為眾人的焦點——他一開口，嘰喳的說話聲漸漸安靜下來，他的聲音壓過他們——修葛不知道出於什麼理由。史賓利倒是意識清晰要對酒館裡所有人說話。三杯白蘭地下肚，趁著他情緒高亢時，由舌端脫口而出。他清了清嗓子。他懷著惡意的眼神，得意洋洋環顧在場的人，他轉頭面向酒吧老闆。

「得了，別裝了！別站在那邊舔你們的啤酒，一副道貌岸然的德行。我知道你們心裡正在想什麼。殺人兇手。你們假惺惺在關心，警方怎麼還沒有逮捕我，是吧？」

老闆試著繼續扮演他的角色，似乎無視於他人的活動。他假裝跟別人不同。

「哦，先生，既然你提到這件事——當然，我們都聽說了，真是一樁可怕的事件！」

他活力十足擦亮吧台，「我們對那可憐的老紳士感到難過……」

「把那瓶酒拿過來！可怕的事件！他們想把罪名套在我頭上，但是沒輒。告訴你們的朋友，我跟這件案子沒有任何瓜葛，我已經證實了這一點。」

酒館老闆面露笑容，「咦，那真的要恭喜你了，崔弗斯先生！我們也覺得你不是兇手，先生！那只是這一帶的人——你知道的，誰不愛道人長短。」他壓低聲音，「你只是特地來拜訪狄賓先生，很多人——」

「你是在跟我說話嗎？聽著，」史賓利飲乾杯中酒，碰然將杯子倒置，用手戳著酒吧老闆的胸膛。「我從來沒有進過他的房子。他們以為那個人是我，其實是狄賓先生偽裝讓別人認不出他。去和你們的朋友說吧，還有你們那些沒大腦的警察朋友。」

「先生？」

「我告訴你！是狄賓打算來告訴我，我是個騙子！」

酒館老闆聽得一頭霧水，史賓利自顧自地說。他越說越自信，簡直是武斷。

「聽著，我告訴你們是怎麼回事。老狄賓想要離開他家，懂了沒？別管為什麼。我不會說的。他想要離開自己家，懂了吧？很好。他上倫敦去，到劇場用品店買個化妝箱，又到一家成衣店買套衣服。然後，他就可以為所欲為，沒有人會懷疑他。但是尼克是個藝術家，你們懂嗎？——名副其實的藝術家；我不得不誇獎他。假如他在任何地方留下腳印，他也不留一點痕跡。他甚至有幾雙不同尺寸的鞋子。沒錯！而你不可能走進鞋店，要求買一雙比你的尺寸大三四號的鞋子。這太奇怪了；而且他們會找到是哪家店的鞋，要是事後出了什麼麻煩，警察絕對追蹤得到你，懂吧？」

史賓利往吧台中間挨過去，漲紅的臉湊到離酒吧老闆只有一吋距離。以更嘶啞的嗓音說：

「所以，尼克怎麼做呢？他到一個大家稱之為『莊園』的大宅；唯有那裡有棄置不用的家具，和一些我連放在煤窖裡都嫌髒的畫。某天下午，他背著一個本來應該用來裝書的書包；跟得上我的話嗎？他溜到他們囤積廢棄物的房間，偷了一雙某人的鞋；現場沒有留下任何他的腳印，為什麼，因為他把這件事嫁禍給那雙鞋的主人，懂了嗎？這就是尼克幹的好事，這一切都是因為他要離開他家，以及……」

修葛還沒聽完這句話，驚覺自己幾乎正面對著史賓利聽他說話。他保持不動聲色，以空杯就唇，注視吧台後面一張海報，約翰‧渥克以一抹諷刺的斜睨露齒微笑。史賓利繼續講案子使用的道具，令人訝異的是，他把所有的假設都建立在這雙鞋上，避重就輕，加油添醋，指出這雙神祕之鞋的鞋主就是莫利‧史坦第緒。各種參考解釋都出籠了，其中一個最簡單的解釋——狄賓藉偽裝來掩人耳目——卻被略而不提。不知什麼時候，話題又轉到修葛父親荒唐的行徑，說亨利‧摩根裝神弄鬼是為了偷這雙鞋？

他冒險側眼偷瞄史賓利。後者說得太投入，太多壯膽酒下肚，太沈迷於鋒頭人物的風光，絲毫沒有轉頭或降低音量。史賓利大笑，他的腳徒然無益探索吧台下的欄杆。

「這就是事情的經過，」他說，敲著櫃台，「這是他的失策，懂了嗎？因為他要溜出他家，沒有人知道。就是你們眼中的尼克・狄賓！當他要重返他的屋子時，他進不去。知道為什麼嗎？他匆匆忙忙把口袋裡的鑰匙弄丟了，就是這樣。哈哈哈。別懷疑，我就是知道。」

這些胡言亂語都是衝著酒館老闆說的。他細心地瞄了白蘭地酒瓶一眼，咳了一聲。

「喔，嘿，先生，究竟——」他誘導史賓利說下去，「狄賓先生是個奇怪的人，嘿，你要不要來點吉爾自家釀的啤酒，先生？味道不錯。就算狄賓先生想要偽裝自己，我們也無權過問，不是嗎？」

史賓利感到一陣昏眩，「你不相信我，呃？你給我聽好，我現在就要告訴你，我向全世界昭告，尼克・狄賓是個多麼卑鄙無恥的小人。我要把他的事統統抖出來，我要所有的人都知道。因為——」

「崔弗斯先生！請留意，在場還有女士！」

「無論如何，有人比他計高一籌。有人趁他出去時，用複製鑰匙溜進去，假裝沒有鑰匙。我並不準備對全世界人昭告這件事。我要說的是，你們所有人都誤以為狄賓是好人、戴高禮帽、住豪宅，我要告訴你們……」

修葛不清楚他究竟扯了多遠。他明白史賓利只想趁機報復狄賓。酒館老闆打斷他的話。他瞥著他的錶，回到現實，始料未及對全屋人大吼，「各位女士先生，最後一次點酒，最後一次點酒！酒館十分鐘後打烊！請各位到前面來——」毅然決然的口氣如夾鉗般鉗住客人，忽然嚴格施行十點整關門的限制。酒館老闆忽然間忙得不可開交。頻頻勸誘他的聽眾，幾乎是低聲下氣地哀求，別讓他被吊銷執照，吧台上擔保會給他們最後一杯。修葛為避人耳目，從人群中退到走廊上。站在那裡等著看史賓利之後的動向。

昏暗中他看得見他獵物的臉，無疑從興致高昂的表情轉為失望。他的頭頂正好有盞油燈，看來彷彿就是個獵物。之前的恐懼襲上心頭，這傢伙仍戀棧著他的燈光和聽眾；但聽眾全散去，他只有再回到漆黑的馬路上去見他要見的人。他跟兇手一定打過照面，就是今晚，在莊園裡。修葛・杜諾范這時有種預感，一種逐漸成形的確定令他可以大聲宣告。

這個人就要死了。

他有股衝動想擠到史賓利身邊，抓住他的肩膀，大喊，「聽我說，你這個笨蛋，別這麼做！趕快離開這裡。趕快離開這裡，否則你的下場一定會跟狄賓一樣。」他敢用他的信念發誓。在這個嘈雜的人群中，死亡就如周遭瀰漫的煙一樣罩在史賓利戰慄的臉上。

史賓利買了瓶白蘭地，匆匆將之塞進外套口袋裡。此外，他又買了兩包煙，可能是在他和兇手見面之前還要打發一點時間。沒有人注意到他；每個人都故意無視他的存在。當第一個離去的人開始推門出去，他很快做了一個決定，跟著他們走。

群眾走到酒吧前月光迤邐的路上就逕自散去。激辯的聲音高起，眾人嘩然，而後漸漸消逝在馬路雜沓的腳步聲中。一個荒腔走板的男中音唱起〈我那舊燈芯絨褲〉；鄉間靜得只剩迴盪在空中的喧鬧聲。一名喝得醉醺醺的女人咯咯傻笑，被某人攙扶著拖到巴士站。

酒館的燈全部熄滅。

此時又恢復了黑暗和寧靜；不可思議的靜謐讓修葛幾乎差點不敢呼吸。他靠在酒館外的牆上，納悶著他們是否會把狗放出來。有人拉起他頭頂上方的窗戶，沒多久，他聽見那人倒進床裡時發出咯吱咯吱的聲響。

史賓利坐在車子前座，一片漆黑，不打算開燈。他不時變換坐姿，劃根火柴點煙，盯著他的錶；他一口接一口啜飲著酒。修葛不知道時間過了多久，但他每一塊肌肉都繃得死緊。月亮慢慢下斜：水汪汪的月亮，溫熱的雲迅速聚集在其周圍。

一聲微弱的雷鳴傳來，就像是誰神祕的腳步聲。修葛聽到畜欄裡的牛開始不安分。緊張，有點昏昏欲睡。他一聽到車門輕輕打開，猛然提高警戒。他的獵物下車，酒瓶撞到車門。他追到馬路上，冷空氣讓他清醒。

遠離喧鬧的酒館越遠，史賓利就越小心往前走，修葛得更謹慎。史賓利走到一半，突然站在馬路中間。一堵教堂前院的低矮石砌牆讓他停下腳步，倚在牆上。他自顧自笑了起來。抬頭看著教堂方塔上月光照著長春藤的陰影，氣氛詭祕的長廊，院子裡倒塌的墓石。他做了一個誇張的姿勢。

「『村莊粗野的祖先們安息了，』」史賓利大聲念著，「『一個個永久躺在窄小墓室裡。』真是狗屎！」

有個東西在空中晃了一圈，隨即是酒瓶砸在石頭上粉碎的聲音。

史賓利繼續向前走。

這個挑釁的舉動著實讓修葛一驚，史賓利卻顯得勇氣倍增。這名跟蹤者的脈搏此時比史賓利跳得還快，他輕拍自己肩膀，測量下顎脈搏，沿著路邊平息自己的情緒。任何人都會贊成這個乾淨俐落的做法，免除了無窮後患；這夜的步調還算悠閒。他倒不怎麼怕史賓利的槍。他料想史賓利就算是在千鈞一髮之際也沒膽用那把槍。昏暗的路上，他邊走邊想，今晚見到的這些人的性格無一不令人費解；史賓利要不是運籌帷幄的幕後指使者，就是精神病專科醫生，全憑你怎麼看。他——

修葛停住腳步。幾乎正對著摩根家黑漆漆的房子，史賓利停下來了。他朝左邊的馬路走，朝莊園花園圍牆的方向去。他在暗中摸索，劃了根火柴，摸著了牆壁。他朝接待所去，絕對沒錯。修葛用他的背抵著樹籬，躡手躡腳地往前……

有人從後面攫住他的手臂。

這輩子從來沒有受過這麼大的驚嚇。修葛嚇得全身僵硬，半天不能思考；動彈不得，更遑論轉身。他滿腦子想到的都是那名兇手。他聚集全身力氣突然迴轉，重擊。那個聲音湊在他耳邊，聲音小到讓他以為是自己在想像，小到比樹叢的沙沙聲還小。

「沒事，」那個聲音說，「我都看到了。我可以跟你一起嗎？你會需要幫忙的。」

幾近無聲的低語不再出聲。緩緩轉過身，修葛看到對方背靠在摩根家圍籬的柵欄上。忽隱忽現的月光照在摩根的玻璃杯上。他貼靠在欄杆上，幾乎讓人無法察覺。修葛垂下肩膀以示同意，冒險在寂靜中低語。他需要同伴。他緊張的神經讓他聽得見摩根翻過欄杆的嘎吱聲，和落地時網球鞋踏在溼草坪上的聲音。

不，其他的欄杆也正吱嘎作響，就在前面不遠。史賓利找到了接待所圍牆的入口。他們可以聽得見他的腳步在粗糙的草上擦刮的聲音；他現在又點了一根火柴，把門撐開。動作乾淨俐落。摩根緊跟在後，修葛在黑暗中伏臥在地，四肢匍匐穿過一地月光的馬路。他身手矯捷閃進牆的隱蔽處，氣喘如牛。觸到凹凸不平的石塊讓他鬆了一口氣。接下來他們繼續努力前進，穿過門口……

他忽然覺得不對勁。他現在看不見也聽不到史賓利的蹤跡。攔在小徑上的潮濕樹幹隱隱騷動，被遮蔽的月還未破雲而出，四下一片黑暗。討厭的蜘蛛網懸浮在小徑上，經過時嘴會不小心吃到。修葛感覺到摩根在戳他的背，躲貓貓這種遊戲及樹下永無盡頭的小徑令他毛骨悚然——小徑已經到了盡頭，轉一個彎。一幢醜陋至極的房子矗立在空地中央。欄杆窗戶曖曖含光。他們看到史賓利了。

他正要走進這片空地，放慢腳步，他的槍已經握在手中。他靠在日晷上提振精神，持著槍小心轉一圈，像在巡視整片開敞的空間。沒有動靜……

接著他又走出了他們的視線外。跨過通往莊園的磚道前行。他們聽得見他腳步在濕草地上發出沙沙的聲響——猶豫半晌，繼續探索。

四下悄然。彷彿空氣中充滿了共振，他們感覺得到他的抽搐和喘氣。他開口說話，聲音不大、低沈但有力：

「快給我出來！來呀，出來！別耍花招——看在老天的份上，別再跟我耍花招——沒錯，我知道你藏起來了——給我出來——」

兇手……？

CARR

CHAPTER 17

不用再穿防彈衣

修葛當下的反應是，他一定得出去看看，就算他捅了摟子或毀了整個計畫。旋念又想到——莫區巡官在哪裡？按道理，莫區巡官不是該躲在附近。要是真的不巧，史賓利誤以為莫區就是他要找的那個人，所有的事只有一個結局……

他艱難地嚥著口水，試著控制自己不由自主的顫抖，冒險溜到空地邊。泥巴在他鞋下嘰嘎作響，而他卻沒有注意到它。

接待所的渦形卷飾和醜惡外表掩蔽在黑暗中，凸腹式欄杆的窗戶閃著催眠般的微光，接待所似乎也被監看著。修葛強烈意識到這不再是個想像；應該說是「正在監看」，或是有人正在死者房間裡觀看著。冷空氣再度襲上他的臉。他瞥向右方，往後退。

大約三十呎遠的史賓利背對著他，面向磚道旁一棵大橡樹站著。手槍緊貼著自己，以防被人踢開。

「滾出來，」他嘀咕著，高亢的聲音像是歇斯底里。「我看得見你的手——再給你兩分鐘——別站在那裡不動；我並不打算要傷害你；但你得付錢給我，不斷地付錢給我，懂了沒？」

有個微弱的聲音在低語，聲音小到距離外幾乎聽不見。修葛四肢匍匐在地，蠕動著向前靠近。史賓利往後退，退到月光的篩影下。

「怎麼知道是你？」史賓利說。這是修葛第一次看到他有點自制力；這傢伙之前幾乎都在醉酒的狀況，讓他自己處在一種神經兮兮的亢奮下。他失去警戒，放聲大喊，「我怎麼知道是你？你他媽的到底想怎麼樣？你想要我是吧，看看你自己……」他大口吸氣，似乎快要喘不過氣來，「那天晚上要不是我先拿走你的槍，你就會像幹掉尼克一樣殺了我。」

在草地上蠕動前進了一段，修葛抬起頭。他挨近磚道，試圖繞開，因為醉醺醺的史賓利側轉面向小徑正對著他。藏身在橡樹後的那人完全被掩蔽住。月光的篩影落在史賓利臉上；他看見他鬆垮的嘴，他甚至注意到有一小撮彩色羽毛塞在他的帽帶上。有個聲音從樹後傳過來，非常小聲。悄聲說：「謝謝你，我的朋友。我不是你要找的那個人。放下你的槍，放下你的槍——噓！」

史賓利的手在發抖。他踉蹌上前，揉眼睛想看個清楚。那人站出來時，小樹枝啪一聲裂開。

「你這個卑鄙小人——」史賓利突然說。他哽住了；彷彿因為看到對方而哽咽。「小人」這難以置信、激動、絕望的字眼在空中迴盪久久不散。他向前踏了一步……

這是修葛可以回頭的好機會。他想看看摩根是否還跟在他後面。他脖子往後轉，目光落在史賓利後面一段距離的房子，他注視著它。覺得有異狀。他的視線模糊不能肯定，直到他恍悟差別原來是窗內的一道微光。房子有扇窗半開，微光慢慢亮了起來——離前門最近的一扇——慢慢往上推。

史賓利沒有注意到。然而另外一個人，樹後的那個人，發出咯咯聲，一陣恐怖的氣喘之後接著「喝！」一聲跳了出來，抓住史賓利肩膀，像是想擋住他。

從那扇窗迸出一丁點黃光，比針頭還細微的火星，炸開的威力蓋過月光，強大的殺傷力咻一聲從他頭頂略過。修葛腳步踉蹌。他聽見摩根在他的後面說，「我的天！」他此刻一心一意只想著史賓利。男人帽上那撮彩色羽毛掉在地上。他一隻腿發軟，突然開始覺得暈眩，像是被哪個打陀螺的人抽開一端繩線。接著另隻腿也癱了；修葛看到那個人開始瘋狂掃射，他朝前撲倒，閃過一顆從腦袋旁流過的子彈。

那個男人發狂大叫。驚恐嘶啞的叫聲夾雜著飛鳥撞上長春藤的騷動。他似乎全身癱瘓，似乎就憑他失去控制拼命指著窗戶的那隻手，就能避免傷亡發生。他膝蓋跪地、翻滾、竄踢；他想潛進灌木叢中。

砰！一陣冷靜的停頓，窗口那人似乎從容不迫瞄準好目標。子彈飛向樹後的那傢伙，他腳步踉蹌一下躲過；那人身體直挺挺緊靠在樹幹上，再度尖叫。

砰！窗口那名每槍都冷酷無情且精準的狙擊手，冷靜並一派優雅地調整位置；每隔五秒鐘發射一槍，根據他的目標移動約一吋……

砰！

跳進灌木叢裡的人還在狂叫。修葛受不了這聲音。他一抬腳站起來，摩根就抓住他腳踝將他摺倒在地。摩根喊，「別做傻事！萬一我們現身，他會把我們全殺了！」

修葛鬆懈下來，他含糊回應。沒有人相信區區幾隻鳥會引起如此大的騷動。空地裡充斥著牠們的噪音，牠們在透著月光的雲層中盤旋。房子側邊繞出一個笨手笨腳的影子，發出難以辨識的喊叫。莫區巡官不敢相信地瞪大眼睛，從門廊邊的階梯衝下來，一邊用手電筒光瘋狂掃射房屋四周，另一隻手拿著槍；口中嚷著如奉法律之名云云的無用之語。

沒有一個人能清楚記得事情發生的經過。摩根的反應是倒抽一口氣，「好吧！」他跟修葛兩個歪歪倒倒穿過草坪跑向房子。莫區的手電筒不時照著狙擊手開槍的那扇窗戶。影子猛然一退，狙擊手射擊位置偏高，失去平衡，擊碎了房間的玻璃。他們看見一片白茫茫的煙霧中又迸出火花，凸腹鐵窗的欄杆掩護住窗子。接著在煙霧中又閃現幾槍火花，莫區不顧違反規定反擊回去。當他們三個人同時來到門廊，莫區已經不顧一切準備好見人就打，摩根及時開口咒罵，在巡官旋身時差點挨槍子。狙擊手已經開溜了。莫區除了站在窗前搖欄杆，不知所措，直到有人說，「門！」他們才從門衝進去。

門沒有鎖。莫區剛把門一腳踢開，從房子後邊傳來微弱的碰一聲，狙擊手已經逃之夭夭……

五分鐘之後，他們仍漫無目的在灌木叢裡搜索，什麼人都沒看到。結果莫區不知道被什麼東西絆倒，摔壞了手電筒。沒有，他們不約而同看著彼此。那群原本嘰喳不停的鳥重新開始打瞌睡。被槍擊碎的窗戶附近，濃嗆的硝火味慢慢散去；一陣微風襲來——讓人覺得鬆了口氣——草坪和空地上回復原來的寧靜。然而，他們可以從他們所在的門廊上，看見史賓利的屍體如展翅的飛鷹般趴在橡樹旁的磚道上。

摩根斜倚在門上。他想點根煙，手卻不聽使喚。

「怎麼樣？」他說。

「他絕對逃不了的！」莫區巡官認定，他對這種殘暴和始料未及的發展百思不解。他揮舞拳頭。「我們知道，他會到莊園去！每一次，我們明明知道——我們——啊！」他喘口氣說，「你們兩個下去看看你們可以為他們做些什麼。我到莊園去搜查，他一定藏在那裡。」

「你認為你打中他了？」修葛問，讓自己冷靜下來。「在你往窗內開槍的時候，我是指？你是否——」

「呃，我在那一瞬間神經錯亂。」莫區一臉茫然看著手上的武器。「我不知道。事情發生得太突然。我真的不知道。現在我們要繼續保持警戒。還有一個人被射中——他在哪裡？那是誰？」

「我曉得才有鬼，」摩根說。他口氣無奈地補上一句，「我們是這項行動中地位最渺小的人。好，巡官，大家分頭進行。我們先去找那具失蹤的屍體。儘管，我個人現在只想喝杯蓖麻油。」

當他走向草坪時，拱起的肩膀抖了一下。修葛耳中盈繞不去的槍聲讓他覺得暈眩；而情緒上的失落才真正是他恍惚的原因。他接過摩根遞上的煙，但他的手還未恢復鎮定。

「這是真的嗎？」摩根問話的口吻有點怪。「槍戰——一切在瞬間落幕；感覺倒像是一場鬧劇……不，不，一定是哪裡搞錯了。我不相信真的是這樣。」

CHAPTER 17

「夠真實了。」修葛說，他逼自己趨近史賓利的屍體。四下瀰漫著噁心的氣味，血還是溫的。摩根劃了根火柴，微光照得橡樹四周灌木叢裡的血跡隱隱發亮。另外那個人想逃離現場。修葛說，「我覺得毫無疑問……？」

史賓利仰臉躺著。面色慘白的摩根彎下身，將火柴移近對方的頭。火燒到他的手，他猛跳起來。

「死了。毫無疑問。子彈從後腦穿過髮際上方的位置……我是這麼猜想。」他茫然地說，「這個場面倒像是場戰役。我到現在還沒弄清楚事情是怎麼發生的。」他抖了一下，「我不在意此刻有任何人過來嚧我，我已經被嚇得魂不附體了。不過，看看這個……嗯，唯一的線索是，窗內的槍手是衝著史賓利和另一個傢伙而來的；他不慌不忙就把他們倆個解決。他沒有朝我們兩個開槍，儘管他一定早就看到我們了。」

「他向莫區開槍。」

「沒錯。但那只是虛槍，從他頭上擦過，目的是要叫他退回去。而非像對史賓利那樣一槍斃命。史賓利是射擊的目標。至於，另一個傢伙，也許他一時慌了手腳。我不知道。老天，我什麼都不知道……」

他開始來回踱步。「來吧。我們得去找另外那個傢伙，不然他搞不好會回頭殺了我們。他是誰？你知道嗎？」

「我沒有看到，也認不出他是誰。我這裡有個打火機。這玩意兒比火柴強一點。」修葛說，覺得有點噁心，「我們循著血跡走……」

然而他們倆都躊躇不前。摩根擺個手勢說，「我們先抽完這根煙再說吧。」

摩根高聲說，「我正在想，那個傢伙是誰。」這個念頭對修葛來說，和剛剛發生的槍戰一樣恐怖。他們只須沿著樹林的小徑走，答案就揭曉，因為第二名被害者中槍的射程較遠。修葛腦子裡充滿著恐怖的猜測。摩根似乎讀出他的意念。他很快接著說，「致命的一槍，太酷了。我的老天，這個世界上最寧靜的角落到底發生了什麼事？我告訴你，這是不可能的事。然而，它發生了。『讓你的故事極可能成為事實，』我只想知道這個故事究竟有多真實。」他有點抓狂地說，「要是這是一個……我們繼續說；它將喚醒我們的靈魂。這倒提醒我，我帶了一個隨身酒瓶。要不要喝一點？」

「要！」修葛熱切回答。

「兩個業餘犯罪學家都在害怕，」摩根把酒瓶遞給修葛，自嘲說道，「原因在於，你我都怕是我們熟識的人躺在那裡，被兩顆子彈射穿斃命。」

修葛貪飲著酒，顫抖卡緊他的喉嚨；但是他覺得好多了。「走吧。」他說。

打火機的光格外明亮。放低火光，修葛沿著磚道朝橡樹走去。磚道邊緣原是襯著蕨類植物的白色與紫紅的毛地黃花；而現在都變得殘破不堪，大部分的紅色都是血。追蹤血跡一點都不是難事。那人曾倒在黑莓樹的刺冠裡，栽進樹叢最濃密之處。空氣冷冽潮溼，蚊子穿梭其間。羊齒叢中有大量血跡，像是有人從正面刺殺了他……

有個聲音沙沙作響。火焰左右晃動，幾乎熄滅。他們的腳步踩在植物上。樹枝劃破修葛的肩膀，折枝彈打他的手臂。他必須不停地點打火機。

「我敢說，」摩根說，「我聽到有人在呻吟。」

修葛幾乎踏到東西，一隻光可鑑人的皮鞋，在一棵楓樹的樹幹下來回摩擦著落葉。他們看到著鞋的那隻腳往上猛抽，露出部分穿著條紋褲的腿，在鞋子主人倒地之處，折斷的樹幹露出白色的樹心，那人趴倒在毛地黃叢中，脖子和肩膀中了槍。在修葛用光照著那人時，他已經沒有聲息了。

摩根說，「穩著點，我們現在不能撤腿就走。此外——」

修葛跪在地上，將龐大的身軀翻轉過來。那張臉髒污不堪，嘴和眼睛都張著，血跡使得它不再具吸引力。他們盯著它，沈默了好一陣子。

「這傢伙究竟是誰？」摩根悄聲說，「我從來沒見過……」

「拿著打火機，」修葛說，一陣突如其來的作嘔讓他快要窒息。「我們離開這裡吧。我認得他。他是個律師。他叫做藍道。」

CARR

CHAPTER 18

菲爾大夫與兇手相見

他們不知道自己是怎麼返回空地的。修葛記得他們穿過磚道時，不小心踢到了史賓利的帽子。他們都認為該再回到接待所。這是個可怕的提議與記憶，但起碼比繼續待在狙擊手肆虐過的那片狼藉之地好多了。

摩根望著那棟房子，停下腳步，「我知道問題出在哪裡了，」他說，「真怪，我怎麼從來沒想過。你知道我們幹了什麼好事嗎？這些燈，小老弟。」他用手指著，「我們追蹤某人，搜遍這屋子和這片庭園，我們怎麼就是沒想到應該把屋子裡的燈打開……多花點心思，要是你能多費點心。我在說什麼？不管了，我們現在需要的是光線。」

他奔至門廊，在敞開的前門內摸索。走廊電燈大亮；雖然還是有點暗，但總比在一片漆黑中摸索好太多了。他們在燈下站著，彷彿因天寒地凍站在火爐前取暖。

「我們現在所能做的，」修葛坐在台階上說，「就是別著急，靜候莫區帶人回來──他的爪牙。」（他想藉這個字耍酷，就像人們吃憋時得找台階下。「爪牙」這個字眼就跳進他腦海。）

摩根點點頭。他靠門站著，攏一攏鮮豔的衣領，左右張望。

「嗯，沒錯，是這樣。問題在於，這個叫藍道的人是什麼來頭？為什麼兇手連他一塊兒殺了？」

「我不知道他為什麼會被殺。至於說他是誰，你得先聽完今天晚上所有事情的來龍去脈。這個故事說來可長了。我不覺得我能說得清楚。至少，現在不能。不過──」一個念頭閃過，「不過起碼有件事該先讓你了解。」

摩根自動拿出隨身酒瓶遞上前。

「你說。」他說。

「事實上，我父親——你知道的，就是主教——滿腦子認定你就是兇手，不然，也是嫌疑最大的人。」

摩根一點也不感到意外。他深深吐了一口氣，彷彿最後終於要面對這個事實。「哈！夠了。我就是在等你說這話。一定會有人這麼認為，我一點也不訝異這個人是你父親；我看得出來他注意我很久了。可是，為什麼呢？」

「首先是因為在屋子旁邊的那個腳印，是出自莫利・史坦第緒的鞋。他的說法是，你有機會到莊園去偷這那些鞋；從橡樹室的密道溜進堆置廢棄物的儲藏室，你事先沒有料到有人當晚在那裡過夜。所以，當你一發現有人，就故意裝神弄鬼，藉『搗蛋鬼』之名掩飾你的詭計。」

摩根別過臉，盯著他。

「真糟！」他戳著自己後腦說，「這一點我倒是從來沒想過。我是指那些鞋子。可是剩下的——是的，我期待會發生的。」

「當然，那些說法現在都證實是錯的。史賓利今晚已經證實了這一點。是狄賓自己偽裝而穿著這雙鞋子；我聽史賓利說的。之後，他可能將鞋子藏在屋裡某處。不過我父親對這個看似有理的假設非常認真，他認定你不知道教區牧師當晚在那間屋子裡。這一切都過去了。我們知道你不是『搗蛋鬼』……」

摩根緊皺著眉頭，「我的確就是搗蛋鬼，」他說，「千真萬確。你是說你們沒發現我故意留下的線索嗎？這就是我最不放心的部分。我堅持要忠實傳統。此外，我喝太多雞尾酒下肚，不小心把一本印著我姓名縮寫的紅色筆記本遺落在那裡。畢竟，真該死！」他激動地指出，「按理說，出動警犬應該就會發現的。」

「你是說……」

「嗯。每當我事後回想，就難過了好久。」他悶悶不樂踢著門框。「都是我太孩子氣的下場。我每次回想到這事，就想踢自己。這件事一旦揭穿了，就一點也沒趣，對吧？然而，我就是那個搗蛋鬼沒錯。有一點是真的：我的確不知道教區牧師當晚睡那間房間。我甚至不知道他在那棟房子裡。」

躊躇半晌，他一臉愧疚轉過臉。

「事實上，我這麼做都是衝著你父親來的。我有個習慣，每天晚上要走六哩路散步——沒錯，在非常晚的時候——那晚我遇見暴風雨，沒有不在場證明；這無所謂。我知道主教當晚在莊園過夜；為了那些偵探小說，他指出的問題讓我覺得難堪。搗蛋鬼滋事的那晚，我正好散步回來，抄捷徑穿過庭院，看到橡樹室裡的燈亮著。我當時心想，『嘿嘿！』我這才突發奇想，因為這房間一向是空置的。主教知道這個傳說已久的故事。不過，為了確認一下，我偷偷繞到佣人房的側門，逮著男管家老底比斯。我問他，『你們那位尊客今晚睡在哪裡？』底比斯答說，『橡樹室。』」

摩根面無表情拉了拉鼻樑上的眼鏡，「我當時到底做了什麼好事？我根本不知道那是可憐的普林萊姆。我要底比斯發誓不洩漏這個消息——我敢說他到現在還沒有出賣我。哈！我越想就越得意自己使的壞點子。我返回家中，和瑪德蓮娜小酌幾杯，益發覺得這個點子太棒了。接下來的事，你都知道了。」

他走過來，往台階上一坐。

「那晚我看見了史賓利。」他話鋒急轉，「下山往接待所走，就跟主教說的一樣。但是我不能就這麼告訴上校，對吧？當時沒有人相信主教說的話——這件事就這麼上演了。」他手指戳著草坪。

月亮低垂，死寂的光輝落在西邊的樹上。草坪漸漸罩上一層薄霧，在慘案發生之後，絕望讓人清醒，清冷的霧攏上史賓利的遺體。修葛覺得自己更加焦慮。莊園的人馬這時應該已經來了。「奇怪的是，」他說，「全村難道沒有人聽到槍聲。為什麼到現在還沒有人來——為什麼我們得像兩個太平間管理員一樣傻坐在這裡。」

「瑪德蓮娜！」摩根坐直身子，「天哪，她一定跟我們一樣聽得清清楚楚。還會生動描述給我聽……」他驚跳起來，「聽我說，不管這是不是我的事，我都得盡速趕回家一趟——幾分鐘就好，無論如何——告訴她我沒事。我五分鐘內就回來，行嗎？」

修葛點頭。內心迫切期待此刻有一群愛說話的人聚在這片撒滿月光的空地，清理這片狙擊手肆虐之地。摩根大步離開霧氣濃厚的草坪，修葛踱到門前流瀉出來的燈光中間。他想走進屋裡，打開所有的燈。氣溫愈來愈低，冷到他看得見自己呼出的氣。不過，就算全屋子的燈如舞台般燦亮，也不會使他好過到哪裡去。

他腳步遲疑跨進走廊。這裡比下午更陰森；深黃色蓆墊，黑門帘，聞起來有腐味的黑色家具，牆上的通話筒。他現在有一點明白了。這間房子不僅在此刻是空的，它一直都是空的。狄賓從來沒有真正住這裡過。此處僅是他用來掩人耳目的地方。這個貪得無厭的天才，他的出色正如他的不快樂。他的手指在這件案子裡觸及每一個人，他暴烈的個性是唯一能激起此地生氣蓬勃之事。你也許想像他現在穿著高領拘謹的服裝從樓梯上走下來，白髮蒼蒼的好色之徒，凝視著欄杆。

修葛不安地納悶著樓上的屍體是否已經移走了。他假設是移走了。他們今天下午提到過此事；而他實在不願去想起那名老人仍掛著笑臉趴在桌上……修葛不由自主進行他和摩根和莫區不久前進入這間屋子所做的事。他走向右側門，巡視房內狙擊手的藏身之處。

裡面沒有電燈。修葛不想去點瓦斯；他點起口袋裡的打火機，巡視，像之前一樣，什麼也沒有。一個四壁蕭然，枯燥乏味的地方，應該本來是客廳，壁紙聞起來有濃重的潮味。這裡空無一物，佈滿灰塵，中央原本該鋪地毯的地板上不見足跡。在莫區的火力反擊下，狙擊手居然連一點痕跡都沒留下，儘管壁爐已經被子彈鑿穿幾個洞，其中一枚子彈擊碎了上面的鏡子。只殘留火藥隱隱的煙味以及窗框邊緣的碎玻璃。

他腳踩在老舊木板地上發出唧嘎的聲音。他關上打火機，環顧四周。屋裡有人走動。

他分辨不出聲音的方向。他聽到的聲響似乎是從樓梯上傳來的。這實在太……，「詭異」這個字眼襲上他腦海。他心中暗忖，要是此時老狄賓從樓梯上走下來就太尷尬了。唧嘎聲在敞亮大廳迴盪。他又萌生另一種解釋。先前並沒有任何證據顯示兇手已經離開這間屋子。他們沒見到人影，只除了碰一聲關門聲，什麼都沒有。要是此時狙擊手還在屋裡，一兩顆子彈正蓄勢待發……

「早啊，」聲音從走廊另一端傳來。「你喜歡這個任務嗎？」

這個聲音很熟悉，緊隨而來的鈍重腳步讓他馬上鬆了口氣。那是菲爾博士的聲音；但儘管如此，卻又不太一樣，他的聲音少了積極的洪亮，透著一絲冷漠、缺乏生氣。那是修葛聽過最沈重痛心的聲音。他手杖重重踱在地上，因為行步困難而呼吸急促。菲爾博士出現在樓梯轉角口。他沒戴帽子，肩上圍著蘇格蘭格紋披肩，他紅光滿面的臉頓失血色，一頭銀白蓬髮被搔得亂七八糟。小眼睛和彎鬍髭，高鼓的雙頰，都露出嘲諷的倦容。

「我了解，」他低沈的聲音隆隆作響，上氣不接下氣。「你想知道我究竟在這裡做什麼？我會告訴你的。我真恨自己！」

停頓半晌。他的目光飄向昏暗的樓梯口，又轉回杜諾范身上。

「也許，是的，可以肯定，如果你們曾告訴過我橡樹室有密道……沒關係。這是我自己的錯。我應該自己調查清楚的。是我讓這件事發生的！」他咬牙切齒地說，用手杖的金屬頭重重往蓆墊上一蹬。「是我唆使使這件事發生，我故意唆使，以為如此一來就可以偵破這件案子；而我萬萬沒料到會發生這種悲劇。我本欲設計用餌，然後從中攔阻……」他的聲音越來越微弱。「這是我最後一樁案子。我再也不扮演這種自以為是的角色。」

「你難道不認為，」修葛說，「史賓利的下場跟你預料的沒差多遠嗎？」

菲爾博士聲音怪異，「我想的是合理性，想構成一個合理的理由，其他的部分就讓大家公開討論，想辦法從各種角度打保齡球的第一隻球瓶。我沒有把事情弄清楚。剛剛發生的——」他手杖指著門外，「幾乎已經決定了這件事。但是我希望它沒有。我試著想防範這件慘案的發生。你知道我後來做了什麼事嗎？在大家都去就寢之後，我坐在莊園樓上的一張椅子上。我坐在那裡盯著走廊通往臥房的入口，我知道那個人的臥房就在那裡。我確信那個人將趁眾人入睡之後走出房間，下樓，到外面去跟史賓利碰頭。要是我看到了那個人，就能證實我的推論完全正確。我當時應該攔截那個人……誰知道。」

他龐大的身軀撐在樓梯的欄杆柱上，眼鏡後的眼睛眨了幾下。

「但是在我嚴密佈局中，我竟不知道橡樹室有條祕密通道可以通到室外。某人可以由此徑溜出去——不需要經過我面前。這實在太輕而易舉了。只消跨出房門一步，溜進另一個房間，下樓；我胸有成竹，直到聽見這裡的槍聲……」

「博士？」

「那個人的房間已空無一人。穿過走廊，橡樹室的門半開著。一根燃起的蠟燭還留在壁爐上面——」

「是我父親將蠟燭留在那裡的，」修葛說，「當他發現——」

「蠟燭點著在等那個人回來，」菲爾博士說，「當我看到一塊鑲板打開了——」

博士的言行舉止有點怪，不太自然；他繼續說著，彷彿在透過他唯一的聽眾修葛，對一個看不見的人說明經過。

「為什麼，」修葛問道，「你要告訴我這些？」

「因為兇手沒有回去，」菲爾博士回答，他提高音量，聲音迴盪在窄廊之間。「因為我站在密道出口的外面，等在那裡，直到莫區從山丘這裡趕過來告訴我這個消息。兇手回不去了，被鎖在屋外，樓下所有的窗戶也都上鎖了，每扇門也都拴上了；今晚的槍擊事件彷彿二十四小時前的狄賓事件重現。」

「然後呢——」

「全屋子裡的人都被驚醒了。幾分鐘內就發現是哪一間房間沒有人。莫區知道是誰，其他人也知道了。搜尋小組帶著手電筒和提燈來到庭園這裡開始進行地毯式搜索。這名兇手若未藏身在外面，就是在——」他聲音恐怖地揚起，「這裡。」

他移開自己靠在樓梯欄杆上的手，挺直身體。

「我們到樓上去吧？」他突兀地冒出一句。

過了一會兒，修葛冷靜地說，「你說得沒錯，博士。但是我認為莫區應該有告訴過你，那傢伙是個殺人不眨眼的冷槍手，他手上還有武器。」

「正是，這就是為什麼，要是那個人在這裡，就會聽到我說的話，我要說，『你他媽的犯下這種喪心病狂的案子，故意瘋狂掃射，你當然是該死的混帳。你現在還有贖罪的機會，要是你把槍交給警方，還可以從輕發落。』」

菲爾博士已經爬上樓梯。他緩步當車，手杖叩響每一級階梯。碰碰——叩，碰碰——叩；巨大的影子投射在牆上。

「我並不想去找這個人，」他瞥過頭說，「你和我，好小子，到書房去坐坐。我想把樓上的燈打開，在這裡。」

四下一片寂然。開關按下的剎那，修葛覺得自己的心臟快從喉嚨蹦出來了。蕭寂的走廊上沒有人。他想，他還是聽到木板地發出的唧嘎聲響和門閂上的聲音。

「叩叩，叩叩……」菲爾博士的手杖沿著沒有地毯的地板移進。靴子發出嘎吱嘎吱的噪音。

修葛絞盡腦汁在想怎麼幫他。博士冷靜對他說，他想把兇手揪到燈下，在你準備處理蜂巢時，千萬得小心謹慎，帶上手套。整間屋裡都聽得見。要是兇手在這裡，必不顧一切逃離這個對他不利的險境。手杖每一叩響聽起來像是另一隻爪……

修葛猜想一定免不了挨槍。他不相信狙擊手會輕易繳械投降。不過，他仍是全力替菲爾博士配戲。

「我以為你已經偵破了這樁案子？」他問。「兇手有什麼好理由能抵賴他犯下的罪行？」

「沒有。」菲爾博士傾身探向書房的門。他站在門口一會兒，黑暗的輪廓彷彿是有人在裡面。當他按下電燈開關，書房內如同白天一樣整齊清潔，狄賓的遺體已經送走了。明亮的吊燈照著書桌，屋裡其他的地方仍一片陰影。然而他們看到椅子仍然放置在原處，蓋上的晚餐托盤還擱在擺著玫瑰花的小桌上。

菲爾博士巡視四周。通往陽台的紅白格玻璃門掩上了。

此時他佇立著一動也不動，彷彿在沈思。接著，他走到一扇窗邊。

「他們都來了，」他說，「莫區和他的搜索隊。你看到手電筒的閃光了嗎，就在樹下？他們似乎還出動了強光的摩托車燈。是的，他們搜過庭園的盡頭，兇手並不在那裡。他們朝這頭過來了……」

修葛沒法再忍了，他轉過身，幾乎用喊地說，「看在老天的份上，你得告訴我兇手是誰？是誰——」

一道白光從窗外射進來，此時，某人在底下大聲呼叫。眾人的聲音結集成一股叫嚷，雜沓的腳步在灌木叢中發出沙沙聲響，更多的光線直射陽台。

菲爾博士挪動腳步，用手杖輕敲玻璃門。

「你知道嗎，你最好進來。」他和善地說，「你逃不了了，他們已經看見你了。」門把開始轉動，又遲疑了下來。玻璃後叮噹一聲，像是有人隔著鑲板玻璃用槍的準星對著他們；菲爾博士紋風不動。他仍保持視若無睹的友善，手電筒白色光束照射下，他們看見門後移動的那個黑影愈來愈大……

「要是我是你，我不會這麼做的，」博士建議，「畢竟，你知道，你還有機會。從艾娣絲・湯普生的案子以來，就有個大家都心照不宣的協議，就是他們不會吊死女人。」

鋼製準星陡然滑落，彷如執槍的那隻手已經虛脫了。那人的顫抖隔著門透過來；門搖晃一下，被扭開來。

她一臉慘白，白到她的嘴唇看起來發紫。寬距的藍眼睛透露著果決，並未因走投無路而呆滯。姣好的面容如巫婆般蒼老，雙頰鬆垮，只剩一臉疲憊。

「好吧，算你贏。」貝蒂・狄賓說。

緊握在黃色橡膠手套裡的毛瑟槍，掉落在地上。菲爾博士在女孩昏厥倒地之前，抱住了她。

CARR

CHAPTER 19

極可能成為事實的故事

這個故事，恐怕已經被傳述了千百遍。它被各大媒體大肆報導，變成報紙社論的主題、婦女雜誌議論的焦點，老掉牙的教訓和啟示，也被家庭專欄賺人熱淚的人道主義者拿來大作文章。貝蒂・狄賓——她的本名並非貝蒂・狄賓，她跟她所殺的這名男人完全沒有親屬關係——她在布里斯托的霍夫爾監獄裡服毒自殺前一個星期，親口揭露了這個故事。這就是為什麼菲爾博士迄今仍堅持，這並非他成功破獲的案子。

「整個事件有個關鍵性的事實，」他會這麼說，「這女孩並非狄賓親生女兒。她於他在美國居住期間，曾當了他兩年的女佣。這就是解釋。我從開始就猜到了。光憑手上的證據，很容易就可以斷定她是兇手；罪證在偵查初期就很明顯。唯一讓我困惑的，是她的殺人動機。

「現在我們已經得到答案，這表示她和狄賓一樣，都在蓄意隱瞞自己的身分。你們瞧，她就是那名讓狄賓魂縈夢牽的女人。狄賓當時越來越厭倦在美國欺詐騙錢的生活，決定洗手不幹，到英國隱姓埋名（在這個節骨眼上，我不再做其他描述），他要她一塊遠走高飛。她，順便提一下，據史賓利對她的描述是『行止如出身公園大道的上流社會名媛』。

「我認為我們該逐字逐句來讀她的供詞。她聲稱，他原本打算在改名換姓以新身分示人之後，在眾人面前稱她是他的妻子，但是那個機會產生了波折。她說，因為狄賓亟欲成為一個有頭有臉紳士的心意勝過此事。他當時談成協議買下出版社的股權，對家務的安排沒有交代，結果在倫敦旅館不期然被柏克遇見他正跟那名女孩在一起。（你是否還記得她告訴我們諸如此類的故事，當時她假裝成是他的女兒？）狄賓拙劣地扮演著他的角色，倉皇間發現這名年輕貌美的女孩沒有戴婚戒，想像一下，這對他的身分地位會有多大傷害；這是決定性的一刻。所以他脫口介紹她是他女兒，從此以後不得不繼續圓謊。如此一來，雖是遏止了流言蜚語，卻迫使女孩必須滯留在海外。要是她跟他住在同一個屋簷下，他可能會忘掉自己的身分，變回一個熱情的戀人，旁人——尤其是僕人們——一定會發覺有異，變成「父親」與「女兒」之間不倫之戀的醜聞。

「這些，正如我所說，是她的說詞。要是你們願意的話，可以接受這種說法。而我以為，狄賓是個十分謹慎和有先見之明的謀略者，他把不期然的巧遇，扭轉化成一個狡猾的策略。我認為，他故意設法讓女孩假扮成他的女兒，擺脫她。要不是這個機會，他可能忘了他英國紳士的身分，隔沒多久就要來探視他迷戀的女人。因此，在巴黎的公寓裡，有名「女伴」（這個人並不存在），以及關於她的虛構故事。狄賓，就如你們所看見的，非常熱中自己的新身分。他不需要讓這個女人離開他的生活。他認為這樣的安排天衣無縫。他有唬人的學者身分和新追求的事業；他讓她假扮他的女兒，沒有一個情婦更能應付這些複雜的需求。他想見她的時候就可以見她；其他的時間，就讓她跟他保持一段方便的距離。狄賓的新身分才得以如願冒充下去。

「然而，不可避免的是，他又漸漸厭倦了他的新生活。我懷疑，這個天衣無縫的安排真能如他所願。因為他周遭的環境讓他非常不自在。他們都不喜歡他，也不『敬愛』他，甚至不能讓他享有如過去一樣的身分地位。他們擺明了在容忍他，只為了他在生意上的價值。他從此情緒低落，開始藉酒消愁。

「一段時間後，他決定遠走高飛，在新的人群中開始一段新生活。他準備繼續維持身分地位，帶女孩一起走，無論她的身分是妻子還是情婦。在這個節骨眼，有兩個麻煩出現，成形，危害他所有的計畫。史賓利出現和女孩墜入情網——她很誠心表示，她愛上了莫利・史坦第緒。

「我建議各位看看她的供詞。這是份令人感到好奇的文件：摻雜了真情、譏諷、在校女生的天真、成熟的智慧、謊言和虛偽浮誇卻不時讓人眼睛為之一亮的自白。她署名『派提絲・穆霍蘭』。在她跟隨狄賓的這段日子裡，她恨他的成份多，愛的成分少，還加上一點輕蔑，以及相當的羨慕；她生性優雅和冷靜；書讀得不多，而她的機智卻可以彌補，並且還有狄賓所欠缺的高品味。

「這麼一來，他一定得不時帶她到英國來。莊園裡的人都喜歡她，莫利・史坦第緒對她一見鍾情。據她說，她也愛上了他。我記得其中一段她說，『他是個讓人覺得自在的人，我喜歡的類型。幾乎所有人都討厭跟冰窖與老虎的結合體共處一室。』我可以想像得到，這個女孩到最後還面不改色坐在治安推事面前，用這種口吻侃侃而談……

「無論事實真相如何，這都是個令人驚羨的機會。她必須冷靜演下去。她嘲笑狄賓走火入魔，狄賓居然支持她並鼓勵她。因為他想，他可以藉此報復那些藐視他的人。

「你們都知道，狄賓安排了一些完美的計畫要帶她遠走高飛，她也接受了這些計畫。『懲惡他！』狄賓對她說，『嫁給他，再當著眾人面前羞辱他們一番。』這個點子讓他得意萬分。他準備接下來，等婚禮的喜訊發佈之後，他要將他們真正的關係公諸於世，諷刺一鞠躬，帶著新娘翩然離去。若各位有任何比這個更好的方法讓你恨惡的人成為笑柄，我願聞其詳。

「事實上，他完美的計畫全是一廂情願。貝蒂（我們姑且還是這麼稱呼她吧）並不認同他的做法。這個爭議點相當明確。她想當的是『史坦第緒夫人』。她要當史坦第緒夫人、並抹煞過去一切的唯一途徑就是，殺了狄賓。

「這不僅是個冷酷的決心，也是故事的開始。女孩似乎陷入某種自我催眠狀態不可自拔；她說服自己她過去生活在水深火熱中，飽受不公平待遇；在腦海中不斷編織她的委屈和傷害，直到她逐漸相信那些都是事實。她的供詞中，她歇斯底里爆發了她對狄賓的敵意，她對讓自己成為兇手的妙計感到相當自豪。

「這時史賓利出現了。史賓利同時對他們兩人構成嚴重的威脅。當史賓利碰巧在英國遇見狄賓，他知道狄賓的情婦還跟他在一起，並假扮成他的女兒。因此，狄賓決定他必須做一個了結。開始的時候，史賓利可能揚言要在狄賓準備揭發這件事以前——讓他冒名的女兒嫁給莫利・史坦第緒——破壞狄賓最後開的『玩笑』。後來，狄賓意識到，無論在何處或無論他選擇扮演什麼身分，史賓利遲早榨乾他的血。簡單地說，史賓利要不就繼續勒索他，要不就是個永遠的禍患。狄賓於是決心用最乾脆的方式斬草除根。

「貝蒂支持他的決定，一方面也在醞釀自己的陰謀。史賓利的存在對她也造成致命威脅。她與狄賓藉書信往返商議該如何解決史賓利：這種做法有失明智。狄賓很聰明將她寄來的信件都銷毀，但是他寄給她的信發現成綑藏在她巴黎的公寓裡。在謀殺發生前兩天夜裡，其中一封信通知她『那樁必要之事』已『安排與史先生星期五晚上在一偏僻之處會面。』

「我敢說，她並不知道這件事的細節。最有趣的地方在於，她此時變成一個充滿仇恨、無法控制自己、瘋狂要致狄賓於死地的人，渾身充滿如在音樂廳舞台上演出的戲劇性。『我覺得，』她說——幾乎是認真的，『我當時一定是被魔鬼附身了，』各位曾說過這樣的話嗎？喔，沒錯，通常是說說罷了。而她的行為顯現出她內在情感是虛假的。我不想批評這位女士，我完全同意這個世界已經準備要除掉狄賓。我只是想指出，她畫那張寶劍八紙牌是玩得過火了點……」

這些就是菲爾博士在你要求他，解釋他如何斷定殺人犯是誰時說的一番話。

接下來的幾個月裡，修葛・杜諾范對案情細節已經倒背如流。這是在莊園最常被提及的話題，他已經成了這裡的常客，因為派翠西亞・史坦第緒答應了他的求婚，他也學會用強勁的措詞和他未來的岳母說話。茱兒・史坦第緒偏執的狀況還是有待改善，她仍繼續聽收音機，放心史坦第緒上校已經將心緒放在出版經營上。茱兒堅稱她早就知道貝蒂・狄賓是個背信忘義之人；也堅持要莫利去環遊世界散散心。這些結局最後都成了陳腔濫調，或變成極可能成為事實的事，你將會釋懷，並為這個極可能成為真實的故事做個恰當的結語。

不過，關於事後的說明，修葛記得要屬在柏克辦公室裡那天的對話最為精彩。同年一個陰雨潮溼的十月午後，曾經參與這件案子的幾個人都坐在火爐邊，菲爾博士娓娓道來。

菲爾博士抽著柏克的雪茄，與其說在抽不如說是叼著，愜意躺在皮椅中。窗外帕特諾斯特路上大雨滂沱，窗前灰僕僕的污漬散落在保羅教堂圓頂的陰影下。明亮的火光，上等雪茄；柏克鎖上正對祕書的書房門，拿出一瓶威士忌。亨利‧摩根也到場，剛完成他新書的手稿《海軍大樓的烏頭毒草》來到倫敦。修葛當然也出席，獨缺主教一人。菲爾博士用這種拐彎抹角的方式講述時，遭柏克打斷。

「直接說重點，」他嘟噥著，「告訴我們，為什麼你認為那個女孩有罪。我們不要聽這些性格的描述。不管怎麼樣，這又不是偵探小說。眾人只會盯著這一章看，確定沒有被保留的證據矇騙。要是你有其他理由，我們都洗耳恭聽。否則──」

「沒錯，」摩根附議，「這就是一部偵探小說。牽動絲毫纖細的情感，就足以引起謀殺某人的行動。」

「你給我閉嘴！」柏克正色說。

菲爾博士視若無睹凝視著雪茄。「但他說得沒錯。這並不符合現實，一點也不符合現實生活。比方說，要是一個現代小說家想對一樁謀殺做深刻而鉅細靡遺的分析，他必得加重著墨在博帝（Bertie）被蒲公英圍繞的少年時期、他親吻家中女佣這類背後佛洛伊德式慾望的動機。人心理上的抑制對他產生了無論好壞的影響，都是一部好小說。當人無視於心理上的抑制，或被抑制腐蝕，就只是部偵探小說。」

「俄國人——」柏克說。

「我知道，」菲爾博士不悅地表示，「這就是我怕的。我不想討論俄國人。經過一段長久思考，我的結論是，對從開始就積極要寫一本關於俄國人之書的人來說，唯一適當的答案就是朝他下顎打一記上鉤拳。此外，我發現，任何叫做某某斯基或某某夫小說人物的悲慘故事或痛苦經歷，都不可能成為一個引人入勝的作品。我這麼說也許偏激了點。但這也是我閱讀時備感困擾的地方，這些人根本都不是真實的人。喔，我的天哪，」菲爾博士若有所思地說，「這些人只會說一些言不及意的雙關語！比方說，普波夫對偉克夫司基說，『我昨晚見到的那個女孩是誰？』請諸位試著想像這段對話，可能出現在馬可吐溫或阿納托爾·法朗士及任何俄國大文豪的作品中嗎？諸位現在了解我的意思了嗎？」

柏克不屑地嗤鼻，「你連自己在說什麼都搞不清楚了。我們言歸正傳。這是最後一章，我們總得對讀者有個交代。」

菲爾博士又沈思半晌。

「有關於狄賓一案與其他案子不同的地方，」他低聲說，啜一口威士忌提神，「在於這件案子自行解釋了自己，而你們卻只忙著詢問背後的含意。

「在我見到她以前，就已經非常確定兇手是她。第一個事實就是，兇手顯然不是這個圈子或莊園裡的人。兇手不但肯定是外來者，而且對狄賓人皆不知的過去（或現在）瞭若指掌。」

「為什麼？」

「我們就從狄賓意圖謀害史賓利這件事開始說起。我們之前的推論是，狄賓偽裝離開接待所，再由前門返回家中。問題在於：狄賓是和共犯串通好當他的不在場證明？還是他獨立行事，那位不知名訪客不預期出現在那間房間為了要殺他——不知名人士只需要替喬裝的狄賓掩護，卻發現自己也有不在場證明？無論怎麼樣，不知名訪客的身分難道沒有顯示出一點跡象嗎？

「很好。現在，所有重要的證據都指出狄賓確有共犯。我們開始想想，狄賓為什麼需要共犯呢？只是找個人待在他房間裡，這種不在場證明說服力相當薄弱。那個人不能現身，不能跟你一起行動，甚至不能證明你當時人在哪裡。狄賓若只想要一個證實自己一直待在房間裡的不在場證明，他只須要找個人隨便做點事，證實他當時在場……比方說，打打字，或是走來走去，時不時製造點不同的噪音。但他並沒有這麼做。他為什麼要多此一舉將這些無須分享的祕密告訴他人呢？

「這讓我們想到第二點，也是最具爭議性的疑點。狄賓在這個圈子裡扮演他的角色。

他在世時想做的最後一件事，就是想要揭露自己的身分：告訴眾人他是——」

「等等！」柏克插話，「我有異議。狄賓不會告訴任何人他過去的事，或他準備出門或謀殺史賓利的計畫；他跟任何人都不熟，也不信任任何人。倒是有一個人——」他隔著眼鏡瞅著摩根，「捏造了一名『無知的受害者』，這個人被狄賓說服到庭園演練一齣鬧劇，事後，這名共犯竟沒有現身說法，也沒有被追訴。」

菲爾博士循著他的視線望著摩根，不禁莞爾。

「仔細想想看，」他說，「摩根，你們這個圈子裡的人，誰想像得到狄賓變成一個舉止輕浮、偶爾開點無傷大雅的玩笑之人？要是各位有這樣的感覺，你們還會相信他或協助他嗎？……我不以為然。然而，我是根據這張寶劍八的塔羅牌來推翻這個異議。要是你們相信真有一個無辜的共犯，兇手故意留下這個象徵和標誌有何意義？那張牌是怎麼來的？為什麼那名無辜的共犯要帶那張牌來？

「我們等一下再討論那張牌。我們現在來推論，假設狄賓並沒有共犯，是因為第一，他根本不需要，還是第二因為他不敢以真面目示人：我可以用不同的方式來證明這兩種假設。關於這事，真正的證據在於，你提供的證詞，柏克先生。」

「真後悔告訴你了，讓你得到很多靈感。」他不屑地說。

「當你造訪狄賓時，他聽到敲門聲時嚇了一跳，因為他根本沒有看見你。這不是一個人期待共犯到來時會有的反應。此外，他第一次從他口袋拿出鑰匙開門；在你離開之後，你從窗玻璃看見他上鎖之後拔下鑰匙放回口袋裡。

「簡單地說，他是一個人出去的，當他準備去殺史賓利時，鎖上了門並把鑰匙帶走。」

菲爾博士手指敲著椅子扶手。

「發現殺狄賓兇手的關鍵在於——這個人神不知鬼不覺溜進了狄賓家，等著他回來——這裡有幾個暗示。其中一點暗示非常滑稽。」

「哦？」

「兇手，」菲爾博士說，「大啖狄賓的晚餐。」

博士一語不發敲著他的腦袋。

「你們想想看，要是你們要說服我相信兇手就是你們其中一人，請從各種角度來推演這個事實。想看看這些人的臉，史坦第緒上校、史坦第緒夫人、摩根，和你們自己……任何你們鎖定的那個人，準備去殺狄賓，結果發現他不在家裡，便好整以暇坐下，掃光想殺的人晚餐盤上的佳餚！要是你們願意，也可以想像其中任何一人是來禮貌性拜訪，不巧沒遇到人，就順便把餐盤上的晚餐吃了！這不僅是匪夷所思，簡直是荒謬絕倫。

「這就是為什麼我強調，這件案子是自行說明了自己。這是唯一值得說明的解釋。當我正在思考這不知名訪客這種令人不解的行徑時，我問了，『他為什麼要吃狄賓的晚餐？』莫利・史坦第緒得意地回答，『因為他餓了。』這不就表示，不知名訪客之所以餓，是因為經過長途跋涉，饑腸轆轆。這不就表示，莊園一帶用過晚餐的人，不會做出這種不合宜的舉止。

「這個不算複雜的推論產生一個必然結果，就是這個人不但從遙遠的地方來，和狄賓的關係也相當親密，才有可能坐下來，不假思索吃光他的晚餐。各位通常只可能會對你為數不多、情感最親密的人，才會做這樣的事吧。你開始自問，『想像中，與狄賓關係如此親密的人會有幾個呢？』各位馬上又要問，那人的鑰匙從哪兒來的？有多少人擁有狄賓陽台門的鑰匙？狄賓出去的時候把門鎖上了，這位不知名訪客卻仍然出入自如。」

「不知名訪客當然也可能從前門進來——」摩根首先發難，他發現了破綻，又止住話，「我知道了。無論是從哪一扇門，不知名訪客絕不會按鈴要僕人開門。」

「這違逆了他的計畫，」菲爾博士說，「他的目的是要幹掉狄賓。現在，有兩件事混在一起。一個擁有房間鑰匙的人住在千里之外，這又多了一重重要的含意。狄賓以為他殺了史賓利之後，返回家中。他發現自己不小心把陽台門鑰匙弄丟了。他走上陽台，從窗戶看到不知名訪客泰然自若坐在裡面。要是他在附近鄰居面前露出本來的面目，還會如此鎮定嗎？他進去與來者交談，同意從前門進去的計畫；除非屋裡的這個人……是誰？我腦中只浮現一個答案：狄賓的女兒，不然還有誰。身為他的女兒，他絕對想不到她會出賣他。事實上，我並不知道她是他的情婦，不過，這不影響推論。

「我們接著來解釋這個神祕的『寶劍八』。最詭異的地方在於，不但沒有人知道這張塔羅牌有何含意，甚至沒有人知道狄賓熱中神祕學。他從未提過這一點，也從來沒有在眾人面前用紙牌算命，儘管他書架上堆滿這類的書……我在腦中搜索，一邊納悶——史賓利是什麼時候出現在這個事件裡——他認得這張牌。這張牌意味著狄賓那些惡名昭彰的過往。兇手知道狄賓曾經在美國待過；起碼，知道狄賓那些不為人知的背景。

「我開始對狄賓的女兒起疑，想試著把她和這件事連上線。確實在之前，我絲毫沒有想過這名女兒，直到史賓利和藍道現身在這件事。

「我留意到他們言談中都在刻意迴避這位女兒，藍道僅僅暗示有位『神祕女子』要跟狄賓遠走高飛。為什麼他這麼謹言慎行？接著史賓利也閃過這個話題，表示他知道狄賓留下多少遺產。無論你怎麼想，你都得承認這兩個人——他們彼此——都知道狄賓的過去，他們都相信自己可以從中撈到好處。

「史賓利比較容易理解，我相信兇手是誰他心裡有數。但是若他們倆人都知道內情，誰才能從中得利？藍道究竟發現了什麼？我心裡浮現一個模糊的念頭，雖然我不相信它。這名女兒，從來沒有跟她父親一起生活過，儘管——莫利・史坦第緒『一直在擔心她現在怎麼樣了』；狄賓只有在美國時用過這副塔羅牌，繪者使用的水彩偏向是個女人；加上律師詭異的態度……」

「你們想，假如貝蒂・狄賓不是他女兒，對藍道來說是個利多，他可以勒索，『分一半財產給我，否則你什麼也得不到。』這相當符合案情。」

菲爾博士搖搖手。

「事情發生的經過很簡單。我們從這名女孩的供詞得知，她在星期五晚上懷著殺死狄賓的意圖從巴黎趕來。她不知道狄賓上哪去了，料到他在外面和史賓利周旋。她要在她射殺狄賓以前，讓他為他們倆完成這件事。她準備好一把槍——就是她後來射殺史賓利和藍道的槍。

「她走上陽台，打開門進去屋內。狄賓已經走了。不過她看到……你們知道什麼嗎？」

摩根點點頭，出神地說，「狄賓偽裝的工具，他自己的衣服丟在一旁，以及種種偽裝的痕跡。」

「正是如此。她知道他以偽裝的身分去見史賓利，不過她當時還沒想到什麼高明的點子。她也不知道狄賓弄丟了他的鑰匙。唯有一件事——她頗引以為傲——她聽到狄賓笨手笨腳在摸門，說他被鎖在外面。後來發生的事，你們都知道了。她帶著橡膠手套，故意讓電線短路，好戲就此上演。

「在這段期間裡，史賓利從河邊跟蹤狄賓回到家中。他目睹事情發生的經過，隔著窗子，他們的對話一字不漏被他聽進去了。女人要狄賓換回原來的衣服，她安排的好戲登場；她發現根本無須動用自己的槍。她拿起狄賓擱在書桌上的槍——沒有帶手套——坐在椅子扶手上，開槍殺了他。事後，她抹淨槍上的指紋，吹滅燭光，一走了之……在草坪上遇到了史賓利。

「他小心翼翼從她緊握的手中奪過她裝著槍的手提袋；退出子彈，才開始跟她談正事。她沒有任他予取予求；堅稱狄賓並不如史賓利想像的富裕。他先讓她離開那個地方，她發誓，她會有其他的安排，同意隔天夜裡和他約在老地方再討論細節。

「當然她根本沒有折返巴黎，她搭最後一班夜車到布里斯托，用假名登記在旅館裡過了一夜。她搭乘早班火車趕往倫敦去見藍道，打了一通電話回巴黎給她公寓的僕人（她從開始就受過良好的訓練），通知她她父親死訊的電報已經到了。在合理的時間內，她打電話到蓋瑞學院廣場找藍道，希望在他的陪同下一起趕赴莊園……然而藍道，就如你們所知，知道她並非真是狄賓之女。在他們南下途中，他告訴她，整個事情的來龍去脈狄賓早已告訴他了。

「他要分一半，她同意了。此時，藍道正納悶著，要怎麼將打電話向他求助的史賓利和兇手扯上關係；史賓利說他因涉嫌殺人被捕，要求藍道協助。藍道理出了結論——但卻是事實——史賓利對整件事心裡有數，也知道這個女孩並非狄賓之女。藍道一路不斷暗示她。

「她假裝願意和他們兩人分這塊大餅。她說史賓利已經知道她的身份，要拿錢堵他的嘴。她告訴藍道，她當晚會跟史賓利在接待所碰面；要藍道到達之後，施加精神上的或合法的恐嚇，要不就雙管齊下，想辦法脅迫史賓利？

「他們的預謀幾乎失敗：你們知道的，因為我們讓史賓利和藍道當面對質，接著又給他們機會私下協商。你們現在了解，當我宣稱史賓利決定招供時，藍道為何如此惶恐不安。他認為我說招供是指招出狄賓之女的事。女孩的陰謀還是得逞了，因為藍道的猜忌讓史賓利的言詞激動起來。他懷疑『貝蒂・狄賓』是否找到更好的理由，不在意他揭露她真實的身分。

「我們永遠都沒法知道史賓利和藍道私下談好什麼交易。藍道心裡有數，史賓利知道的遠比他多；但他堅持己見，決定當晚去一探究竟——在沒有人知道的情況下——監聽史賓利和女孩的會晤。」

菲爾博士將雪茄丟進火裡，身子後仰，傾聽雨聲。

「他們倆都發現對方了，」他說，「後來發生的事你們也都曉得了。」

一陣靜默之後，柏克評論說，「道德的觀察讓案情水落石出，有人一定會對這件事大抒一兩頁感言。要是她沒有留下這一點點該死的小線索，是不是可以全身而退？」

「我怕行不通，」菲爾博士咯咯笑道，「這一點點該死的小線索正是那頓在你鼻子前冒熱氣的高卡洛里豐盛晚餐。你可以這麼想，當你看到招牌上的金氏黑啤酒廣告，就知道有人想賣啤酒了。」

柏克垮下臉，「我還是很高興聽到，我所聽到的推理情節並沒有荒謬到絕對不可能發生的地步，就如——摩根寫的《海軍大樓的烏頭毒草》和《上議院長謀殺案》一樣。邪惡的下屬用毒鏢從鑰匙孔射殺海軍參謀長，還有萊姆豪斯區犯罪專家奢華舒適的神祕賊窟。我認為這些都有可能成為事實……」

修葛有點吃驚看見摩根正哈哈大笑。

摩根問，「你覺得，這是極有可能成為事實的故事嗎？」

「難道不是嗎？」修葛問，「這的確像是威廉・布洛克・突尼多斯小說系列中的故事。正如柏克先生所說。」

摩根坐回椅中。

「很好！」他說，「別管這些了。我們喝酒吧。」

國家圖書館出版品預行編目資料

寶劍八／ John Dickson Carr 著； 黃妧俐譯一初版.
— 臺北市：臉譜出版：城邦文化發行，2003〔民
92〕
面； 公分.－－（密室之王卡爾作品集；2)
譯自：The Eight of Swords
ISBN：986-7896-41-6（平裝）

874.57 92006590